陈系平

读花

孙犁读本

孙犁评论选

孙晓玲 李屏锦 ◎ 主编

河北出版传媒集团
花山文艺出版社

图书在版编目（CIP）数据

孙犁评论选 / 孙犁著；孙晓玲，李屏锦主编. —
石家庄：花山文艺出版社，2015.12（2020.6重印）
（"孙犁读本"）
ISBN 978-7-5511-2584-0

Ⅰ.①孙⋯ Ⅱ.①孙⋯ ②孙⋯ ③李⋯ Ⅲ.①中
国文学－当代文学－文学评论 Ⅳ.①I206.7

中国版本图书馆CIP数据核字(2015)第276530号

丛 书 名：孙犁读本
主　　编：孙晓玲　李屏锦
书　　名：**孙犁评论选**
著　　者：孙　犁
编 选 者：李屏锦

策划统筹：张采鑫　赵锁学
责任编辑：梁东方　贺　进
责任校对：李　伟
封面设计：景　轩
美术编辑：胡彤亮
出版发行：花山文艺出版社（邮政编码：050061）
　　　　　（河北省石家庄市友谊北大街330号）
销售热线：0311-88643221/29/31/32/26
传　　真：0311-88643225
印　　刷：三河市华东印刷有限公司
经　　销：新华书店
开　　本：700×1000　1/16
印　　张：17.5
字　　数：200千字
版　　次：2017年4月第1版
　　　　　2020年6月第2次印刷
书　　号：ISBN 978-7-5511-2584-0
定　　价：35.00元

1976 年，孙犁开始了新的笔耕

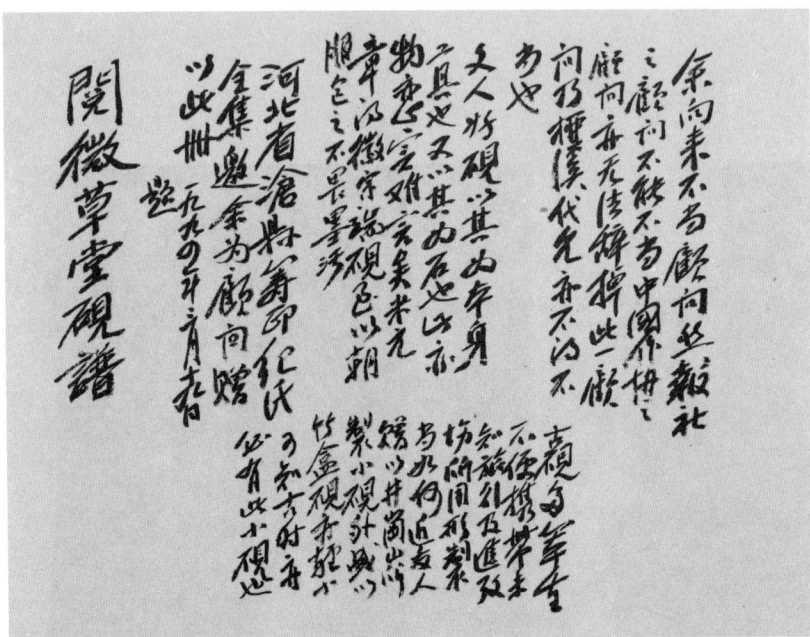

《阅微草堂砚谱》书衣文录

1986 年 11 月，孙犁（左一）与梁斌（左二）等友人在天津市多伦道寓所

谈散文的虚与实
——致安徽张秋实、北京卫建民
孙犁

秋实
建民同志：

我先后看了你们的几篇散文，又同时答应给你们写点意见。你们的散文，都写的很好，我没有多少话好说，拖下去又有违雅意，所以就想起了一个讨巧的办法，一信两用，谈些题外的话。

这是不得已的。我的身体和精力，实在不行了。有些青年同志，似乎还不大了解这一点，把热情的希望，掷向我的怀抱，希望有所收获。其实，我这乾枯的枝干上，开不出什么像样的花朵了。

我和你们谈话时，希望你们多写，最好一个月能写三、五篇散文。后来认真想了想，这个要求高了一些，

《散文的虚与实——致安徽张秋实、北京卫建民》手稿

1946 年春孙犁在河北蠡县

《〈陋巷集〉后记》手稿

1982 年孙犁在天津郊区韩家墅

编 者 的 话

《孙犁读本》是孙犁作品的普及本。

孙犁是我国革命文学的一面旗帜，是风格独具的文学大师。在我国现当代文学史上，只有一个孙犁！

孙犁对中国革命文学的贡献，他崇高的文品人品，深深地影响了一代又一代人，被广大作家和读者所敬爱。

孙犁的抗战小说写得最好最多，《荷花淀》誉满天下。

孙犁的《风云初记》和《铁木前传》被誉为共和国中长篇小说的经典之作。

孙犁一生不随波逐流，坚持讲真话，愈到晚年，思想愈臻成熟，行文尤其老辣，他的《耕堂文录十种》不同凡响，其思想之深邃与节操之坚贞，最终成就为作家良心的光辉形象。

孙犁饱览群书，博古通今，知识渊博，是学者型作家。他的文章、题跋、书衣文录等，给予读者智慧和力量；他广泛阅读新人新作，扶植他们健康地走上文坛，有口皆碑。

《孙犁读本》面向大众，首次将孙犁的作品分门别类地作了归纳，包括《孙犁抗日作品选》《孙犁诗歌剧本选》《孙犁评论选》《孙犁书信选》《孙犁作品·少年读本》《孙犁作品·老年读本》

《孙犁晚作选》《孙犁论读书》《孙犁论孙犁》《孙犁名言录》，共十种。

《孙犁读本》涵盖了除中长篇小说以外孙犁的全部作品，各自独立，又共为一体，言简意赅，富有新意，免除读者翻检之劳。各册编者不约而同地看中了某些篇目，不可避免地会有少量的重复；倘若完全排除重复，必有遗珠之憾。仁者见仁，智者见智。在两难之中，我们力求协调，不使偏失。

尚祈读者、方家不吝赐教！

本书编选过程中，阎纲先生热情指点，在此深表谢意。

编者谨识

2016 年 3 月 10 日

序：读懂父亲

□ 孙晓玲

有人说他是迎风也不招展的一面旗帜，有人说他是越打磨越亮的一面古镜，有人说他是文苑那轮皎洁的明月，有人说他是淀水荷花的精魂……不管别人怎样评价他、赞美他，他就是他——生活中我们最慈爱的父亲。

努力读懂父亲的路我走了很长，而且就算我永久地闭上眼睛，也不可能完全读懂，因为父亲是一本极为厚重极具内涵的人生大书，"大道低回，独鹤与飞"。但我愿一点一点地翻阅，用心细细地品读、了解、感悟这本书。

小时候懵懵懂懂，父亲带我参观他的写作小屋时，告诉我，他就在这里写作。那是天津市多伦道216号大院后院一排平房中的一间。过去是《大公报》创始人之一吴鼎昌用人住的地方。这间小屋只有一张写字桌、一把椅子、一张单人床。说到写作，他似乎有种兴奋，他告诉我："我吃的是草，挤的是奶。"我茫然、困惑不解，是嫌母亲做的饭不够好吗？他为什么这样说呢？后来我才知道他背的是鲁迅先生说过的一句话，那是他的心志。

在一个城市与父亲共同生活52年的岁月里，我对他的了解逐渐加深。尤其搬到蛇形楼之后我已经退休，常去看望他，父亲身体好时三言五语也给我说过他对文学创作上的一些独特见解，对我的求教也有一两点针对性的指导。父亲去世后，我历经十余年寒窗苦，在 2011 年与 2013 年写完《布衣：我的父亲孙犁》与《逝不去的彩云》两本怀思父亲的书。之后，我对父亲的作品渐渐熟悉了起来，是父亲的作品伴着我度过了远离慈父的岁月，是父亲的作品给了我莫大的安慰，给了我奋进的力量，给了我如见亲人的温暖，给了我更多写作上的点拨与规诫。我不仅是父亲的女儿，还是他的读者、学生；他不仅是我慈爱的父亲，还是对我谆谆教诲引导我写作的良师、近在咫尺的国文教员、文学启蒙人。无论过去现在，我为有这样一个父亲感到深深地自豪。不论做人为文，他永远是我学习的楷模。尤其当我发苍苍、视茫茫，年近古稀之际，能亲身体会到文学创作带给我的慰藉与快乐之时，我的心中充满感恩之情。现在我的女儿也拿起手中笔写了很多关于姥爷的回忆，在天津《中老年时报》上开辟了专栏。我们都是仰望大树的小草，根深叶茂的参天大树，一枝一叶都令我们景仰无限，叹为观止。

在父亲孙犁七十多年文字生涯里，他用心血凝聚了 300 多万字的心灵之作。这笔丰厚的文学遗产，是中外优秀文化遗产的继承与发展，尤其是对鲁迅文化遗产的继承与发展，留给了后人，留给了民族，留给了中国现当代文库。

父亲而立之年在延安窑洞写出成名之作《荷花淀》，以高超的艺术手法，传递了民族精神、爱国热情；不惑之年父亲满怀激情在天津市和平区多伦道原 155 号《天津日报》编辑部写出抗战题材长篇小说《风云初记》，成为烽火中的抗战文学红色经典、爱国主义优秀教材。在和平区多伦道 216 号侧院《天津日报》宿舍披星戴月写出中篇小说《铁木前传》，被称为共和国中篇小说经典扛鼎之作；花甲之年至耄耋之年，他在天津市多伦道大院与南开区蛇形楼内呕心沥血又写出了十本散文集，四百多篇文章。这十本小书，浸透着父亲"沉迷雕虫技，至老意迟迟"十三年废寝忘食的投入，焕发着老树着新花的光彩，闪烁着真知灼见的光辉。20世纪80年代初，八卷本《孙犁文集》面世。这八本文集，民族魂魄铸雄文，浸透着父亲半个多世纪以来文学历程的心血才智，字字似珠玑，篇篇有情义，创造了一个历经关山考验，白纸黑字可不作一处更改的奇迹。

父亲一生虚心向生活学习、向人民学习，他把生活留给了历史，历史也留住了他的文学生命。他是一位一生向人民奉献精品的作家。

为了弘扬伟大的爱国主义精神，为了弘扬中华民族优秀传统文化，为使优秀文艺作品成为人民群众的知心朋友，我于2015年——中国人民抗日战争暨世界反法西斯战争胜利70周年这一具有重大历史意义之年，抱着"缅怀先生莫如读他的作品"这一理念，怀十三年追思之痛，仰高山之大美、叹芸斋之丰赡、赞耕堂之奉献，与父亲友人花山文艺出版社原副总编辑、资深编审李屏锦先生共同主编了这套丛书。他与我父亲生前交往甚洽，这次编书不遗余力地给了我极大帮助。此"孙犁读本"系列包括：《孙犁抗日作品选》《孙犁诗歌剧本选》《孙犁评论选》《孙犁书信选》《孙犁作品·少年读本》《孙犁作品·老年读本》《孙犁晚作选》《孙犁论读书》《孙犁论孙犁》《孙犁名言录》，共十种。

在花山文艺出版社领导张采鑫、赵锁学等同志的鼎力支持下，在杨振喜、刘传芳、郑新芳、梁东方等孙犁研究专家、学者、编辑的齐心努力、不辞辛劳工作中，这套饱含对孙犁先生思念与景仰，崭新、素雅、简朴、易读、面向广大读者的丛书终于面世。

怀文学梦　一生追寻

父亲自小聪慧好学，奶奶常夸他"三岁看大，七岁知老，从小爱念书"。还是在本村上小学时，教书先生就对我爷爷说："你这个孩子，将来会有更大的出息。"上高小后父亲便爱上了新文学作品，除了课堂受教，他经常利用课外时间阅读报纸图书，他的同学们都知道，操场上少见他的身影，图书馆是他最爱待的地方。

"不积跬步无以至千里，不积小流无以成江海。"在文学理想追求上，父亲一生不仅极为执着，极为勤奋，而且也与梦悠悠相关、绵绵缠绕。从他少年时的"求学梦""莲池梦"，青年时的"文学梦""青春梦"，壮年军伍时的"游子梦""报国梦"，晚年时的"耕堂梦""芸斋梦""桑梓梦""还乡梦"，他有追梦的"无与伦比之向往"，有梦想破灭的失意与痛苦，也有美梦成真的快乐欢欣。

自青少年时期受到《红楼梦》《聊斋志异》《牡丹亭》及唐诗宋词这些与梦有关的古典文学影响，父亲对博大精深的中华民族"梦"文化也有兴趣。在父亲晚年创作中，《书的梦》《画的梦》《戏的梦》《戏的续梦》《青春余梦》《芸斋梦余》，皆以"梦"字为题，而《亡人逸事》《老家》《包袱皮儿》《一九七六年》《幻灭》《关于〈山地回忆〉的回忆》等一些充满亲情、乡情、军民鱼水情和切身感受的作品，也不乏梦的情愫。他默默地如春蚕展吐，不断地编织已逝的旧梦，在静静的编织中，又不时补进现实沉潜的感受。

"梦的系列"是父亲晚年创作中的一个重要组成部分，是他十年梦魇之后，孤独反思、寂寞为文所留下的不可忽视的一道独特的文学景观，与"白洋淀系列"相比，尽管两者风格截然不同，前者荷浮幽香、清新隽永，后者老辣逼人、意蕴丰厚，但都紧紧触摸着时代的脉搏，都是他心路历程的凝结。

文如荷美　品似莲清

文品、人品的高度统一，造就了父亲作品历久弥新的生命力。

父亲一生爱国家、爱民族，七七事变后，抛妻舍子告别双亲，带着一支笔投身抗日洪流，走上革命的路，写作的路。战乱奔波，行军跋涉，被大水冲走过，被炸弹爆炸惊吓过，上前线采访险遭不测过，在蒿儿梁病倒过……山边、地头、农舍，他创作了大量优秀的抗日作品，为这场保家卫国的伟大战争做出了热血男儿安邦御辱的无私奉献。及至晚年，日本帝国主义的铁蹄声犹在耳畔，敌人肆虐后的战士、群众、孤儿寡母哭啼声犹在耳畔，不忘国耻、警钟长鸣。生活中他布衣素食，不求享受，甘于清贫，不慕奢华；在平凡的生活中我行我素地保持着他对文学理想神圣的追求。

1966年惊心动魄的"文革"开始后与父亲共同经历了多次被抄家、被逼迁，共同经历了人妖颠倒、文士横死、文苑凋零的严酷与惨烈，父亲的文学梦被无情摧毁。我深知这一"史无前例的文化运动"对他造成的心灵伤害。

父亲在逆境中不向权贵折腰，不跟风、不整人。我亲眼看见，父亲向造反派交代的材料上只有一行开头，无半句下文；我亲耳听他沉痛地呐喊："这是要把国家搞成什么？"别看父亲体质瘦弱，可他是非分明、疾恶如仇，铜枝铁干无媚骨，不管形势多么复杂、多么混乱，他头脑清醒不盲从，更不做违背良心良知的事情，有传统知识分子的风骨。

"四人帮"祸国殃民的邪恶凶残，令这个正直的作家深恶痛绝。任风云变幻、黑云压城，他铁骨铮铮，宁折不弯。十年动乱、头戴荆冠，他不跟形势修改自己的抗战作品，一字不动，宁可沉默，不昧天良；任污蔑辱骂，不求助于位高有势的权威、新贵以求"解放"。他泾清分明，耻于跟那些帮派文字登在同一版面。

书衣残帛记心语，旧牛皮纸封皮上一段段语句，犹如日记，倾吐出他内心多少积郁忧愤。

父亲极其尊崇热爱鲁迅先生，诗人田间在艰苦的条件下曾赠他"横眉冷对千夫指，俯首甘为孺子牛"两寸宽窄纸对联，与他相互激励。

我记得与父亲谈话，涉及先生的照片集、作品，只要提到鲁迅先生，父亲神情声音便立时充满了仰慕与崇敬，双眼闪现出钦敬的光芒。

鲁迅先生伟大的人格，对民族强烈的责任心，疾恶如仇、爱憎分明的战斗精神，对文学事业至死不渝的耕耘努力，是父亲一生的楷模。父亲晚年依然忧国忧民，关心国家精神文明建设，捍卫民族文化与自尊。他认为"文化大革命"首先破坏的是文化，文化的含义很广，它包括中国的历史和传统，道德和伦理，法律规范和标准，"文化大革命"破坏污染了人的灵魂，流毒深远，一时难以复原。"文革"以后，国民的文化素质，呈急剧下滑状态。为了捍卫民族语言的纯洁性，回击随意践踏中华民族语言的一股邪流；为了抵制那些说起来很时髦，听起来以为很潇洒，实际上对青少年成长极为不利，甚至诱导犯罪的口号；为了揭露某些作品媚俗、色情、暴力等精神污染给社会带来的种种危害；为了用美好高尚的文学作品为青年一代提供优秀的精神食粮，托起祖国明天的希望，这位年高体弱的抗战老战士，仿佛又听到祖国民族的召唤，以凌厉的战斗姿态，披坚执锐，跃马扬鞭，驰骋疆场，一往无前。

书生模样，战士情怀，君子本色。晚年父亲抨击文坛不正之风，无私无畏，哪怕孤军作战，腹背受敌决不退缩，决不投降！正如诗坛泰斗臧克家先生称赞孙犁那样：批判文坛不正之风，少有顾忌，直抒胸臆，"具有卓然而立的精神"。

无论小说、散文、诗歌、剧本，孙犁先生的作品都能给人以美的享受，如同没有被污染过的纯正的粮食一样，别样甘甜、香醇。

父亲的散文，是他一生默默耕耘的悠长的犁歌。从小小少年在育德中学刊物上发表习作开始，到耄耋之年仍挥毫不辍，一时一事一景一情，无不记下自己的足迹、时代的弦歌。耕堂散文清雅质朴，意境深邃，个性突出，文字练达，富含哲理，真情毕现，是他人生历程鲜活的记录。

"感情的真挚与文字朴实无华是写好散文的要素。"这是父亲在《论散文》中强调指出的。他自己也遵循了这一要旨，正因如此，他的许多名篇名段至今仍被他的读者津津乐道、默默涵泳，具有春草夏荷般的生命力。

不论是他的"病期琐谈"还是"芸斋梦余"，不论是"往事漫忆"抑或"乡里旧闻"，他纯熟的白描手法、寓意深远的抒情、含蓄多弦外之音的表达、简洁朴实的语言素为研究者所称道。

读父亲的散文，尤其是晚年之作，常常让我流下感动的泪水，就是因为感动于《亡人逸事》，父亲不弃糟糠、对妻子至深情感，2003 年 5 月我写出了《摇曳秋风遗念长》一文。其实有些篇章，父亲新写出来后自己也一遍遍诵读、背读，自己也不禁流出对文学神圣力量感动的泪水。历经战乱流离、天灾人祸，荣辱沉浮、病痛折磨，写作是对他的慰藉、同情和补偿，无可替代。他常常在寂寞、痛苦、空虚的时刻进行创作，他常常在节假日别人欢喜游乐时进行创作，他常常在深夜月光下、在别人休息酣睡时进行创作，全身心投入使他忘记了病痛。

"子夜荧荧，灯昏欲蕊；萧斋瑟瑟，案冷凝冰。集腋为裘，妄续《幽冥》之录；浮白载笔，仅成孤愤之书。"父亲晚年以古人顽强创作心志，远离红尘闹市在孤独寂寞中著书，在他书房的书柜上有台灯，在他睡觉的床头有台灯，月光不知为他伏案窗前投下多少光亮。

坎坷际遇，沧桑容颜；苦辣酸甜，乡情浓酽；战友情深，依依难忘；怀思清幽，情凝笔端。"创作贵有襟怀，有之虽绳床瓦灶，也无妨文思泉涌；无之，虽金殿皇宫，也无济于事的。"父亲在《远道集》"宾馆文学"文中这样慨叹。他的《荷花淀》写于延安窑洞，马兰草纸、自制墨水、油灯摇曳、木板搭床、砂锅瓦罐、伙房打饭，他自得其乐。在他晚年，箪食瓢饮、老屋陋巷亦铸华章。

时间是最严厉也是最公正的评判者。

父亲一生没有大红大紫，许多作品还经常受到指责和批判。《铁木前传》更让他背负骂名，九死一生，家破人亡。"十年荒于疾病，十年废于遭逢。"只要能拿起手中笔，他就会写作，倾吐心声。历经岁月的洗礼，大浪淘沙，如今他的作品被更多的研究者所称道，为更多的读者所欣赏，曾被他自己定位"我的作品寿命是五十年"的期限已经大大超过，安息于天国的他应感欣慰。

白洋游子　故园情深

由于父亲写过《荷花淀——白洋淀纪事之一》《芦花荡——白洋淀纪事之二》《白洋淀边一次小斗争》《采蒲台的苇》《一别十年同口镇》《白洋淀之曲》（诗歌）《莲花淀》（剧本）等多种文学形式的有关白洋淀的作品，有不少读者误认为他是白洋淀人、衡水人。其实父亲的老家是河北省安平县东辽城村，距离白洋淀还有一段路程。对故乡，12岁就外出求学的父亲一往情深，故乡的乳汁、故乡的恩泽在他身上和作品里都打下了深深的烙印，

"梦里每迷还乡路，愈知晚途念桑梓。"愈到晚年他思乡愈切。父亲家乡临近滹沱河，经常旱涝不收。虽不富庶，但生养之地民风淳朴。在父亲的晚年文字中，《度春荒》《童年漫忆》《蚕桑之事》《听说书》《第一个借给我〈红楼梦〉的人》《贴春联》《父亲的记忆》《母亲的记忆》《老家》《鸡叫》……皆饱含深情。童年与小伙伴们的野地追逐，乡风民俗，老屋炊烟，亲情挚爱，哪一样不让白洋淀游子怦然心动，魂牵梦萦？安平，古称博陵郡，历史悠久，是革命老区，因"众官民安居乐业且地势平坦"而得名。这个吉祥的县名，小时候常听父母念叨。如今的安平县，发生了巨大变化，已成为闻名中外的"丝网之乡"。

如果现在走进河北省安平县父亲的故乡，无处不在的"孙犁故里"安平精神与孙犁精神融为一体，您一定会被这里强烈的爱国爱乡氛围所震撼。"孙犁纪念馆"由前文化部长、著名作家王蒙先生亲题，"纪念孙犁书画苑"由著名作家贾平凹先生亲题。沈鹏、欧阳中石、霍春阳、从维熙、徐光耀、梁晓声等国内180多位著名书画家、作家捐赠作品展出。重新修盖的"孙犁故居"四字匾额由诺贝尔文学奖得主莫言先生亲书。故居内设八块孙犁作品碑林，展示其文学业绩。在安平烈士陵园则有父亲亲手撰书的"英风永续"四个大字，他亲自撰写的《三烈士事略》英烈事迹也垂教后来，诵颂百代。文韵荷香，铁肩担道义，妙手著文章。故乡人民以他为骄傲，这位一生心系故土的作家，家乡人民永远怀念他。

父亲生前极为关心学生教育问题，关心青少年成长环境。他关心家乡子弟读书学习的事迹至今在河北省安平县广为传颂。

父亲一生不喜仕途，远离官场，晚年更是足不出户，囿于耕堂之地，不爱出头露面开会应酬。在天津，对那拿着一沓子钞票找上门来的求他题写饭店匾额的老板拒之门外，一字不供。可他

1983 年为天津市少年儿童基金会捐款 2000 元（那时候写一本散文集稿费是 600 元~700 元，需写一年）。后又将家乡祖产大小五间房屋，片瓦不留，全部捐给乡里办学并捐资；先后为安平中学、安平县"大子文乡中学""孙遥城小学"题写校牌，题字。一方面是对故乡难以割舍的感情，一方面是对家乡莘莘学子的爱护与期望。"祖宗的烙印我是从安平土地上产生出来和走出来的。"父亲如是说。

1953 年，父亲曾回乡为安平中学学生传艺授课，讲《如何写作》之课题，当时有 30 名由学校精挑细选出来的学生听课。回津后，父亲又给学校寄去包括鲁迅、冰心在内的多种经典名著，还有自己的作品。他特别关心县里的文化教育事业，希望县领导千方百计地以教育的繁荣和发展来保证乡亲们尽快地富裕起来，日子一天比一天好。

如今，孙犁先生手持书本 4.6 米高的汉白玉立像矗立在安平中学孙犁广场，长青植物映衬着松柏后凋的品格，黄色的菊花寓意着"人淡如菊"的布衣精神；底座"孙犁"二字由中国作家协会主席铁凝亲题。

水秀地灵华北明珠白洋淀地区曾是冀中抗日根据地，虽然不是父亲的生身之地，但它是父亲重要的第二故乡。正是由于有在白洋淀边一段教书难忘的宝贵的生活经历，才能使父亲在文学生涯里形成了重要的白洋淀系列。1958 年由康耀伯伯帮助病中父亲编辑的《白洋淀纪事》由中国青年出版社出版，初收54 篇孙犁小说散文，此后多次再版。1981 年 2 月，父亲在为友人姜德明同志所藏精装本《白洋淀纪事》题字时这样写道："君为细心人，此集虽系创作，从中可看到：一九四〇年到一九四八年间，我的经历，我的工作，我的身影，我的心情。实是一本自传的书。"

晚作十种　激浊扬清

"衰病犹怀天下事，老荒未废纸间声。"晚年父亲的《晚华集》《秀露集》《澹定集》《尺泽集》《远道集》《老荒集》《陋巷集》《无为集》《如云集》《曲终集》十种作品集——问世。他不忘文学的崇高使命与作家的神圣职责，发扬并丰富了我国革命文学的现实主义传统，以深邃之思想，创新之文体，鲜明之艺术风格及炉火纯青之文字，为商品经济下的当代中国读者构筑了一座守望自我与真善美的精神家园。1995年5月30日，父亲在耕堂亲自抄录了作家曾镇南先生写给他的一本嵌十本小书名的五言诗，并送给了我。

父亲录后写道："余衰病之年，曾君镇南屡作关怀之辞，近又作五言一首嵌拙作十书于内，诗有魏晋风神，声音清越，喜而录之。"

那天上午，父亲抄录完此诗受到鼓舞，心情喜悦，连年劳苦不觉一扫，顺手将此书幅递给了我，今愈知其宝贵胜金。父乃谦谦君子，没有张扬发表造势之意，唯有默默留作纪念之心。经自己练笔多年感悟，方知父亲连续奋战十三个春秋，孜孜矻矻、不眠不休、日夜兼程、焚膏继晷之万般辛劳。

淡泊名利　德谦行逊

回眸历史，70年前，1945年5月15日（当时报纸上刊登的是"中华民国三十四年"），在延安《解放日报》当天报纸第四版右上角登出一篇五千字左右的小说，题目是《荷花淀——白洋淀纪事之一》，版式竖排。开篇那段著名的"月亮升起来，院子里凉爽得很，干净得很，白天破好的苇眉子潮润润的，正好编苇。苇眉子又滑又细，在她怀里跳跃着……"伴着诗一样的语句，一个质朴、宁静、勤劳、柔美的冀中青春妇女形象一下子跃入人们的眼帘……一个富有传奇人生色彩、将生命附丽于文学的作者瞬间迸发出耀眼的光华。那简洁明快的语言，那巧妙的构思，那充满浓郁的生活气息的对话，那新鲜的创作手法，尤其出自年轻的妻子们口中的埋怨与谑语，更是出神入化，令人称绝。这篇小说不仅是一首令人心神陶醉的抒情乐曲，而且称得上是一支振奋人心鼓舞斗志的战歌。

不同凡响的稿件犹如一块石头投入平静的湖水，激起不小的浪花，当副刊编辑方纪拿到这篇稿件时高兴得差点儿就跳了起来，报社整个编辑部都为之轰动。发表后，更是好评如潮。随着美誉传陕北，人们知道了作者的名字，这是接受上级命令奉调从冀中步行千里奔赴抗日中心的一名原华北抗日联大的教员，他现在是延安鲁艺的研究生，第六期的学员，他的名字叫"孙犁"。这位从冀中走来的年轻作者，从此蜚声文坛。"清新庾开府，俊逸鲍参军"，兼有现实主义与浪漫主义美学风格的《荷花淀》迅速被重庆《新华日报》和解放区的各报相继转载，新华书店和香港书店又分别收集了他的其他作品出版了《荷花淀》小说散文集。此后以《荷花淀》命名的版本不断问世，至今印刷不衰。

凡读过此文的读者，总有这样深切的感受，爱国的情怀充溢着身心；浓密的芦苇是军民筑起的长城；挺出水面的荷箭，是射向日本侵略者的武器；小船上几个年轻妇女，正警觉着四周动静；潜伏在硕大荷叶下的八路军战士正准备开展一场针对鬼子的生死歼灭战。

至今，《荷花淀》巨幅彩色壁画陈列在中国现代文学馆大厅显著位置，彰显着这篇文学经典与作者在中国当代文学史上的地位。《荷花淀》不是从血与火、你死我活的残酷战争场面，而是从人性美人情美的另一个角度解读人民战争。它不仅以它独有的艺术魅力吸引着几代读者阅读、欣赏，更是列入了全国语文统编教材和大学文科现代文学必读书目；也曾多次列入中学语文课本，而今正向青少年阅读领域迈进。

据我所知，1945 年在延安，毛主席读了刊登在《解放日报》上的短篇小说《荷花淀》之后，用铅笔在报纸边白上写下"这是一个有风格的作家"给予赞赏。

我十几岁时有幸与父亲就《荷花淀》的写作问题进行过面对面的交流，那简短的对话成为我向父亲求教写作知识最珍贵的记忆。他那从容的回答，喜悦的神情，受了赞扬有些腼腆的样子，深深地印在女儿心里。我总的感觉是他在西北风沙很大的黄土坡上写了淀水荷花，所以延安的人们喜欢看；他在"那里的作家都不怎么写"的情况下（刚整风完）标新立异，所以受稀罕；当时他写作条件不好，可是写得很顺，得心应手，一气呵成。父亲的原话是："在窑洞里，就那么写出来了，连草稿也没打。"对名著的诞生，他说得轻如风淡如水，没有标榜，没有炫耀，没有拔高，没有自得。

20 世纪 40 年代，父亲的《丈夫》和《区村和连队的文学写作课本》获晋冀边区文联鲁迅文艺奖；20 世纪 80 年代父亲荣获全国老编辑荣誉奖，1986 年 11 月获全国新闻工作者协会荣誉证书；1989 年 4 月《孙犁散文选》荣获全国优秀散文（集）、杂文（集）荣誉奖；1983 年至 1988 年，《远道集》《谈作家的素质》《耕堂序跋》连续三次获天津市鲁迅文艺奖；1986 年至 1990 年，《谈照相》《一个朋友》《近作之写》等三次获《羊城晚报·花地》佳作奖。1995 年 8 月 15 日，中共天津市委宣传部在纪念抗战胜利和反法西斯战争胜利 50 周年之际，为表彰他自抗日战争以来为革命文艺工作做出的贡献，颁发给他"抗战文艺老战士"荣誉证书。这些荣誉父亲生前从没跟我提起过，是我整理他的遗物时收集的。

大约1996年、1997年前后，有一次父亲跟我说："我不同意'南有谁谁，北有谁谁'的说法。人家是人家，我是我。"据我所知，"南有某某，北有某某"在戏剧界、美术界早有这种提法，如"南有麒麟童，北有马连良""南有张大千，北有溥心畲"等等。凡能有这种提法的，都是名气非常大、艺术造诣极深的人物。"南有巴金，北有孙犁"这一盛誉谁不景仰？而父亲坚决不接受这种提法。他觉得巴金先生那么大成就，自己比不了。如同他坚决不同意说他是"荷花淀派"创始人的说法一样，对别人求之不得送上门的顶级荣誉他拒不接受。1962年，49岁的父亲便写过《自嘲》这首诗："小技雕虫似笛鸣，惭愧大锣大鼓声。影响沉没噪音里，滴沥人生缝罅中。"他敢于把自己一生中的不足、缺点都写进文章，谦谨好学、不浮不躁、实事求是伴随了他的一生。他把自己看作一滴水，只有融入江河，流向大海才不会枯竭。

桃李不言　下自成蹊

2011年11月5日，由中国报纸副刊学会与天津日报社联合主办的"2011孙犁报纸副刊编辑奖"在天津静海县颁奖。这也是天津文艺界、新闻界的一份荣光。父亲虽然离开了我们，但他甘为他人做嫁衣、甘为人梯、做铺路石的无私奉献精神将激励副刊工作者奋发向前，创造辉煌。

进城后，父亲是《天津日报》的创始人之一，在长期从事文艺副刊编辑工作中，倾注心血培育新苗，他以《天津日报·文艺周刊》为园地，与同仁共同培养了很多文学幼苗成长为参天大树，已成文坛佳话。但他从不以文坛伯乐自居，更不当状元的老师。看到年轻人从自己这个低栏跳过，他由衷地感到高兴。他以书信为载体，与多位青年作家、编辑保持联系，对他（她）们进行写作上的鼓励，被誉为"我国报刊史上一代编辑典范"。

父亲愿化作"尺泽"，润泽过往善良的鸟兽，他的这种精神，就是奉献精神，园丁精神。2013年，著名作家从维熙先生在为拙作《逝不去的彩云》一书所作序中写道："从文学的视角去寻根，我也是孙犁这棵文学巨树的一片树叶。孙犁作品不仅诱发我在青年时代拿起笔来，而且在我历经冰霜雨雪之后，是继续激励我笔耕至今的一面旗帜。不只我一个人受其影响，而踏上了文学笔耕之路，仔细盘点一下，真是可以编成一个文学方阵了——这是老一代作家中罕见的生命奇迹。"

一生爱书　不离不弃

父亲深厚的文化积淀与广博的学养来源于中外优秀典籍之馈赠。与父亲在一个城市共同生活这么多年，感受最深的是他对书的感情。

他对书一往情深，从年轻时脖颈上套着装有鲁迅先生作品的布包行军打仗、跋山涉水，与身上背的干粮、墨水瓶一样行止与俱，有空就读，到老年坐拥书城，满室书香，每本心爱之书不是有书衣便是有书套，舒舒服服待在书柜里，他为之掸尘、补缺，他为书衣写字题跋，视若"红颜知己"，不离不弃，白头偕老。他与书是一生结缘、心心相印。

他嗜书如命、喜欢读书仿佛是与生俱来的。我母亲说他对书"轻拿轻放，拿拿放放""最待见书"。他自己跟我说，报社爱打扑克的人有句口头禅：孙犁搬家——净书（输）。

好的书籍对于父亲不是消遣、不是娱乐，他自己曾写过：书给他以憧憬，给他以营养，给他以力量，给他以启示，使他奋发，使他前面有希望，使他思想升华……他视好的书籍为指路明灯、精神的栖息地。

在艺术探索的道路上，父亲就像摆在他书柜上的那匹驮着绿色水囊的唐三彩骆驼一样，不畏艰难，跋涉大漠，仰天长啸，奋勇直前。父亲晚年独居静室，"素处以默，妙机其微，饮之太和"，广泛吸收着中华典籍丰美优良的传统文化精华，自由翱翔于文字时空，沉浸于清纯、悠远的创作境界。

父亲是令人钦敬有真才实学的学者型作家，德、才、学、识兼备，集小说家、散文家、理论家、批评家、诗人于一身，有多方面的艺术才能。他的文艺理论、文艺批评见解精湛，读其文论"可兼得学问、见识、文采三者之美"。一些精辟、精彩之句，常为文学爱好者背诵摘抄、引用学习，成为文学入门必读之章。他的大量有关读书的文章深入浅出、观古知今，文字清峻古朴，有浓郁的文人气质，有其独特的艺术欣赏趣味。

他的诗歌有散文之美，以记事为主，发哲人之思，是他"处世的情怀之作"。父亲从小便与诗词相伴，读诗、写诗求知萤火边。早年流浪北平，他获得的第一笔稿费五角钱也是因诗而得。他的诗中我最喜欢《自嘲》《悼念小川》及《大星陨落》《生辰自述》中的四言诗。其古体诗《悼内子》是写给我母亲的，令我今生难忘永怀于心。"雕虫蒙记忆，烹鲤问沉绵"，他的书信近年被广泛搜集，通信人众多，友人、作家、文学评论家、编辑、文学爱好者、同学、青年学生、家乡校长、县领导等等，内容极为丰富，其中有多封涉及文学创作方面的交流探讨，尤为可贵。

他的"芸斋小说"，是个人切身经历的情感体验。还有不少的杂文、随笔，以犀利的笔法，剖析国民品性，针砭假恶丑，呼唤真善美的回归。

彩云即使随风流散，也会化作春雨润物细无声；飘落的黄叶，即使归入泥土，也会化作春泥护花红……

2015年5月23日是父亲生辰之日，如果他还活着，是102岁。他属牛，笔名芸夫，他一生就像一位田间戴笠的老农执犁扶耧，不怕风吹日晒，不惧冰雹霜雨，默默耕耘，春种秋收。"文章能取信于当世，方能传世于后代。"我相信他用毕生心血汗水凝结不欺人、不自欺的心灵文字，充满"真诚善意，名识远见，良知良能，天籁之音"的道德文章，会继续散发出人品与文品完美结合之双重魅力，润泽滋养更多读者的心灵，为书香社会增添正能量，引导更多的文学爱好者走进文学曲径通幽、姹紫嫣红的艺术园林。

2015年4月28日

目　　录

文学和生活的路

——同《文艺报》记者谈话

　　《文艺报》编辑部希望我谈谈如何艺术地反映生活，谈谈有关艺术规律方面的一些问题。我没有资格谈这个问题。我在创作上成就很小，写的东西很少。这些年，在理论问题上，思考的也很少。但是，《文艺报》编辑部的热情难却。另外，我想到，不管怎么样，我从十几岁就学习文学，还可以说一直没有间断，现在已经快七十岁了，总还有些经验。这些经验也有成功的，也有失败的，失败的比较多，对青年同志们可能有些用处。所以我还是不自量力地来谈谈这个问题。

　　我感觉《文艺报》这个题目，"如何艺术地反映生活"，是指文学作品的艺术性。一部作品，艺术的成就，不是一个技巧问题。假如是一个技巧问题，开传习所，就可以解决了。根据历史上的情况，艺术这个东西，父不能传其子，夫不能传其妻，甚至师不能传其徒。当然，也不是很绝对的，也有父子相承的，也有兄弟都是作家的。这里面不一定是个传授问题，可能有个共同环境的问题。文学和表演艺术不同，表演艺术究竟有个程式，程式是可以模拟的，文学这个东西不能模拟，模拟程式，那就是抄袭，不能成为创作。我的想法，艺术性问题，至少包括三个方面：第一是生活的阅历和积累，生活的经历是最主要的；第二是思想修养；第三是文艺修养。我下面就这三个问题漫谈，没有什么系统，谈到哪儿算哪儿。

生活的阅历和积累，不是专凭主观愿望可以有的。人的遭遇不是他自身可以决定的。拿我个人来说，我就没有想到我一生的经历，会是这个样子。在青年的时候，我的想法和现在不一样。所以过去有人说：青年的时候是信书的，到老年信命。我有时就信命运。命运可以说是客观的规律，不是什么唯心的东西。我们生活在这个世界上，是受这个客观世界，受时代推动的。学生时代我想考邮政局，结果愿望没达到，我就去教书。后来赶上抗日战争，我才从事文学工作，一直到现在。就是说生活经历不是凭个人愿望，我要什么经历就有什么经历，不是那样的。从事文学，也不完全是写你自己的生活。生活不足，可以去调查研究，可以去体验。

说到思想修养，这对创作、对艺术性来说，就很重要。什么叫艺术性？既然不是技巧问题，那就有个思想问题。你作品中的思想，究竟达到什么高度，究竟达到什么境界，是不是高的境界，这都可以去比较，什么东西一比较就可以看出来。文学艺术，需要比较崇高的思想，比较崇高的境界，没有这个，谈艺术很困难。很多伟大的作家、作品，它的思想境界都是很高的。它的思想，就包含在它所表现的那个生活境界里。思想不是架空的，不是说你想亮一个什么思想，你想在作品里表现一个什么思想，它是通过艺术、通过生活表现出来的，那才是真正的作品的思想高度和思想境界。

第三是文艺修养。我感觉到现在有一些青年人，在艺术修养这方面，功夫还是比较差，有的可以说差得很多。我曾经这样想过，"五四"以来，中国的大作家，他们读书的情况，是我们不能比的。我们这一代，比起鲁迅、郭沫若、茅盾、巴金、郁达夫，比起他们读书，非常惭愧。他们在幼年就读过好多书，而且精通外国文，不止一种。后来又一直读书，古今中外，无所不通，渊博得很。他们这种读书的习惯，可以说启自童年，迄于白发。我们可以看看《鲁迅日记》。我逐字逐句地看过两遍。我觉得是很有兴趣的一部书。我曾经按着日记后面的书账，自己也买了些书。他读书非常多。《鲁迅日记》所记的这些书，是鲁迅在北京做官时买的。他幼年读书的情况，见于周作人的日记，那也是非常渊博的。又如郁达夫，在日本时读了一千多种小说，这是我们不可想象的。现在我们读书都非常少，读书很少，要求自己作品艺术性高，相当困难。借鉴的东西非常少，眼界非常不开阔，没有见过很好的东西，不能取法乎上。只是读一些报纸、刊物上的作品，本来那个就不高，就等而下之。最近各个地方办了读书班，我觉得是非常好、非常及时的一种措施。把一些能写东西的青年集中起来让他们读书。我们现在经验还不足，还要慢慢积累一些经验。前几天石家庄办了个读书班，里面有个学生，来信问我读书的方法。我告诉她，你是不是利用这个时间，多读一些外国作品，外国作品里面的古典作品。你发现你对哪一个作家有兴趣，哪个作家合你的脾胃，和你气质相当，可以大量地、全部地读他的作品。大作家，多大的作家也是一样，他不能网罗所有的读者，不能使所有的读者，都拜倒在他的名下。有的人就是不喜欢他。比如短篇小说：莫泊桑、都德，我也知道他们的短篇小说好，我也读过一些，特别是莫泊桑，他那短篇小说，是最规格的短篇小说，无懈可击的。但是我不那么爱好莫泊桑的短篇小说，我喜欢普希金、契诃夫、梅里美、高尔基的短篇小说。我感觉到普希金的短篇小说和契诃夫的短篇小说，合乎我的气质，合乎我的脾胃。在这些小说里面，可以看到更多的热烈的感情、境界。屠格涅夫的长篇小说，我都读过，我非常喜爱。他的长篇小说，是真正的长篇小说，规格的，无懈可击。它的写法，它的开头和结尾，故事的进行，我非常爱好。但我不大喜欢他的短篇小说《猎人笔记》，虽然那么有名。这不是说，你不喜欢它就不好。每个读者，他的气质，他的爱好，不是每个人都一样。你喜欢的，你就多读一些；不喜欢的，就少读一点。中国的当然也应该读。中国短篇小说很多，但是我想，中国旧的短篇小说，好好读一本《唐宋传奇》，好好读一本《今古奇观》，读一本《宋人平话》，一本《聊斋志异》，就可以了。平话有好几部：有《五代史平话》《三藏取经诗话》《宋人平话》《三国志平话》。我觉得《宋人平话》最好。我劝青年同志多读一点外国作品，我们不能闭关自守。"五四"新文学所以能发展得那么快，声势那么大，就是因为那时候，介绍进来的外国作品多。不然就不会有五四运动，不会有新的文学。我们现在也是这样。我主张多读一些外国古典东西。我觉得书（中国书也是这样），越古的越有价值，这倒不是信而好古，泥古不化。一部作品，经过几百年、几千年考验，能够流传到现在，当然是好作品。现在的作品，还没有经过时间的考验和淘汰，好坏很难以说。所以我主张多读外国的古典作品，当然近代好的也要读。

我们在青年的时候，学习文艺，主张文艺是为人生的，鲁迅当时也是这样主张的。在青年，甚至在幼年的时候，我就感到文艺这个东西，应该是为人生的，应该使生活美好、进步、幸福的。为了达到这个目的，你的作品要为人生服务，必须作艺术方面的努力。那时有一个对立的口号：为艺术而艺术。大家当时反对为艺术而艺术。但是，为人生的艺术，不能完全排斥为艺术而艺术。你不为艺术而艺术，也就没有艺术，达不到为人生的目的。你想要为人生，你那个作品，就必须有艺术，你同时也得为艺术而努力。

现在，大家都在谈文艺和政治的关系。我在读高中的时候，读了《政治经济学批判序言》，也读过《唯物论与经验批判论》和《费尔巴哈论纲》。华汉著的《社会科学概论》，是作为一门正式课程，在课堂上讲的。我们的老师好列表。为了帮助学生们理解，关于辩证法，他是这样画的：正——反——合。合，就是否定的否定。经济基础，一条直线上去，是政治、法律，又一条直线上去，是文学艺术，也叫意识形态。直到现在还是这个印象。文艺和政治不是拉在一条平行线上的。鲁迅一九二六——一九二七年在广州看到了当时的政治和文艺情况，他写了好几篇谈文艺与政治的文章，我觉得应该好好读。他在文章里谈到，"政治先行，文艺后变"。意思是说，政治可以决定文艺，不是说文艺可以决定政治。我有个通俗的想法。什么是文艺和政治的关系？我这么想，既然是政治，国家的大法和功令，它必然作用于人民的现实生活，非常广泛、深远。文艺不是要反映现实生活吗？自然也就要反映政治在现实生活里面的作用、所收到的效果。这样，文艺就反映了政治。政治已经在生活中起了作用，使生活发生了变化，你去反映现实生活，自然就反映出政治。政治已经到生活里面去了，你才能有艺术的表现。不是说那个政治还在文件上，甚至还在会议上，你那里已经出来作品了，你已经反映政治了。你反映的那是什么政治？我同韩映山他们讲，我写作品离政治远一点，也是这个意思，不是说脱离政治。政治作为一个概念的时候，你不能做艺术上的表现，等它渗入到群众的生活，再根据这个生活写出作品。当然作家的思想立场，也反映在作品里，这个就是它的政治倾向。一部作品有了艺术性，才有思想性，思想溶化在艺术的感染力量之中。那种所谓紧跟政治，赶浪头的写法，是写不出好作品的。

写"大跃进"的时候，你写那么大的红薯，稻谷那么大的产量，钢铁那么大的数目，登在报上。很快就饿死一家人，你就不写了，你的作品，就是谎言。文艺和政治的关系，表现在哪里？

中国古代好多学者，他们的坚毅的精神，求实的精神，对人民、对时代、对后代负责的精神，很值得我们学习。这里我想谈一些学术家们的情况。司马迁、班固、王充，他们的工作条件都是很困难的，当时的处境也不是很好的，但都写出了这样富有科学性的、对人民负责的作品。还有一个叫刘知几，他有一部《史通》。我很爱读这部书，文字非常锋利。他不怕权威。多么大的权威，他都可以批判，司马迁、班固，他都可以指责。他不是无理取闹。他对史学很有修养，他不能成为国家正式的修史人员，他把自己的学术，作为一家之言来写。文字非常漂亮，说理透彻。司马光的《资治通鉴》，是非常令人佩服的，当时没有读者，给谁看，谁都不爱看。他把这么长的历史事实，用干支联系起来。多么大的科学！李时珍的《本草纲目》，就不用说这部著作大的方面的学术价值，我举两个小例子，就可以说明这个人非常实事求是，非常尊重科学。对于人参的功能，历代说法不一，李时珍把两种说法并列在这一条目之下，使人对人参，有全面的知识。又如灵芝，这是一种了不起的药，一种非常名贵的药。但李时珍贬低这种药，说它一钱不值，长在粪土之上，怎么能医治疾病？我不懂医学，他经过多年观察，多年实践，觉得灵芝不像人们所吹嘘的那样，我就非常佩服他。王夫之写了那么多著作，如《读通鉴论》，从秦一直写到宋，每个皇帝都写了好多，那么多道理，那么多事实，事实和道理结合起来，写得那么透彻，发人深省。他的工作条件更坏，住在深山里，怕有人捉他。他写了《船山遗书》。我们的文学想搞一点名堂出来，在古人面前，我们是非常惭愧的。我们没有这种坚毅不拔的精神，我们缺乏这种科学的态度，我们缺乏对人民对后代负责的精神。中国的文学艺术和中国的历史著作是分不开的。历史著作，给中国文学开辟了道路。《左传》《史记》《汉书》，它们不完全是历史，还为文学开辟了道路。司马迁的《史记》在人物的刻画上，有性格，有语言，有情节。他写了刘邦、项羽，那样大的人物，里面没有一句空洞的话，没有把他们作为神来描写，完全当作一个平凡的人，从他们起事到当皇帝，实事求是。这对中国的文学创作有很大的影响，究竟一个人物怎么写，司马迁的方法，是科学的方法。我主张青年同志，多读一些历史书，不要光读文学书。

　　我最近给《散文》月刊写《耕堂读书记》，下面一个题目本来想写《汉书·苏武传》。《苏武传》写得非常好，他写苏武，写李陵，都非常入情入理。李陵对苏武的谈话，苏武的回答，经过很高的艺术提炼。李陵对苏武说的，都是最能打动苏武的话，但是苏武不为他的话所诱惑，这已经是写得非常好了。现在我们讲解这篇作品，讲完了以后，总得说班固写这个《苏武传》，或者苏武对李陵的态度，是受时代的局限，要我们批判地去看。我觉得这都是多余的话。每一个人都受时代的局限，我们现在也有时代的局限性，这样讲就是一种时代的局限性。假如班固不按他那个"局限性"，而按我们的"局限性"去写《苏武传》，我敢说，《苏武传》就一点价值也没有了，也不会流传到现在。我们不要这样去要求古人，我们的读者，难道不知那是汉朝的故事？

我们应该总结我们在文学创作上的反面经验。这比正面的经验，恐怕起的作用还要大些。多年以来，在创作上，有很多反面的经验教训。我们总结反面经验教训，是为了什么？就是教我们青年人，更忠实于现实，求得我们的艺术有生命力，不要投机取巧，不要赶浪头，要下一番苦功夫。蒲松龄说，"书痴"的文章必"工"，"艺痴"的工艺必"良"。这是经验之谈。蒲松龄为写《聊斋》，做了很多的准备工作。《蒲松龄文集》可以说是写《聊斋》的准备，下了多大的苦功！我们要养成认真思考，认真读书，认真修改稿件的习惯。我觉得我别的长处没有，在修改稿件上，可以说是下苦功的。一篇短稿改来改去，我是能够背过的。哪个地方改了个标点，改了个字，我是能记得的。长篇小说每一章，当时我是能背下来的。在发表以前，我是看若干遍的；在发表之后，我还要看，这也许有点孤芳自赏的味道。搞文字工作，不这样不行。我曾经把这个意思，给一些青年同志讲过，有的青年有兴趣，有的没有兴趣。

我们的生活，所谓人生，很复杂，充满了矛盾和斗争。现在我们经常说真美善和假的、邪恶的东西的斗争。我们搞创作，应该从生活里面看到这种斗争，体会到这种斗争。我现在已经快七十岁，我经历了我们国家民族的重大变革，经历了战争、乱离、灾难、忧患。善良的东西、美好的东西，能达到一种极致。在一定的时代，在一定的环境，可以达到顶点。我经历了美好的极致，那就是抗日战争。我看到农民，他们的爱国热情，参战的英勇，深深地感动了我。我的文学创作，就是从这个时候开始的。我的作品，表现了这种善良的东西和美好的东西。我也遇到邪恶的极致，这就是最近的动乱的十年。我觉得这是我的不幸。在那个动乱的时期，我一出门，就看见街上敲锣打鼓，前面走着一些妇女，嘴里叼着破鞋；还有戴白帽子的，穿白袍的，带锁钱的。我看了心里非常难过，觉得那种做法是一种变态心理。

看到真美善的极致，我写了一些作品。看到邪恶的极致，我不愿意写。这些东西，我体验很深，可以说是镂心刻骨的。可是我不愿意去写这些东西，我也不愿意回忆它。

我们幼年学习文学，爱好真的东西，追求美的东西，追求善的东西。那时上海有家书店叫真美善书店，是曾孟朴、曾虚白父子俩开的，出了不少的好书。幼年时，我们认为文学是追求真美善的，宣扬真美善的。我们参加革命，不是也为的这些东西吗？我们愿意看到令人充满希望的东西，春天的花朵，春天的鸟叫；不愿意去接近悲惨的东西。刚解放时有个电影，里面有句歌："但愿人间有欢笑，不愿人间有哭声。"我很欣赏那两句歌。但这是不可能的。我们的生活里面，总是有喜剧，也有悲剧吧。我们看过了人间的"天女散花"，也看过了"目莲救母"。但是我始终坚信，我们所追求的文学，它是给我们人民以前途、以希望的，它是要使我们的民族繁荣兴旺的，充满光明的。我们民族是很伟大的。这一点，在这几十年的斗争生活中看到了。

凡是伟大的作家，都是伟大的人道主义者，毫无例外的。他们是富于人情的，富于理想的。他们的作品，反映了他们对于现实生活的这种态度。把人道主义从文学中拉出去，那文学就没有什么东西了。我们的作家，要忠诚于我们的时代，忠诚于我们的人民，这样求得作品的艺术性，反过来作用于时代。

作家不能同时是很有成就的政治家。我看有很多作家，在历史上，有时候也想去当政治家，结果当不成，还是回来搞文学。因为作家只能是纸上谈兵，他对于现实的看法可以影响人，但是不能够去解决人民生活的实际问题，一个时代的政治，可以决定一个时代作家的命运。

我认为，要想使我们的作品有艺术性，就是说真正想成为一个艺术家，必须保持一种单纯的心，所谓"赤子之心"。有这种心就是诗人，把这种心丢了，就是妄人，说谎话的人。保持这种心地，可以听到天籁地籁的声音。《红楼梦》上说人的心像明镜一样。文章是寂寞之道，你既然搞这个，你就得甘于寂寞，你要感觉名利老是在那里诱惑你，就写不出艺术品。所以说，文坛最好不要变成官场。现在我们有的编辑部，甚至于协会，都有官场的现象，这是很不好的。

一定的政治措施可以促进文艺的繁荣，也可以限制文艺的发展，总起来说政治是决定性的。文学的职责是反映现实，主要是反映现实中真的美的善的，古今中外的文学作品，都是这样。它也暴露黑暗面。写阴暗面，是为了更突出光明面。我们有很多年，实际上是不准写阴暗面，没有暗的一面，光明面也就没有力量，给人感觉是虚伪的。文学作品，凡是忠实于现实的，忠实于人民的，它就有生命力。公式化、概念化和艺术性是对立的。但是，对公式化、概念化我们也要做具体分析。不是说一切公式化、概念化的东西，都不起作用。公式化、概念化，古已有之。不是说从"左联"以后，从革命文学才有。蒋光慈、殷夫的作品，不能不说有些是公式化、概念化的。但是他们的作品，当时起到一定的政治宣传作用，推动了革命。"大跃进"时有很多公式化、概念化的作品。假如作者是发自真情，发自真正的革命热情，是可以起到一些作用的；假如是投机，在那里说谎话，那就任何作用也不起，就像"四人帮"后来搞的公式化、概念化。

这些年来，我读外国作品很少，我是想读一些中国的旧书。去年我从《儿童文学》上又看了一遍《丑小鸭》，我有好几天被它感动，这才是艺术品，很高的艺术品。在童话里面，充满了人生哲理，安徒生把他的思想感情，灌输进作品，充满七情六欲。安徒生很多作品用旁敲侧击的写法，有很多弦外之音，这是很高的艺术。有弦外之音的作品不是很多的。前几天我读了《诗刊》上重新发表的《茨冈》，我见到好几个青年同志，叫他们好好读读，这也就是小说，或者说是剧本，不只是诗。你读一遍这个作品，你才知道什么是现实主义，什么是浪漫主义。这才是真正的样本。

在理论方面，我们应该学点美学。多年我们不注意这个问题了，这方面的基础很差。不能只学一家的美学，古典美学，托尔斯泰的、普列汉诺夫的、卢那察尔斯基的，甚至日本那个厨川白村，还有弗洛伊德的都可以学习。弗洛伊德完全没有道理？不见得。都要参考，还有中国的钟嵘、刘勰。

现在还有很多青年羡慕文学这一行，我想经过前些年的动乱，可能有些青年不愿干这行了，现在看起来还有很多青年羡慕这一行。但对于这一行，认识不是那么清楚。不知道这一行的苦处，也看不见先人的努力。一个青年建筑工人，他给我写信，说他不能把一生的精力、青春，浪费在一砖一瓦的体力劳动上，想写剧本、写小说。这样想法不好。你不能一砖一瓦地在那里劳动，你能够一句一字地从事文学工作吗？你很好地当瓦工，积累了很多瓦工的生活、体验，你就可以从事业余的文学创作。各行各业的青年人，在本职的工作以外，业余学一点文学创作，反映他们的生活，我们的文学题材，不是就很广泛了吗？不是很大的收获吗？我希望青年同志们，不急忙搞这个东西，先去积累本身职业的生活。文学题材是互相沟通的。前些年，文学题材很狭窄。很多人，他不光想知道本阶层的生活，也想知道别阶层的生活，历史上古代人的生活，他见不到听不到的生活。这在文学上有很多例子。专于一种职业，然后从事文学，使我们文学题材的天地，广大起来。

我在上小学的时候，就很喜欢文学。我最早接触的，是民间形式：河北梆子、各种地方戏、大鼓书。然后我才读了一些文学作品，选读的是《封神演义》，后来在村里又借了一部《红楼梦》。从小学（那时候分初级小学、高级小学），我一直爱好文学作品。在高级小学，我读了一些新的作品：文学研究会的作品，商务印书馆出的一些杂志。我上的是个私立中学，缴很多学费，它对学生采取填鸭式，叫你读书。我十九岁的时候，升入本校的高中，那时叫普通科第一部，近似文科。除去主要的课程，还有一些参考课程，包括一大本日本人著的，汤尔和翻译的《生物学精义》，有杨东莼著的《中国文化史》，有严复翻译的《名学纲要》，还有日本人著的《中国伦理学史》，冯友兰的《中国哲学史》。还叫我们学《科学概论》和《社会科学概论》。还有一些古书。在英文方面，叫我们读一本《林肯传》，美国原版的，读《泰西五十轶事》《伊索寓言》《英文短篇小说选》和《莎氏乐府本事》。在这两年的时间里，有这么些书叫你读。在中学里，我们就应该打下各方面的知识基础。当然这些知识还不是很深的，但是从事文学创作，需要这些东西。你不知道一些中国哲学，很难写好小说。中国的小说里面，有很多是哲学。你不知道中国的伦理学，你也很难写好小说，因为小说里面，要表现伦理。读书，我有这种感觉，一代不如一代。我们比起上一代，已经读书很少，现在的青年人，经过十年动乱，他们读的书就更少。在中学，我读了一些外国文学作品，那时主要读一些十月革命以后苏联的文学作品。除去《铁流》《毁灭》以外，我也读一些小作家的作品，如赛甫琳娜的、聂维洛夫的、拉甫列涅夫的，我都很喜欢。也读法国纪德的《田园交响乐》。这些作家，他们的名字至今我还记得很清楚，这说明青年时期读书很有好处。

抗日战争，我才正式地从事创作，我所达到的尺度很低。我写的那些东西，也不是一帆风顺的。有一些年轻的同志，对我很热情，他们还写了一些关于我的作品的分析，很多都是溢美之词。我没有那么高。自己对自己的作品，体会是比较深的。在过去若干年里，强调政治，我的作品就不行了，也可能就有人批评了；有时强调第二标准，情况就好一点。我的作品也受到过批判，在地方报纸上，整版地批判过，在全国性的报纸上，也整版地批判过。最近山东师范学院编一本关于我的专集，他们搜集了全部评论文章。他们问我，有些文章行吗？编进去吗？我说，当然要编进去，怎么能不编进去呢。作为附录好吗？我说不行，应该一样待遇。对于作品，各人都可以有各人的看法，一个时期也可以有一个时期的看法。我不把自己的作品看得那么高，我觉得我的作品是微不足道的。我们可以说个笑话，我估计我的作品的寿命，可能是五十年。当然不包括动乱的十年，它们处于冬眠状态。在文学史上，很少很少的作品才能够永远被别人记忆，大部分的作品，会被后人忘记。五十年并不算短寿，可以说是中寿。我写东西，是谨小慎微的，我的胆子不是那么大。我写文章是兢兢业业的，怕犯错误。在四十年代初期，我见到、听到有些人，因为写文章或者说话受到批判，搞得很惨。其中有的是我的熟人。从那个时期起，我就警惕自己，不要在写文章上犯错误。我在文字上是很敏感的，推敲自己的作品，不要它犯错误。最近在《新港》上重发的我的一篇《琴和箫》，现在看起来，它的感情是很热烈的，有一种生气，感染着我。可是当时我把它放弃了，没有编到集子里去。

只是因为有人说这篇文章有些伤感。还有一篇关于婚姻问题的报告，最近别人给我复制出来。当时发表那个报告以后，有个读者写了一篇批评，我也跟着写了一篇检讨。现在看起来，并没有多大的问题。

我存在着很多缺点，除去一般文人的缺点，我还有个人的缺点。有时候名利二字，在我的头脑里，也不是那么干净的。"利"好像差一点；"名"就不一定能抹掉。好为人师，也是一患。

我觉得写文章，应该谨慎。前些日子我给从维熙写了一篇序言，其中有那么一段："在那个时期，我也要被迫去和那些流氓、青皮、无赖、不逞之徒、两面人、卖友求荣者、汉奸、国民党分子打交道，并且成为这等人的革命对象了。"写完之后，我觉得这段不妥当，就把它剪了下来。我们的道路总算走得很长了吧，是坎坷不平的，也是饱经风雨的，终于走到现在，古人说七十可以从心所欲。现在我们国家的政治很清明，文路广开。但是写文章就是到了七十，也不能随心所欲地写，仍然是兢兢业业的事业。前不久，有人还在威胁，要来二次、三次"文化革命"。我没有担心，我觉得那样的革命，发动不起来了。林彪、"四人帮"在这一场所谓革命中，基于他们的个人私心，几几乎把我们的国家、我们的民族毁掉，全国人民都看得很清楚。

我有幸见到我们国家现在这样好的形势，这样好的前途。有些人见不到了，比如远千里、侯金镜。"文化大革命"刚刚结束，有人传说我看破了红尘，并且传到北京去。有一次文艺界的领导同志到天津来，问我：你看破红尘了吗？我说，没有。我红尘观念很重，尘心很重。我从来也没有想到西天去，我觉得那里也不见得是乐土。你看小说，唐僧奔那儿去的时候，多么苦恼，他手下那两个干部，人事关系多么紧张。北京团城，有座玉佛，很美丽，我曾为她写过三首诗。但我并不羡慕她那种处境，虽然那地方，还算幽静。我没有看破红尘，我还要写东西。

历史证明：文坛上的尺寸之地，文学史上两三行记载，都不是容易争来的。

凡是写文章的人，都希望自己的作品能够传世。能否传世，现在姑且不谈。如果我们能够，在七十年代，把自己六十年代写的东西，再看一看，或是隔上几年，就把自己过去写的东西，拿出来再看。看看是否有愧于天理良心，是否有愧于时间岁月，是否有愧于亲友乡里，能不能向山河发誓，山河能不能报以肯定赞许的回应。

自己的作品，究竟如何，这是不好和别人争论的。有些读者，也不一定是认真读书，或是对你所写当时当地的环境，有所了解。过去，对《秋千》意见最大，说是我划错了那个女孩子的家庭成分，同情地主。这种批评，在强调阶级斗争的时候，是很厉害的，很有些"诛心"的味道。出版社两次建议我抽掉，我没有答应。我认为既是有人正在批评，你抽掉了它，不是就没有放矢之"的"了吗？前二年，出版社又再版这本书，不再提这篇文章，却建议把《钟》《一别十年同口镇》《懒马的故事》三篇抽去。理由是《钟》的男主人公有些自私，《一别十年同口镇》没有写出土改的轰轰烈烈、贫农翻身的场面，《懒马的故事》写了一个落后人物，和全书的风格不协调。我想，经过"文化革命"，这本书有幸得以再版，编辑部的意思，恐怕是要它面貌一新吧。我同意了，只是在后记中写道，是遵照编辑部的建议。

现在所以没有人再提《秋千》，是因为我并没有给她划错成分，同情那个女孩子，也没有站错立场。至于《钟》的男主人公，我并不觉得他有什么自私，在那种情况下，我们能要求他怎样做呢？《一别十年同口镇》写的是一九四七年春季的情况。老区的土改经过三个阶段，即土改、平分、复查。我写的是第一次土改，那时的政策是很缓和的。在我写的时候，我已经知道要进行平分，所以我也发了一些议论。这些情况，哪里是现在的同志们所能知道的呢。它当年所以受到《冀中导报》的批判，也是因为它产生在两次政策变动之间的缘故。

至于《懒马的故事》之落后，我想现在人们也会不以为意了。

《钟》仍然保存在《村歌》一书中，其余两篇如有机会，我也想仍把它们收入集内。

过去强调写运动，既然是运动，就难免有主观、有夸张、有虚假。作者如果没有客观冷静的头脑，不作实际观察的努力，是很难写得真实，因此也就更谈不上什么艺术。

文章写法，其道则一。心地光明，便有灵感，入情入理，就成艺术。

要想使文学艺术提高，应该经常有一些关于艺术问题的自由讨论。百花齐放这个口号，从来没有人反对过，问题是实际的做法，与此背道而驰，是为丛驱雀的办法。过去的文学评论，都是以若干条政治概念为准则，以此去套文艺作品，欲加之罪，先颁恶名——毒草，哪里还顾得上艺术。而且有不少作品，正是因为艺术，甚至只是一些描写，招来了政治打击。作家在这种情况下，是不能争鸣的，那将越来越糟。有些是读者不了解当时当地的现实而引起，作者也不便辩解，总之，作者是常常处于下风的。

解放初，我曾和几个师范学校的学生，通信讨论了一次《荷花淀》。《文艺报》为了活泼一下学术风气，刊登了。据负责人后来告诉我：此信发出后，收到无数詈骂信件，说什么的都有。好在还没惹出什么大祸，我后来就不敢再这样心浮气盛了。

有竞争，有讨论，才能促使艺术提高。

清末缪荃荪辑了一部丛书，叫《藕香零拾》，都是零星小书。其中有一部《敬斋泛说》，是五代人作的。有一段话，我觉得很好，曾请曾秀苍同志书为小幅张贴座右。其文曰：

吾闻文章有不当为者五：苟作一也，徇物二也，欺心

三也，蛊俗四也，不可以示子孙五也。今之作者，异乎吾

所闻矣，不以所不当者为患，惟无是五者之为患。

所以我不主张空谈艺术。技法更是次要的。应该告诉青年们为文之道。

一九七六年秋季，我还经历了大地震。恐怖啊！我曾想写一篇题名《地震》的小说，没有构思好。那天晚上，老家来了人，睡得晚了一些，三点多钟，我正在抓起表看时间，就震了起来。我从里间跑到外间，钻在写字台下。等不震了，听见外面在下雨，我摸黑穿上雨衣、雨鞋，戴好草帽，才开门出去。门口和台阶上都堆满了从房顶震塌下来的砖瓦，我要往外跑，一定砸死了。全院的人，都在外面。我是最后出来的一个人。

地震在史书上，称作灾异，说是上天示儆。不是搞迷信吗？我甚至想，这是林彪、"四人帮"之流伤天害理，倒行逆施，达到了神人共愤、天怒人怨的程度，才引起的。我这个人遇见小事慌乱，遇见大灾大难，就麻木不仁，我在院里小山上搭了一个塑料薄膜小窝棚，连日大雨，不久，就又偷偷到屋里来睡了。我想，震死在屋里，也还算是"寿终正寝"吧。

所谓文学上的人道主义，当然不是庸俗的普度众生，也不是惩恶劝善。它指的是作家深刻、广泛地观察了现实，思考了人类生活的现存状态，比如社会关系、社会意识，希望有所扬弃。作家在作品中，通过对社会生活的刻画，对典型人物的创造，表达他这种理想。他想提高或纯净的，包括人类道德、理想、情操，各种认识和各种观念。但因为这种人道主义，创自作家，也常常存在缺点、弱点，会终于行不通，成为乌托邦。人道主义的作品，也不是千篇一律的。陀思妥耶夫斯基是伟大的现实主义作家，他的人道主义表现为一种不健康的形式。我只读过他一本《穷人》，别的作品，我读不下去。

作家因为遭遇不幸，他的神经发生了病态。只有真正的现实主义作家，才能成为真正的人道主义者。而一旦成为伟大的人道主义者，他的作品就成为伟大的观念形态，这种观念形态，对于人类固有的天良之心，是无往而不通的。这里我想举出两篇短作品，就是上面提到的安徒生的《丑小鸭》和普希金的《茨冈》。这两篇作品都暴露了人类现存观念的弱点，并有所批判，暗示出一种有宏大节奏的向上力量。能理解这一点，就是知道了文学三昧。

一九八〇年三月二十七日

答吴泰昌问

问：请谈谈生养您的环境和经历，是否有效地促使您成为一名作家，并在您的创作上留下怎样的印记？

答：你从我写的自传和一些回忆散文中，可以知道，我的家庭，我的少年经历，都是很平凡的。有一段时间，虽也有志于文学，但所得实在有限，不足以糊口，所以知难而退，到乡村教书去了。但是，从一九三七年的抗日开始，我经历了我们国家不同寻常的时代，这可以说是一个伟大的时代，我有幸当一名不太出色的战士和作家。这一时代，在我微薄的作品收获中，占了非常突出的地位。

问："当我写第一篇小说的时候"——这个题目您有兴趣谈谈吗？

答：我写的第一篇小说，发表在保定育德中学的校刊《育德月报》上，时间大概是一九二九年。那确实是一篇小说，因为这个月刊的文艺编辑是我的国文老师谢采江先生，他对文体要求很严，记得一次他奖许我另一篇作文，我问他是否可以发表，他说月刊上只登短篇小说，这一篇是散文，不好用。但是那篇小说的题目我忘记了，内容记得是写一家盲人的不幸。我的作品，从同情和怜悯开始，这是值得自己纪念的。第二篇发表的是写一个女戏子的小说，也是写她的不幸的。

问：您在《文学和生活的路》一文中说，伟大的作家都是伟大的人道主义者，如果把人道主义从文学中抽掉，那文学就没有什么东西了。请您更详细具体地说说文学与人道主义的关系，您理解的人道主义包含哪些具体内容，您是否认为有一种普遍的属于人类本性的人道主义？

答： 所谓人性、人道，对于人类来说，应当是泛指的，是一种共性。人道主义，是一种广泛的道德观念，它是人类生活，人类文明，进化到一定阶段的产物。人类，由于共同生活的必需，产生和发展它的道德、伦理观念。这种观念在现实生活中的长久实施，以及牢固地存在于人类头脑之中，似乎可以形成一种有遗传能力的"染色体"。即使是幼小的孩童，从他们对善恶的判断和反应之中，可以看出这种观念的先天性。人道观念和其他道德观念一样，可以因后天的环境、教育，外界影响，得到丰富、加强，发扬光大；反之，也可以遭到破坏，减损，甚至消失。中国古代哲学家，从人类的进化和完善着眼，一贯把性善作为人的本性，肯定地提出。

事实是，决定人类道德观念的，是人类的社会组织、经济生活、政治宗教、法制教育。经济生活占其中主导地位。经济生活的破产，常常使道德沦丧。此外，异族统治、社会动乱、反动政治，也可以使道德低落。经济生活的富裕，文化教育的提高，则可以提高人类的道德。当然，这只是就其大体而言。道德之演进，如大江之行，回旋起伏，变化万端，激浊扬清，终归于进步。如异族统治，固使一部分人道德下降，但也激励另一部分人，使之上升。

文学艺术，除去给人美的感受外，它们都是人类社会的一种教育手段，即为了加强和发展人类的道德观念而存在。文学作品不只反映现实，而是要改善人类的道德观念，发扬一种理想，所以说，凡是伟大的作家，都是伟大的人道主义者。例如《红楼梦》，就是一部伟大的人道主义作品。它的主题，就是批判人性、解放人性，发扬人性之美。详见我写的《〈红楼梦〉杂说》。

问：文学与自传的关系历来看法不一，很想听听您的意见？

答：当然，有很多文学作品，含有作者自传的性质，但不能说，一切作品都是作家的自传。作家创作方法的不同，也能区别自传成分的多寡。

我的作品单薄，自传的成分多。

问：孙犁派（或叫荷花淀派）是公认的我国当代文学园地里一个有影响、有成就的文学流派，河北、天津一带许多作者的创作受您的影响，有意学习甚至模仿您的风格，但成功的似乎不多，这是为什么？请您顺此谈谈风格流派形成的要素与学习、创新等问题。

答：记者同志，你知道，我不会狂妄到，以我那么浅薄的作品，这么一点点成就，就大言不惭地承认有了一个什么派。我一贯是反对"派性"的，当然这是学术。一些热情的同行们，愿意活跃一下学术空气，愿意爱好相同的同志们聚在一起热闹热闹。确实，我们冷清了很多年，也应该热闹热闹了。

同志们提出这样一个问题的心情，我是理解的。在"文化大革命"以前，有人提出这个问题时，我则极力制止过。现在情况不同了，我不愿给同志们泼冷水。但是，以我看，这个所谓流派，至少是目前还没有形成。将来能不能形成？我看希望也不会很大的。

在中国的文学史上，以某一个人形成一个流派的史实很少。即使像李白、杜甫那样名垂千古的大作家，在当时也没有流派之说。唐诗无流派，而名家辈出，风格多样，诗坛繁荣。散文方面，唐宋八家，也是各自为战，未立门墙。"五四"以后，鲁迅先生及其他几位大作家，在文坛上，都是星斗悬天，风靡一代，也没听说哪一个曾有流派产生。虽也有时集会结社，但多为期不长，即行分化。在文学史上，当然有以地区命名的江西诗派，公安、竟陵以及桐城，这些流派，是以文学上的共同主张，文字上的共同习尚相标榜。它们的出现，对于当时文学发展，是向前推进呢，还是阻碍其前进？起扩张作用，还是起局限作用？如果只是形成一种类似的文体、文风，则其价值就有限了。唐无流派，而诗的成就那样大，明清多流派，而文章越来越猥琐卑弱。看来，中国人，不习惯流派，我们封建观念重，一有流派，即易被认为门户，而门户对内是局限，对外是隔阂。

至于说学习、影响，那是另一回事，与流派无关，任何事业，年轻的一代，总是要受前人的影响，或因为爱好，向某一位老的同行学习。文学究竟不同于演剧、绘画，即使是演剧、绘画，也要在同一流派之中，不断推陈出新，才能发展进步。在文学上，以一人之藩篱，围自己之身手，虽中人不取，况作家乎？

风格的形成，包括两大要素，即时代的特征和作家的特征。时代特征的细节是：时代的思想主潮，时代的生活样式，时代的观念形态。作家特征的细节是：个人的生活经历，个人性格的特征，个人的艺术师承爱好。以上种种，都不是能强求一致，每个人都会有所不同的。所以说风格是不能模仿的。如只求其貌似，那只能对创作起束缚的作用。文学的模仿，也是不可避免的，这只能说是学习阶段。应该很快从这种幼稚状态摆脱出来，发挥自己的特点，形成自己的风格。因此，我对一些初期好像学习我后来离开我，另辟宽广途径的同志，总是抱鼓励的态度，并衷心感到高兴。任何事情，不能死心眼，抱住一个人或一种作品不放。我总是鼓励一些青年同志从我这里跳得更高一点，走得更远一点。这样才能使他们自己的作品，获得更多的生命的活力。

如果说流派，是只能从上面的原则，才能形成。因此，我对流派，也不抱虚无的态度。如果在我菲薄的才能之后，出现大材：如果在小溪之前，出现大流，而此大流，不忘涓涓之细，我就更感到高兴了。

我以为文人宜散不宜聚，一集中，一结为团体，就必然分去很多精力，影响写作。散兵作战，深山野处，反倒容易出成果，这是历史充分证明过的。

问：您最喜爱自己的哪几篇作品？为什么？

答：现在想来，我最喜欢一篇题名《光荣》的小说。在这篇作品中，充满我童年时代的欢乐和幻想。对于我，如果说也有幸福的年代，那就是在农村度过的童年岁月。

问：您最初接触的是哪个作家的作品？喜欢阅读中外哪些作家的作品？它们对您艺术风格有无影响？

答：我第一次读到的"五四"以后的新的文学作品，是一本灰色封面，题名《隔膜》的短篇小说集。这是文学研究会的文学丛书之一，由商务印书馆出版，但是，我忘记了它是叶绍钧一人的专集呢，还是几位作家的合集。这一本书，使我知道了中国新的短篇小说的样式。

中外作家之中，我喜爱的太多了。举其对我的作品有明显影响者。短篇小说：普希金、契诃夫、鲁迅。长篇小说：曹雪芹、果戈理、屠格涅夫。

问：您的长篇小说《风云初记》、中篇小说《铁木前传》普遍受到称赞，可惜都是未完成之作，为什么会造成这种情况？当初写"初记""前传"时，是否准备续写"后记""后传"？人们关心您是否打算续写《铁木后传》？

答：已经忘记，在写这两本书之前，是否有雄心壮志，要写几部几部。但确实因为没有全部完成，所以只好标题为"初记"和"前传"。实事求是地说，《风云初记》没有写完，是因为我才情有限，生活不足。你看这部作品的后面，不是越写越散了吗？我也缺乏驾驭长篇的经验。《铁木前传》则是因为当我写到第十九节时，跌了一跤，随即得了一场大病，住疗养院二三年。在病中只补写了简短的第二十节，草草结束了事。

在"文化大革命"期间，我家前后被抄六次，其中至少有三次，是借口查抄《铁木后传》的。造反派如此器重这部莫须有的文稿，使我一家人，百口莫辩。直到现在，我的书柜的抽屉还存在被铁器撬开的裂痕。这些人是为了判决我的罪名来找这部文稿的。在当时，一本"前传"，已经迫使我几乎丧生，全家惶惶。我想，如果我真的写出了"后传"，完成了它，得到了创作的满足，虽死无怨，早已经双手献出，何劳兴师动众呢？

现在大家关心这部"后传"，情况当然不同。但还是没有。对于热心的读者，很可能要成为我终身的憾事了。

问：您现在为什么不能把它写出来呢？

答：我的想法是：在中国，写小说常常是青年时代的事。人在青年，对待生活，充满热情、憧憬、幻想，他们所苦苦追求的，是没有实现的事物。就像男女初恋时一样，是执着的，是如胶似漆的，赴汤蹈火的。待到晚年，艰辛历尽，风尘压身，回头一望，则常常对自己有云散雪消，花残月落之感。我说得可能消极低沉了一些，缺乏热情，缺乏献身的追求精神，就写不成小说。

与其写不好，就不如不写。所以，《铁木后传》一书，是写不出来了。

我现在经常写一些散文、杂文。我认为这是一种老年人的文体，不需要过多情感，靠理智就可以写成。青年人爱好文学，老年人爱好哲学。

问：平日写作之外，您作何消遣？

答："文革"期间，我听过无数次对我的批判，都是不实或隔靴搔痒之词，很少能令人心服。唯有后期的一次会上，机关的革委会主任王君说："这么多年，你生活上，花鸟虫鱼；作品里面，风花雪月。"

我当时听了，确实为之一惊。这算触及灵魂了吧？王君虽"主任"这一新闻机关的革命大权，但他是部队出身，为人直爽，能用十六个字，概括我的罪行，我想他不一定有这般能力，恐怕是他手下人替他总结出来的。

这是有踪影的判词。进城以后，街上繁华、混乱、嘈杂，我很少出门，就养些花儿草儿。病了以后，我的老伴，又陪我到鸟市，买了一个鸟笼，两只玉鸟。蝈蝈也养过，鱼也养过，也钓过。但所养的花，"文革"一开始，就都被别人搬走，鸟也不知去向，虫死鱼亡，几与主人共命。

我养什么也没有常性，也不钻研养法，也不吸取别人经验，又舍不得花很多钱，到终了什么也弄不出名堂来。

其实，写作本身，对我来说，就是最大的最有效的消遣。我常常在感到寂寞、痛苦、空虚的时刻进行创作。我的很多作品，是在春节、假日、深夜写出来的。新写出来的文字，对我是一种安慰、同情和补偿。每当我诵读一篇稿件时，常常流出感激之情的热泪。确实是这样，在创作中，我倾诉了心中的郁积，倾注了真诚的感情，说出了真心的话。在过去的漫长岁月中，烽火遍地，严寒酷暑，缺吃少穿，跋涉攀登之时，创作都曾给我以帮助、鼓励、信心和动力。只有动乱的十年，我才彻底失去了这一消遣的可能，所以我多次轻生欲死。

修补旧书，擦摩小玩意，也是我平日的一种消遣方法。我不会养生之道，也不相信，单凭养而可以长生，按照我的身体素质，我已经活得够长了。我现在不大愿意回顾我年轻时代写的作品，偶然阅读一些，我常常感到害羞。在年轻时代，我说了多少过分热情的，过分坦率的，不易为人了解的，有些近于痴想梦呓的话语啊！

问：现在有人提出，文学（尤其是小说）的首要任务不是写人物，塑造典型性格，而是要着重表现人的感受、情绪，您怎样看这个问题？

问：现在一些作家，如王蒙等，在运用西方"意识流"等表现手法，对这种探索议论不一，您认为应该怎样看待这种文学现象？

答：因为我有些想法，已经散见于我近日写的其他文章之中，此处从略。

一九八〇年九月十六日答讫

关于短篇小说

一、《人民文学》编辑部来人，同我交谈起文学理论和文学写作问题。好多年来，自己的学业很荒疏，既没有创作实践，对于理论问题，更是缺少学习与思考。

但我们还是兴致勃勃地谈了起来。谈来谈去，谈到近来的短篇小说越写越长的问题，我倒有些感想，他们要我写出来。盛情难却，因此就定了这样一个题目。

二、文章的长短，并不决定文章的优劣。短篇小说，虽说短字当头，也没人说过，究竟应该限制在多少字以下。但是，同样的内容，用更短的篇幅，能表现得很好很有力量，这却是艺术能力的问题。凡是艺术，都是讲求这一点的。熟练的画家，几笔就能勾出人的形体，而没有经验的人，涂抹满纸，还是不像。

三、中国文学的传统，文章讲究短小。这是一个很好的传统。这个传统是怎样形成的？有人说是古代书写困难，不用说写在竹板上，就是传抄，也够费事的了。这可能是一个原因。在竹板上写字，废话多了是不行的。但主要的是作家对艺术工作的负责认真、精益求精所致。《古文观止》是一部容易得到的书，上面都是大作家的传世之作，其中有很多篇，也可以说是很优秀的短篇小说。但每篇文章都在千字上下，好像有一定的规格似的。《聊斋志异》是中国有名的短篇小说，其中长的不过四五千字，两三千字一篇的居多，甚至有的几百字一篇，写得非常生动，并有百字上下的，就其艺术来说，也不能不承认是好的文学作品。

四、短小精悍是文学艺术的一种高度境界。古人是知道全力以赴，奋勇攀登的。鲁迅先生翻来覆去地劝告初学，要把文章压短，不要把它拉长，要把稿子放一放，多改几遍，把可有可无的字、句、段删去。可惜能体会这一点的人并不十分多。这种严肃的处理，并不单纯是文章长短的问题，而是艺术态度、艺术思想问题，关系艺术成就的大小，艺术功用的大小。

五、在"四人帮"横行文坛的时候，有机会阅读初学者的小说稿，也和个别业余作者谈过他的创作情况：

"你一年写多少篇小说？"

"一年写一两篇。"

"那太少了吧。短篇小说，三四千字，一个月可以写三四篇，这样才能练习出来。"

"我们现在写东西，和你们过去不一样。我们不是一个人写，而是一个人提出想法，然后大家讨论补充，又要'三突出'，还要'三陪衬'，还要'三对头'……应有尽有，这样就需要很长的时间，半年能发表一篇就算很好的了。"

"一篇有多长？"

"两万字。"

"……原来如此。"

六、这都是"四人帮"造的孽。这样一种短篇小说的创作方法，其苦头，因为没有参加过活动，不得而知，但有一点是可以看得出来的，这只能把文章拉长，不能把文章压短。就我看过的一些稿子来说，有些短篇所以写得太长，还因为作者生活的缺少，包括对生活认识不足，理解不深。这种写作，多从概念出发，而不是从生活出发；是把概念错当成创作的源泉。从概念出发，概念是空的，因此它也是无止境的，大概念之下又包括很多小概念。要把概念写完全，照顾周到，自圆其说，文章就不能不长了。再加上开会讨论，补充，帮助，这也只能把文章越拉越长，两万字能打住，还算是万幸。

七、即使你的概念多么正确，如果没有相应的现实生活作为它的稳定基础，那么你的小说是没有人能读得下去的，何况又这么长。因为概念是大家熟悉的，你写是这个概念，他写还是这个概念，读者就去看《红旗》杂志和报纸上的短评，或者社论了，在那里所得的概念，会更清晰准确。

如果知道生活是源泉，能不断深入生活，加深对现实的认识和理解，那么，文章就不只可以写得好，而且可以写得短。因为生活丰富了，人物熟悉了，故事知道得多了，你就能够选择，能够提取精华，塑造典型，能够有话即长，无话即短，适可而止，给读者留有思考的余地。

八、作者没有真正的生活实践，硬行编造故事，这并不是当前罕见的现象。从概念出发，强拉硬扯，编造故事互相"观摩"，互相"促进"，神乎其神，而侈言"高于生活"，这就是当前有些作品千篇一律凌乱冗长的重要原因。

九、再有，就是读作品太少，借鉴太少。有些作者读过几篇报刊上的短篇和一两部长篇以后，就开始写作了，这当然可以。但要继续学习，开阔眼界。古今中外，凡有定评的好的短篇，都要找来看。当前，最重要的是要认真学习鲁迅先生的作品。有些青年同志，对鲁迅先生的短篇小说，读不进去，这是因为还没有认真下功夫研究。读鲁迅小说，要研究鲁迅所经历的时代、生活，要研究他的杂文、日记和书信，才能读懂弄通。鲁迅的短篇小说是现实主义的典范，它会使我们理解生活和创作的关系，典型创造的方法，小说的结构组织，文字的锤炼运用。然后，我们再读鲁迅编的《唐宋传奇集》，这些作品是很简练精彩的。此外可以读《宋人平话》《今古奇观》，了解中国传统短篇小说组织故事，刻画人物，批判社会，宣扬思想的方法。如有可能，可再读些历史上的人物传记，《史记》《三国志》里的人物小传，都写得短小活泼，对写短篇很有帮助。

读书多了，不只创作眼界宽，创作思路广，办法多，而且可以辨别优劣，取法乎上，推陈出新，洋为中用，创造出自己的风格来。

十、关于短篇小说，曾有很多定义，什么生活的横断面呀，采取最精彩的一瞬间呀，掐头去尾呀，故事性强呀，只可参考，不可全信。因为有的短篇小说，写纵断面也很好。中国流传下来的短篇小说，大都有头有尾。契诃夫的很多小说，故事性并不强，但都是好的短篇小说。

短篇小说是文学作品里的一种形式，它的基本规律和其他文学形式完全相同。生活、思想、语言的艺术综合，缺一不可，哪一方面的修养欠缺，也会影响小说的艺术成就。

其中，深入生活是最主要的。练习写作时，不一定先写短篇小说。可以把你在生活中的深切体验，写成速写，或者叫作素描，写多了，自然就会把短篇小说写短写好了。

十一、文学是党的事业，社会的事业，但它是通过个人劳作产生的。短篇小说也是如此。像几千字的短篇，一个早晨可以写完的作品，我觉得是可以自己经营，独出心裁的。写好以后，当然可以拿给师友去看，发表后也可以得到工农兵的反映，这还是群众路线。不要一拿到题目动不动就开会，这样旷日持久，不一定就写得更好，也浪费时间人力，叫别人腾出时间去深入生活，或是看点书都好。有的业余文艺组织，成年累月在那里开会，讨论作品，而成效不大，收获不多，这是可以思考的问题。

总之，这些年来，文坛上的一些怪现象，都和"四人帮"的反革命言论有关，毒害很大。他们的混淆是非，颠倒黑白，装腔作势，吹牛撒谎，使得文坛上的一些幼苗也受污染，影响长势。粉碎了"四人帮"，党的雨露普施，我们的文学欣欣向荣，短篇小说的丰收季节，很快就会到来。

十二、很自然，也想到革命战争年代的文学创作，那时的短篇小说都很短小，千把字或几百字一篇。那时发表作品的园地有这样几种：墙报，就是把作品抄清贴在墙壁上，这当然不会长；油印小报，刻蜡板的同志那么费力，只看这一点，你也不会把文章放长了；石印小报、铅印小报，只大军区、区党委一级才有，每天要登多少大事，也容不开长文章。主要的还是当时的生活环境、条件，战争空隙少，纸张笔墨都困难，群众也没时间去看篇幅长的文章，所以文章就要短小精悍，富于战斗性。当时的文章，大部分还在，大家是可以参阅的。

一九七七年七月二十一日

关于中篇小说

——读《阿Q正传》

从我国丰富的文学遗产中，我没有能够读到好的中篇小说，其中虽有篇幅类似中篇的作品，但就其结构间架来看，却像长篇小说的雏形。中国的白话小说，来源于说讲。当场讲完，则为短篇；连续说讲的，则讲者和听者，都要求越长越好，这样就挤掉了中篇这个形式。

鲁迅先生的《阿Q正传》，是中国中篇小说的开山鼻祖。这篇作品，不只奠定了中国新文学的现实主义基础，成为永不磨灭的艺术珍品，也是我们研究中篇小说创作的最好范本。

中篇小说不能是短篇小说的拉长，当然也不能是长篇小说的纲要。它区别于短篇小说之处为：

一、中篇小说应该极力创造典型人物。短篇小说的人物，当然也要求典型化，但因为篇幅短小，有时以所刻画的现实，所发挥的思想，所含蕴的感情，把作品充实起来，提高起来。中篇小说，对于主题思想发挥，有更广阔的天地；在艺术结构上，有更大的回旋余地；更有可能从容不迫地进行抒写。

二、中篇小说要向读者展示一个较完整的历史面貌，短篇小说，有时却不可能。有较完整的历史背景，才能映托出较完整的典型性格。

《阿Q正传》的历史背景，是中国的辛亥革命，选择的地点是小城镇和乡村。这个历史背景当然不限于辛亥革命这一年，甚至也不限于辛亥革命的前前后后，而是一个较长的或者说是很长的历史时期。

鲁迅所创造的阿Q这个人物典型，当然不是一个先进的典型，但他是一个成功的典型，有重大社会意义和历史意义。这一典型的出现，立即成为世界文学作品中有数的重要典型之一。

其原因在于，不只是历史背景上清晰地出现了这一个生命，是这一个生命的出现，使得读者看清了中国社会的这一个历史时期。

三、中篇小说有可能塑造较多的人物，作品中的主要人物的活动，必须要和社会上的多种人物发生关联。《阿Q正传》里写了很多所谓次要的人物。每一个人，按其特殊的社会地位，作者深刻着力地描写了他们对事件的态度，他们的言行和心理状态，没有一个人，作者对他是掉以轻心，随笔出之的。因此，也没有一个人是概念化的。这些人物，不只和主要人物息息相关，也和作品的主题思想血肉相连，这样才能突出典型。没有孤立的典型人物，他必须置身于典型环境之中，置身于一定的社会关系之中。典型并不是惯于说空话，挥拳头的，就是阿Q这样的人，也有他的悲欢离合，成功和失败。

小说中的主要人物和次要人物，是就其在作品中的地位而言。在作者生活经历中，他所遇见的，他所观察的许许多多的人物，在他头脑中，分别善恶，分别美丑，判断真假，进行取舍，在作品中给以适当地位，分配适当任务，歌颂或是揭露之。

四、中篇小说，有较多的情节变化。在这篇小说里，鲁迅全神贯注地描写阿Q这个人物。可以说，阿Q以血肉的整体进入了作者的头脑之中。众所周知，阿Q并没有做出什么惊天动地的事业，也没有什么可歌可泣的行为，作者接二连三地写了他的并不光彩的生活状态。有些事件，阿Q做出来，好像并没有什么意义，但一经别人的反应，这一描述的深刻意义，就立刻显示出来。例如向吴妈求爱就是。她为什么这样张扬？

阿Q并没有雄心大志，更没有什么野心，他的革命，不过是想趁火打劫，捞点油水，改善一下生活。他并不乞求别人赏赐，也不用拍马告密的手段。在他造反时，别人拍他的马屁，那是别人的事。临终，他也没有出卖别人，显然是被别人出卖了。他究竟是一个农民。

中篇小说的情节，由主要人物作为线索，一直贯穿下来。情节就是故事，故事是为完成主角的性格服务的，为充分表现主题思想服务的。情节在小说中并不是无足轻重的，是很重要的，但不应该是生编硬造的。情节在写作时有机地自然地形成，有时甚至作者预先都没有想到。情节就是主要人物的思想行为的发展，不能预先安排情节的空架子，拉着主角去走一走过场。情节是前进的车所留下的辙，是人物行进的脚印。

五、中篇小说的写作手法要单纯明朗。鲁迅写这篇小说，纯用白描手法。鲁迅惯用这种手法，完成极其绚烂的艺术作品。什么叫白描？白描也可称素描，即用单纯的艺术手法进行描绘，单纯包括言语简练，笔触准确有力，干净利索，独特漂亮等等艺术的功力。这种功力就是艺术修养，是从刻苦锻炼而来，是来之不易的。

《阿Q正传》当然吸取了外国小说的一些手法，在欧洲，有一些好的古典的中篇小说，但总的看来，《阿Q正传》是真正的民族风格，这是由它的现实内容和现实主义的创作方法决定的。

鲁迅在写这部中篇时，是在日报副刊上连载的，每周登一段，写来是比较从容的，并且按照副刊的性质，是想写得幽默一些的。小说虽以幽默的笔调开头，但越写越严峻，终于在结局时，使小说无可争辩地具备了悲剧的性质。这并不是指阿Q个人的悲剧。这是指的艺术的最后效果，它在思想感情两方面给读者以启发：如此的社会，产生了如此的人物，以及如此的结局。

我个人每读到小说最后，鲁迅写阿Q在临刑前，竭力把那个圈圈画圆的心理状态时，心情是沉重到极点的。我认为这一节具备一种鬼斧神工的力量。这并不是阿 Q 的生命的终结，不是奔泻而下的艺术长流的终结。

《阿 Q 正传》写出了作者对这一时代的中国社会、人物思想的长期观察，深切感受，出于公心的爱憎，希望改革的热望。

关于典型创造，曾有过多次争论，纷如聚讼。我同意那种简单明了的说法，凡是成功的典型，都有一个真人作它的模特儿，作创作的依据。据可靠材料，阿 Q 确有真人依据，不只阿 Q，鲁迅的其他人物，如孔乙己、闰土，甚至豆腐西施、小 D 等，都有他们的模特儿。鲁迅这种创造人物的方法，根基于真实的社会生活，因此才可能成为现实主义的，成为艺术的上品。

高尔基说：写一个工人，要去研究几十个工人，写一个农民也是如此。以一个真人作为模特儿，当然并不局限在他一个人身上，还要吸取这一社会阶层的共同特点，去补充他，去加强他，这就是创造。典型之所以形成，不同照相，主要是通过了作家的创造，包含有作家的思想。

在《阿 Q 正传》发表的时候，北京有些教授，大为恐慌，以为哪一点是写的他，或怕下一回要写到他，这就证明《阿 Q 正传》写得成功，触动了社会上这样多的人。鲁迅可能吸取了他们身上的某些特点，但是这些教授还没有资格冒充阿 Q。

阿 Q 的性格，是经过艺术的创造，才有了真正的灵魂。

欧洲大礼拜堂里的圣母像，中国乡村小庙里的泥菩萨，在创作它们时，也都要有一个活人作为模特儿，这已经是人人皆知的秘密。这一事实，并不贬低这些作品的艺术价值，正说明了艺术创造的真实规律。《聊斋志异》里的鬼神鸟兽，蒲松龄根据的也是活的人。

作者根据他的思想要求，选择他要进行创作的典型人物。这必须是他最熟悉，最有兴趣，最有感情的人物。无论是对这个人爱或憎，作者就是要写他。这样才能抒发作者对他的那种强烈感觉，以及由这种感觉，激发起来的重大思想。这样就是创作的过程，任何真正的艺术作品都是如此产生的。

一个正直的老一辈的人，对初学者，应该先鼓励他们去认真体验生活，然后再谈创作。创作最好是写自己亲身的体验，或身临其境的事。写抗日战争，最好是经历过抗日战争。没有经过抗日战争的人，也可以写的。施耐庵没有上过梁山，《水浒传》的作者，不正是他吗？但写历史题材，要做艰苦的研究考察工作，要研究历史，要研究前人留下的文献资料，要实地考察地理山川形势，战争遗迹，口碑传说。好的历史小说都是在前人的写作基础上完成的，而前人，就是接近过那些典型人物和当时的生活的人。就是这样，也还是离不开你所处的现实社会。《水浒传》所表现的社会生活的风貌，我看是更接近明代一些。如果你对当前的社会生活没有丰富的知识，深刻的理解，你能够写好历史题材？鲁迅说：最好是亲身经历过，但也不是绝对的，例如写强盗，写娼妓等等的话。但他指的是强盗娼妓，如果你对作为目前社会的主要成分的工农兵也一无所知，或所知有限，你是无法进行创作的。

最近读《鲁迅书信集》，在一封信中，鲁迅说，在写到阿Q就要进牢房时，他很想喝醉了酒，到马路上去打警察，好去作这种生活体验。这不完全是说笑话。鲁迅在上海定居后，常常谈到所以不能继续作小说，是没有机会去进行考察。在上海，鲁迅主要是以杂文为武器。在他晚年所写的一篇题名《阿金》的短文里，我们可以看到，在他一写到实际的人物生活时，他的观察是多么深刻入骨，对人物与周围环境的关系，写得是多么水乳交融。这都证明鲁迅在创作上，对实际生活体验的重视。

一九七七年八月

关于长篇小说

一

创作长篇小说，感到最困难的，是结构问题。

结构一词，虽通用于建筑，但小说的结构，并非纸上的蓝图。布局，也不是死板的棋式。它是行进中的东西，是斗争中的产物。

小说的结构是上层建筑，它的基础是作品所反映的现实生活，人物的典型性格。在典型环境和典型人物的矛盾、斗争、演进中，出现小说的结构。因此，长篇小说的结构，并非出现于作者的凭空幻想之中，而是现实生活在作者头脑中的反映，是经过作者思考后，所采取的表现现实生活的组织手段。

建筑工程，可先有蓝图，然后再去备料。作品则不然，要根据作者所据有的生活积累，才能有效地设计。而且它不是一成不变的，作品完成后，结构状态才告终止。俗话说：长袖善舞，多财善贾，生活之于创作是多多益善。生活积累绰绰有余，而不是捉襟见肘，才能出现理想的小说结构。创作，是有多大本钱做多大生意，不能白手起家，更不能一本万利。

二

《三国演义》《水浒传》《西游记》和《红楼梦》，在中国长篇小说中，最为著称。

我们现在就这四种小说的结构方面，进行初步的粗浅的探讨，作为写作长篇小说的学习准备。

前三种长篇小说，都是在前人的创作（或口头，或文字）基础上，进行再创作的。

《三国演义》根据陈寿的《三国志》和裴松之的注。陈志在中国史书中，除史、汉外，最称得体。而裴注之详尽丰富，保存了很多古书资料，生动而具体，隽辞逸事，随手可得，在史注中，最有价值。这对《三国演义》的创作提供了极大的方便。此外，它还利用了以前的话本和戏曲方面有关三国的资料。这些资料里的英雄人物，已经过无数次演唱说讲，典型性格初步具备。《水浒传》根据它以前在社会上广泛流传的水浒故事，这些故事，经过口头讲演，日见完整。《西游记》是根据一些高僧西域旅行的记载、佛教故事和以此为内容的粗具规模的小说。

四种长篇小说，都是宏伟的著作。经过长时间广泛的流传，差不多家喻户晓，妇孺皆知，是中国人民传统的精神食粮。它们是深入人心的书，不只在思想意识方面，有的并在实际生活上，给予人民以不可估量的影响。

单从结构上，可以看出，这四种小说，都不是平凡之作，都是大手笔的产物，有独特的见解和艺术修养，有丰富的知识和组织能力。都是苦心经营，各有时代、艺术特色。小说的结构，也可以叫作布局。它大致可以分为三部分，即总纲、分目和结局。古人创作小说，是很重视结构的。结构的形成是以主题思想为指导的。

《三国演义》以史实为根据，在写作中，它确定以蜀汉为正统，但并不削弱对魏、吴的刻画，它以桃园结义开始，经过对各个重要人物的叙述描绘，突出三国之间的主要矛盾斗争。三国时，人才众多，群英崛起，谋士如云，政治文化，多有可采，至如华佗之医，管辂之卜，也很生动有趣，它不遗漏一个重要人物，不遗漏一件重大事件，精心组织，波澜起伏。最后得出"合久必分，分久必合"的合乎历史规律的推论，作为全部小说的结局。

《水浒传》前几十回，实际上是各个梁山人物的小传，它接连写了晁盖、吴用、阮氏兄弟、杨志、宋江、林冲、武松、石秀、卢俊义的出身、遭遇，生活和性格。每个人的故事都可以成为一个完整的中篇或短篇。因为当时的水浒故事，是以人为单位的。施耐庵统筹全书，他以误放妖魔作为楔子，以智取生辰纲展开故事，突出一个"逼"字，以这些人物齐集梁山为一结局。这样的结构，在艺术上说是完整的。

《西游记》的结构比较单纯，它接连写那八十一难，难难不同，有趣的故事层出不穷，充满幻想和幽默，具备艺术特色。以取经回来师徒都成正果为结局。

以上只是就其总纲和结局来谈，其中的布局穿插，轻重、取舍，各个作家的匠心运转之处，只有进一步研究才可以窥探它的结构艺术的奥秘。

三

艺术的发展，有它自己的规律。多么伟大的艺术成就，也是在前人的劳作和具体的历史条件下产生的，即使像如此辉煌的艺术精品——《红楼梦》，也不能例外。在结构上，《红楼梦》是平地起楼台，并非再创作，但如果没有历史上前几种长篇小说，特别是《金瓶梅》一书的出现，《红楼梦》是很难产生的。按照《红楼梦》开端所写，一会儿叫"风月宝鉴"；一会儿叫"金陵十二钗"，又叫

"情僧录",又叫"石头记"。可以断言,这部小说,是长期经营,屡经易稿,在故事结构上,是发生过多次重大变化的。我甚至猜想,虽然《红楼梦》是曹雪芹的一人创作,但他身边一定有一两个,甚至三四个志同道合的朋友,具备高超的艺术见解,每章每段地和他讨论,出点子,提意见,改善补充。因为我实在惊叹,像《红楼梦》这样宏伟的艺术结构,实非一个人的才力所能达到。当然,我们也不能因此就说,《红楼梦》是集体创作或是开会产生的小说。

以下就谈谈《红楼梦》的结构。《红楼梦》第一回有言:"后因曹雪芹于悼红轩中,披阅十载,增删五次,纂成目录,分出章回。"就字面看,这都和结构问题有关。作者为了使这部小说不落俗套,在结构上,苦思冥想,惨淡经营,是不可否认的事实。这部小说,在纲领提起时,就不同凡响,完全是独创。在进入正文之前,作者把纲放得很长很长。第一回,从甄士隐写起,然后提到了贾雨村,但主要的是点明小说要宣扬的思想,即"好了"思想。第二回,写贾夫人仙逝扬州,是为了小说最重要人物之一的林黛玉即将出场。然而又不叫她即刻露面,却写冷子兴演说荣国府,使读者得知本书所写家族和环境的概况,使主角出场时有典型环境的依据,读者有充分的精神准备。

按照习惯,总纲应该放在第一回,作者却点了一下又放下,接着环境叙述之后,就使一些主要人物上场。这便是第三回,林黛玉初到贾府,贾府的一些头面人物纷纷登场,与林姑娘相见,实际是使他们与读者相见。这一回,进一步详写贾府的势派。

两个主要人物见面了,如是俗手,一定就迫不及待地去写贾宝玉和林黛玉的一见钟情,情意缠绵,纠缠不已。作者却写了出乎意外的宝玉摔玉,黛玉伤心这样的事件,突出两个主角的性格特点,反而使两人生疏起来。接着就去写别人家的事,即第四回:"薄命女偏逢薄命郎"。

直到第五回,作者才正式"曲演红楼梦",别开生面地表明本书十二个主要人物的一生命运。《红楼梦》一曲，以"开辟鸿蒙"四字开头，是作者思想感情的倾注一掷，有天崩地裂的感染力量。是长江大河的奔腾，高山瀑布的狂泻。读者一下子陷入作者所宣扬的哲学思想境界里去。这支曲子，随着故事的展开，一直在读者耳边响着，一直伴奏到第八十回。这真是千古绝调，第一声春雷，振聋发聩，在任何艺术作品中，也没有遇到过。

四

写小说应该是因人设事（情节），反过来，又可以见景生情（新的情节），这样循环往复，就成布局，就成结构。

《红楼梦》写了一些大排场，比如秦可卿之死，这是为了表现王熙凤的才干而设；写了元春归省，则借此机会表现很多人物的身份、地位、性格。这些大排场，我们也可以叫它中心事件。《红楼梦》里这些大事件都不孤立，前因后果都很清楚，而且潜伏很长，波及很远。比如元春归省，这不只是繁华场面，它牵动着全书的布局。最明显的是归省修造了大观园，使姐妹们都住进去，作为故事的中心场地。它又包括着许多小情节，比如：归省买来了小戏子，这就是芳官等人的出处，归省要用尼姑，这就是妙玉的出处。而这些人在书中，并非十分次要的人物。在这里，大的情节又起纲的作用，它牵动着很多小的情节。

曹雪芹在处理大情节时，总是像观览大江大河一样，先找它的发源，细察它的汇流，看好它的来龙去脉。比如第三十三回"不肖种种大受笞挞"，先是用"把他耳上带的坠子一拨"这样一个小动作，极其生动地写宝玉和金钏之调情。然后，出乎意外的王夫人一巴掌，已经使事件严重，但作者暂把这个危机放下，接着写"划蔷"，写"撕扇子"，写"麒麟"，写"诉肺腑"，这就是写贾宝玉自己仍在随波逐流地浮在爱情的无边孽海之上；而林、薛、史、花等人，却以他为中原之鹿，正在进行殊死的情场大角逐。直到宝玉迷离恍惚，六神无主，才写"老爷叫他"，接着又是忠顺王府来要人，又是贾环告状，这才是"不肖种种"，步步紧逼，气上加气，使得"大受笞挞"有声有色。打过了，接着又是贾母训子，林黛玉抹眼泪，这样情节相连，还容易揣想。而因此引起宝黛交讽，甚至薛蟠耍无赖，玉钏调羹这一系列的小情节，都写得这样合情合理，自然生动，就非曹雪芹不办了。

他写一个中心事件，总是像在平静的湖面上投一大石，不只附近的水面动荡，摇动荷花，惊动游鱼，也使过往的小艇颠簸，潜藏的水鸟惊起，浪环相逐，一直波及四岸；投石的地方已经平息，而它的四周仍动荡拍击不已。

这就叫作精心结构。

五

书没有写完，作者就"泪尽而逝"，只留下八十回，并有人说都是草稿。这就给研究它的结构造成极大的缺陷和困难。按总纲推断，上半部写的是"极风月繁华之盛"，即那个"好"字；下半部当然要写到那个"了"字，即散了的筵席，倒树的猢狲，干净了的茫茫大地。但这种变化，应该是渐进的，绝不会是突变。这样《红楼梦》究竟要写到多少回，就成了永久不能回答的疑难。俞平伯说，可能要写一百一十回左右，因为五十四回是个转折。这也是推断之词，究竟要写多少回，即使曹雪芹，当时也很难预先估得那么死。据鲁迅说，八十回也不过刚刚露出些悲音来。

高鹗续书，一开头的回目，"占旺相四美钓游鱼，奉严词两番入家塾"，就给人不伦不类的感觉。高的续文，对原著来说，是天上地下。但我们也应该退一步想：曹雪芹死后，企图续貂者，不下百种，皆成狗尾。不管怎样，高鹗还是忠于曹氏的原来计划，极力追踪原来旨意，求其吻合。虽然写得死板僵硬，大致还是按照悲剧的路子走下来了，最后重露一些起色，这也并不完全违背曹氏的"好了"思想，因为事物仍要向相反的方向发展。有这样四十回续书，使爱读完整故事的人，能得到比较圆满的享受，这就是高鹗的功绩。如果他也给你来个大团圆，岂不更糟。高鹗虽然"闲且惫矣"，然而他是一个热中的人，并不是过来的人。他和曹雪芹的生活经历，思想见解，距离很大，能做到这样，已经很不错，所以他的书能够长期附在骥尾上。

《三国演义》写的是三国纷争，天下云扰，历史上少有的动乱时代；《水浒传》写的是五湖四海，各种职业身份的人；《西游记》写的是西天佛地，近于海外奇谈。它们的布局方面幅员广阔，可以驰骋，都有方便之处。而《红楼梦》所写的只是宁荣二府，实际上是一个家庭，虽也写到一些亲戚，如林如海、王子腾，都很简略。写薛家较详，实际上等于住在一起，分院别居。写到一些外界景况，如宫廷寺庙，袭人家和晴雯家，也都是小枝小节。它写的是一个家庭内部的矛盾斗争，写的是一个家庭的盛衰兴败史。这一家庭从何处兴起，又从何处败亡？这就和在那么一片不大的地方，修建一个大观园一样，在结构上，极费经营，极费周折。

在十七回，贾宝玉谈大观园的设计修建时，发表的一段议论，可以作为曹雪芹对艺术处理、小说结构的总见解。即：任何艺术都要基于"天然"，"天然者，天之自然而有，非人力之所成"，不能"人力穿凿，扭捏而成"。因为，"非其地而强为地，非其山而强为山，虽百般精而终不相宜"。

我们知道：小说的结构，来自故事情节，而故事情节来自人物的思想行动，这都是来源于现实生活，符合生活的发展规律，才能形成的。

我们无妨再作一些注解：曹雪芹所说的天然，就是现实生活里所有的，所存在的，不是由作者无中生有，胡编乱讲的。胡编乱讲，便是"穿凿扭捏"。生活里一点儿影子也没有的东西，你硬要把它说成是现实，大加编排，那是说谎，是欺骗读者，是造谣惑众。

六

写长篇小说，开头容易，就像走前几步棋一样，头头是道，中间布局已经不易，最后结尾最难。《三国演义》最后以晋朝统一中国作结束，当然很完满，这是借助于历史，作者的苦心还很难见到。《西游记》以取经回来，师徒都成正果结束，这也是故事的必然，事前可以容易安排的。《水浒传》，以七十回而论，蓼儿洼一梦，已近玄虚，只是等于把更长的《水浒传》，比较适当地剪裁一下，并非在结尾处做了多大功夫。《红楼梦》的结尾，因为雪芹已埋地下，世上更无能人，小说影响，虽然如此之深远，它的结尾，只能无可奈何，将永久没有下场了。

写作长篇最容易遇到的问题是：中间枝蔓太多，前后衔接不紧，写到后来，像漫步田野，没有归宿；或作重点结束，则很多人物下落不明；或强作高潮，许多小流难以收拢；或因生活不足，越写越给人以空洞散漫之感；或才思虚弱，结尾已成强弩之末，力不从心。甚至结尾平淡，无从回味；或见识卑下，流于庸俗。

至于中间布局，并无成法。参照各家，略如绘画。当浓淡相间，疏密有致。一张一弛，哀乐调剂。人事景物，适当穿插。不故作强音，不虚张声势。不作海外奇谈，不架空中阁楼。故事发展，以自然为准则，人物形成，以现实为根据。放眼远大，而不忽视细节之精密；注意大者，而不对小者掉以轻心。脚踏在地上，稳步前进，步步为营，写几章就回头看看，然后找准方位，继上征途。写完之后，再加调整。如此做去，或可稍有补救于万一。

一九七七年十月

关 于 散 文

我们这里所说的散文，不只区别于韵文，也区别于有规格的小说，是指所有那些记事或说理的短小文章，就是鲁迅先生所说的杂文。但现在杂文一词，又好像专用于讽刺了。

随便翻开一部古人的文集，总是分记、序、传、书、墓志等等门类，其实都是散文。鲁迅先生的集子也是如此，虽称杂文，但并非每篇都意寓讽刺。

我最喜爱鲁迅先生的散文，在青年时代，达到了狂热的程度，省吃俭用，买一本鲁迅的书，视如珍宝，行止与俱。那时我正在读中学，每天下午课毕，就迫不及待地奔赴图书阅览室，伏在报架上，读鲁迅先生发表在《申报·自由谈》上的文章。当时，为了逃避反动当局的检查，鲁迅先生每天都在变化着笔名，但他的文章，我是能认得出来的，总要读到能大致背诵时，才离开报纸。

中学毕业后，我没有找到职业，在北平流浪着，也总是省下钱来买鲁迅的书。买到一本书，好像就有了一切，当天的饭食和夜晚的住处，都有了着落似的。

不久，我在白洋淀附近的同口小学找到一个教员的职位。在这个小学校里，我当六年级级任，还教五年级国文和一年级的自然。白天没有一点闲暇，等到夜晚，学生散了，同事们也都回家了，我一个人住宿在有着大天井的院子里，室内孤灯一盏，行李萧条，摊在桌子上的，还是鲁迅的书。这里说的鲁迅的书，也包括他编的杂志。那时，我订阅了一份《译文》。

同口的河码头上，有个邮政代办所，我常到那里去汇钱到上海买书。那时上海的生活书店办理读者邮购，非常负责任。我把文章中间的警辟片段，抄写下来，贴在室内墙壁上，教课之余，就站立在这些纸条下面，念熟后再换上新的。

古人说，书的厄运是水、火、兵、虫。其中兵、火两项，因为丧失了补救的可能性，可以说是书的最大灾难了。抗日战争爆发，我参加抗日行列。我在离开家乡之前，把自己艰苦搜求、珍藏多年的书，藏在草屋的夹壁墙里，在敌人一次"扫荡"中被发现，扔了满院子。其中布皮金字、精装的，汉奸们认为可以换钱，都拿走了。剩下一些，家里人因为它招灾惹祸，就都用来烧火和换挂面，等到我回家时，只剩下几本书，其中有一本鲁迅先生的《中国小说史略》。此后，我的书，也经过不少沧桑，这本书却一直在手下，我给它包裹了新装，封为"群书之长"。

抗日战争年代，每天行军，轻装前进。除去脖项上的干粮袋，就是挂包里的这几本书最重要了。于是，在禾场上，河滩上，草堆上，岩石上，我都展开了鲁迅的书。一听到继续前进的口令，才敏捷地收起来。这样，也就引动我想写点文章，向鲁迅先生学习。这样，我就在鲁迅精神的鼓舞之下，写了一些短小的散文，它们是：有所见于山头，遂构思于涧底；笔录于行军休息之时，成稿于路旁大石之上；文思伴泉水而淙淙，主题拟高岩而挺立。

我的战友，大多是青年学生，而且大多是因为爱好文学，尤其是爱好鲁迅的书，走上革命的征途的。在这个征途上，要经常和饥饿、寒冷、酷热、疾病斗争，有些人是牺牲在拒马河、桑干河或滹沱河的两岸了。他们书包里的书，也带着弹孔。

我们的书，都是交换着看，放在一起看。大家对书是无比珍重，无比爱惜。我现在想，不知道爱惜书籍的人，恐怕是很难从事文学创作吧。没有见过不爱惜器具的工匠，和不爱惜武器的战士。不好的书，没人爱惜它，也是理所当然的。

艺术的生命力，是个复杂的问题，不好解答。鲁迅先生的书，可以断定是永久的了。它的影响是如此之广大，持续时间已经是如此之长久。"五四"以前以后都是无与伦比的。梁启超不能比，章太炎也不能比。

中国的散文作家，我喜欢韩非、司马迁、柳宗元和欧阳修。欧阳修在写作上是非常严肃的。他处处为读者着想，为后人着想，直到晚年，还不断修改他的文稿。他最善于变化文章的句法，力求使它新颖和有力量。

鲁迅先生的散文，究竟好在什么地方？我们能够追踪学习的，有哪些方面？构成艺术的永久生命，有哪些条件？

艺术创造上的真、善、美，如果这样解释：这三个字要求，作家站在无产阶级的和人民大众的立场，抱着对广大人民的善良愿望，抒发真实的感情，反映工农兵真实的情况；在语言艺术上严肃认真，达到优美的境界；作家的思想，代表新生的进步的力量和思潮，又和革命的具体实践相结合。我们按照这些要求认真做去，那么，我们的作品虽然不能传世，也可以使当时当地的读者，得到有益的参考。

我们在抗日战争期间，曾经油印了鲁迅先生的一篇《为了忘却的记念》，给初学写作者参考。这篇散文，是先生晚期的血泪之作。在极端残酷的战争年代，每读一遍，都是要感动得流眼泪的。具体地说，像这样的文章，就包含了以上的三字要素。只要人类社会还存在真和假、善和恶、美和丑的矛盾和斗争，鲁迅先生的散文，就永远是人民手中制敌必胜的锋利武器。

这就叫不朽的著作。

与此相反，最没有生命力的文章，莫过于封建帝王时期的八股试卷了。考试一完，这些试卷就被废纸店捆载而去，忙着去作纸的还魂。就是那敲开了门的"砖头"，也避免不了作为废品处理的命运。

因为这些文章，说的都是假话。是替圣人立言，说的都是空话；是在格子里填文章，没有丝毫作者自己的真实情感。

如果在一篇短小的散文里，没有一点点真实的东西：生活里有的东西，你不写；生活里没有的东西，你硬编；甚至为了个人私利，造谣惑众，它的寿命就必然短促地限在当天的报纸上。

大体说来，从事文艺工作的人，都希望自己的作品能够多活些日子，多有几个读者。经过认真努力，是会得到好的结果的。但是，也并不是每个人都可以做到的。这包括主客观两方面的复杂的条件。

写作，首先是为了当前的现实，是为人民服务。只有对现实有用的，才能对将来有用。不能设想，对当前说来，是一种虚妄的东西，而在将来，会被人们认为是信史。只有深刻反映了现实的作品，后代人才会对它加以注意。

编《古文辞类纂》的那个姚鼐说过，在唐朝，谁不愿意做韩愈那样的文章，但终归还是只有一个韩愈。能做到李翱和独孤及，也就不错了。姚鼐的目标，大概定得高了一些。

但是对我们来说，目标是要远大的，努力是要多方面的。在我们的时代，由于阻碍限制文艺发展的许多客观条件逐步排除，攀登艺术高峰的可能和人数，一定是要超迈前古的。

学习鲁迅的散文，当然不能只读鲁迅一家的书。鲁迅生前给我们介绍中国古代散文，翻译外国散文，都是为了叫我们取精用宏，多方借鉴。现在还有青年认为：鲁迅只叫我们读外国作品，不叫我们读中国古书，这是片面理解鲁迅的话。我们翻翻鲁迅日记，直到晚年，他一直在购买中国古书和研究中国古代文献。有的青年说，中国古文已经成了古玩，在扫除之列，这也是不对的。中国古代文献，并没有成为古玩，而是越来越为广大人民所掌握，日益发挥古为今用的现实作用。各个阶级都在利用它，我们无产阶级当然不能把它放弃。只有理解历史，才能更好地理解现实。当然，首先应该正确全面地理解现实，才能正确全面地理解历史。鲁迅的散文，就可以证明这一点。中国古代散文，是不能不很好研究的，这当然并不是反对读外国的古典散文。总之，古今中外，无不浏览，经史子集，在所涉猎，这样营养才能丰富，抵抗力才能增强。

学写散文，也不能专学散文一体，对于韵文，也要研究。散文既然也叫杂文，参考的文章体式，就不厌其杂，越多越好。鲁迅的散文，也可以证明这一点。

一九七七年十月二十五日

关 于 诗

近些天来，因为一种原因，我时常想起抗日战争时期的诗人和他们的作品。有时是想到人，随即想到他们的诗句。每个人都有自己的特点，互不干扰混淆。同时，他们的为人和他们的诗风，又紧紧联系在一起。

这样，就产生了一种感觉。这些年来，我们的诗坛，暂时先不谈它的重大成绩和丰盛的收获，只就它存在的一些缺点而言，在一些地方恰恰失去或减弱了这些特点。

古人说："诗言志。"就是说，诗中要有自己的东西。这包括诗人的"志"，即思想或见解；诗人的遭际，即自己的兴衰成败；诗人的感情，即喜怒哀乐；诗人的阅历，即所见所闻。

历观古今中外伟大诗人的作品，都有自己的东西。更了当地说，他们的诗主要包含着他自己。《杜工部集》《白乐天集》《李太白集》，无不如此。

有一种不成文、已经有案可查的说法：不要写自己，不要表现自我，不然，就会使小资产阶级的思想感情泛滥。

没有了自己的东西，于是大家就说差不多的话，讲一种大体相同的道理，写类似的事件、相貌和性格分别不出来的人物。

每天读这样的诗稿，就必然分不清题旨，分不清意境，分不清诗句，以至最后分不清作者。就像走进公共场所，熙熙攘攘，出出进进，结果没有一个清楚的面孔，留在印象之中。

有人可以立即反驳说，我们的思想性很强，我们的形象很高大，我们的感情很热烈，我们的见闻都是新人新事，都是重大题材。

但是，因为没有真正通过自己去表现，就减弱了诗的感染力。

在诗里，说大话，说绝话，说似是而非的话，是很省力气的。有人说这是必要的夸张，并引证李白。其实，李白虽有狂放的名声，但并不是单靠"夸张"起家的。他的本领在于通过他自己的诗风，成功地表现了当时的社会和历史的现实。他有丰富的生活经历，他走的路很多，见到的也很广。他对所见所闻，都经过深刻的思考，引起强烈的感情，才发为诗歌。单靠吹牛，不能成为李白，只能成为李赤。

不要害怕在诗作中间，有自己的东西。你没有见过的，就不要去写。你见到了，没有什么感情反响，也不要急着去写。你的思想没有那么高，不一定强把它抬高，暂时写得低一点，倒会真实一些。

诗人要关心国家大事，关心民族命运，关心群众生活，与他们感情相通。过去的诗人，也不是人人都是思想家，都是时代的引路人。如果他们从一个角度，反映了时代和社会的真实面貌，仍不失为有意义的作品。韦庄的《秦妇吟》，并没有革命思想，还是现实主义的伟大诗作。

前几年发掘出来的老子竹简中说："实谷不华"，"至言不饰，至乐不笑"。真诚和真实，不只是哲学领域中可宝贵的道理，在创作上，也是应当引为借鉴的。

不合情理的，言不由衷的，没有现实根据的夸张，只能使诗格降低。我们的诗，不能老是写得那么空泛，表面。要有些含蓄，有些意象，有些意境。这些东西，是只有通过诗人自己，认真地去观察、思考，才能产生。

目前，诗战线，应该质中求量，不该只是在量中求质了。我有个近于荒唐的想法：如果惯于写长诗的人，把诗再写短些；惯于每天写好多首的人，把指标降低些，我们的诗的质量，就会真正大上了。要从多方面，加强诗的艺术性。

希望老一辈诗人，给青年诗人做个典范。不作无病呻吟的诗，不作顺口溜，精益求精，把中国古代诗人苦吟苦想的严肃作风，传给青年一代。

形式的问题，不是主要的。已经迈出的步子，也很难返回了。时代在决定着诗的形式的变革。

杜工部句："美人细意熨帖平，裁缝灭尽针线迹。"诗要经过多次修改，才会合格、成功。

一九七八年八月五日大热

关于儿童文学

在中国历史上，有不少关于儿童教养的记载。最古的时候，有所谓"胎教"一说，乍一听好像很神秘，从科学上研究起来，恐怕也有它一定的道理吧？古时候还有句谚语："教妇初来，教子婴孩。"从这句话可以知道，教育工作，在人的幼年这一阶段最为重要。在中国教育史上，这方面的著述，形成了"小学"（不是研究文字的小学）的范畴。

建国以来，对于儿童的教育成长，党和国家是非常关心的。无论在学校教育、社会教育以及儿童读物的编纂出版方面，都不是过去任何时代所能比拟或设想的。我们的教育方针，在培养儿童热爱劳动、热爱国家和集体、热爱科学等等方面，都是很明确的。

因此，在文学方面，我也觉得，儿童文学的创作比一般的文学创作更重要一些，更困难一些，这就好像儿童教育比起成年教育来，更重要些、更困难些一样。同时，在儿童文学的创作上，特别是在我们新的、革命的儿童文学的创作上，借鉴还比较少，无论在理论上或创作观摩上，我们的学习材料还不是那样多。但是，我们一定要通过文学作品，对我国新时代的儿童进行教育，主要是进行共产主义思想和共产主义风格的教育，把他们培养成共产主义的坚强的接班人。我们国家的儿童，在党的关怀下，可以说是最幸福的了。在历史上，从来没有看到过儿童们生活在这样的幸福的天地里。但是，在教育实践上也可能有这样的现象：在艰苦的环境里比在安逸的环境里，教育更容易发生效果。我们的儿童处在幸福的时代里，教育确是一个很复杂的问题。

儿童教育也是有明显的阶级分野的。在历史上，我们看到，任何阶级在教育他们的后一代方面，都是鲜明地、集中地表现了他们的阶级要求。在中国历史的封建时期，我们可以找到相当多的有关儿童教育方面的材料，这些材料主要体现了封建帝王、官僚、地主教育他们的子弟的思想和方法。

养病期间，我浏览了一些古书，一部是《初学记》，这是古代封建帝王为了教育他们的子弟而编纂的一部文艺形式的小型百科全书。在这部书里，包括了天文、地理等等方面的自然科学知识，也包括了历史、文艺等等方面的社会科学知识。封建阶级也知道用最广泛的、最切实有用的、经过专家选择和系统的知识，来启发、教育他们的子弟。但在其他一些书籍里，封建帝王最重视的是教给他们的子弟如何统治人民的道理和方法，记录了很多的历代王朝统治人民的所谓经验教训。另外我读了一部《颜氏家训》，这部书和这位作者，历来得到的评价还是好的。作者给他的子弟们介绍了在那一时代为人处世的经验，读书治学问的方法，但其目的也不过是为了不坠家风，希望子弟们不流于"牧竖"而能长期凌驾在劳动人民之上。这是封建士大夫的教育思想。

从清代后期封建官僚的家书和日记中，可以看到这些人物在怎样教育他们的子弟。这些封建大员在教育他们的子弟方面，付出了很大的精力，虽然他们在当时担任的反动职务是那样繁重。他们教子弟写字、读书；叫子弟和他们的有学问的幕友往来；叫子弟进京游览，广泛地求师访友，增进见闻。可以说，这些官僚也是想用最新的、即在他们那个时代认为最有用的学问，来武装他们的子弟的头脑。他们有时教子弟性理之学，有时教考据之学，有时综合地教义理、辞章、考据，有时教子弟念金、元的历史，念边疆的地志，最后还教子弟学习洋务。这些官僚的教育思想的发展和变化，矛盾和冲突，充分反映了清朝末年腐朽政治的崩溃和挣扎，反映了当时中国社会的阶级矛盾和民族矛盾的尖锐化。

在封建社会，帝王、官僚、士大夫的教育思想，有它们互相适应的一方面，也有互相矛盾的一方面。他们的教育的效果，常常是漏洞百出的，有时甚至是和他们的希望完全相反的。

我们上面漫谈的一些似乎是题外的材料，说明一个问题，就是：历史上的封建阶层，是如何重视教育他们的后一代。一些没落的教育思想，在今天也不能说对一些人是毫无影响的。

中国的劳动人民，长期处在贫穷苦难的生活里，当然他们也在世世代代地教育着他们的后人。他们不可能给我们留下很多的可以查考的文献，但是，他们确是有教育子弟的不成文的传统，我们应该研究这个传统。一切真正的美德，是由贫苦的劳动人民保存下来的，一切美丽的语言、深湛的思想，都保存在劳动人民的口碑上。这方面的材料是很丰富的，很值得我们去探求。我们的儿童文学作家，应该很好地研究中国劳动人民的生活，研究他们的历史，研究他们教育孩子们的思想方法和语言。

目前，我们应当积极地投入到劳动人民的生活和斗争里，经常和工人、贫下中农接触，和他们交成知心的朋友，成为他们中间的一个。认真地记录劳动人民的"家史"，这对我们的创作和思想，是最实际有用的，也可以说是事半而功倍的努力的途径。

我们都知道，环境和风俗很能转移儿童的思想和感情。我们的儿童文学作品，要对儿童的思想和品德，进行有益的影响，但不能脱离具体环境、风俗的描写。对儿童最有影响的是他的父母，儿童文学也兼有教育成年人的任务吧。所以，我们的儿童文学创作，也应该以表现现实生活，表现现实生活中的矛盾和斗争，表现现实生活中一切新的东西，为主要的方面。

在历史上，每一个阶级，都是用它所认为最模范的人物、最模范的事迹，来教育它的后一代，常常是动员最有威望、最有才华的作家，来担负这一任务的。在今天，我们也应该用我们这个时代最模范的人物、最先进的事迹来教育儿童。

我们要着重研究现实生活中儿童生活、思想的各种样式。就是说，在多式多样的现实生活中来表现我们的儿童，不能只把他们放在花园里、树林里来描写，也不能只把他们放在托儿所、小学里来描写。我们的儿童文学作品，也应该给予儿童认识现实、分析生活、辨别善恶的能力。

寓言，在儿童文学创作中，自然占很重要的地位。好的寓言，主题是非常鲜明的，表现主题的方法是非常巧妙的，结构是很严密的，语言有高度的艺术性。中国有很多好的寓言，我们应该很好地研究、学习。外国的一些古典寓言和故事，我们也应该借鉴。在我们今天的儿童文学创作上，运用寓言这种形式也是很必要的，凡是好的寓言，它的现实意义总是很强的。但是，我总以为儿童文学创作，应以直接反映现实生活为主。

当然，儿童文学作品可以写得那样幽静、透明，充满美丽的幻想和诗意的抒情，就像我们在清晨或黄昏，散步在明静的湖水旁边，看到的那些倒影一样。但是，儿童文学作品也可以写得像在太阳光照耀下的人群，那样鲜明动荡，阴阳分明，充满生气。

文学作品不是强调这一方面，就是强调那一方面；它或者着重表现这一方面的生活，或者着重表现那一方面的生活。文学的要求，很难是半斤八两、面面俱到。就是说，我们表现的生活可以是多方面的，运用的形式愈多愈好。但是，一切儿童文学作品，不能违背社会主义时代的总的教育要求，不能不着重表现社会主义时代生活中的主导方面。

儿童文学作品，它的主题应该是很单纯，很明确的。但是，我们在写成一篇作品以后，也应该全面地考虑一下它在教育方面产生的效果。比如说，写一个小孩勇敢，写他舍身救出一个落水的小孩。在这篇作品里，我们除去教育儿童们要勇敢，要舍身救人，也需要叫读者体会到，那个被救的小孩是怎样掉在水里面去的，就是说，对孩子们也要进行必要的安全教育。

作家对于上天入地，投刀掷剑的描写，不只要有科学和现实生活的根据，还要有对儿童生活的责任感。我们是不是可以研究一下，旧的、坏的武侠小说以及公案小说，对于儿童身心有时会发生不好的影响，原因何在？要有能力对那些作品进行分析批判，才能避免偶然感染，把余毒引进新作。不然，我们就会"自食其果"，有中"流弹""飞刀"的可能。

附注：此系一九六四年六月对几位儿童文学习作者的讲稿。一九六六年冬散失，今重获，略加整理发表。

一九七八年八月

关于"乡土文学"

去年冬天，绍棠来津晤谈时，曾说：他要给一个刊物编一个特辑，名叫"乡土文学"，到时要我在前面写几句话。对于绍棠，我是"有求必应"的，因为我知道，他不会给我出难题。他的一些想法，我也常常是同意的。但在谈话当时，我并没有弄清这四个字的含义，也没有细想为什么绍棠要编辑这样一组文章。我还是点头答应了。过了两天，当他同一群人来舍下合影留念时，他又对我说了一次，我说："我年老好忘，到时候你催促我吧！"

前几天绍棠果然来信催稿了。对于绍棠，我一向也是"有催必动"的。对这个题目，仍觉茫然，不得要领。因此，我托邹明同志写信去问，究竟要我写些什么。绍棠的回信未到，我已经沉不住气，只好在这里揣摩着写。

记得鲁迅先生，在许钦文初写小说时，曾称他的小说为"乡土文学"。我想，这不外是，许钦文所写都是浙江绍兴一带的人物故事、风土人情，甚至在人物对话方面，也保留了一些方言土语。所以鲁迅给了他这样一个称呼。这个称呼，很难说是批评，但也很难说是推崇。因为，鲁迅自己也写了很多篇以家乡人民生活为背景的小说，他并没有自称过这些小说为"乡土文学"。别人也没有这样称谓过，也不应该这样称呼。这已经不是什么"乡土文学",而是民族的瑰宝。

说实在的,我对"乡土文学"这个词儿,也就是有这么一些印象,其中恐怕还有错误之处。

我又联想到绍棠这些年的一些言论和主张。他在好几个地方说,他是"一个土著",他所写的是"乡土文学",是田园牧歌。他又说,他写得越"土",则外国人看来就越"洋",等等。

看来,他好像是在和别人赌什么忿,自己要树立一个与众不同的标榜。

这可能也有客观方面的激励,我是不大清楚的。我看的当代作家的作品很少,不敢冒充了解当今的文坛。

就我个人的认识来说,我以为绍棠其实是可以不必这样说,也可以不必这样标榜的。因为,就文学艺术来说,微观言之,则所有文学作品,皆可称为"乡土文学";而宏观言之,则所谓"乡土文学",实不存在。文学形态,包括内容和形式,不能长久不变,历史流传的文学作品,并没有一种可以永远称之为"乡土文学"。

当然,任何艺术品种,都有所谓民间的形式,或称地方的形式,例如戏曲。但是,这种形式并非永久不变的,它要进入都市,甚至进入宫廷。一为文人墨客所篡易,就不永远是乡土的了。艺术又是不胫而走的,不分东西南北的,宫墙限制不住它,城墙也限制不住它,它又可以衣锦还乡,重新进入荒山僻野,为那里人民所喜爱,并改变着那里人民的艺术爱好、艺术趣味。

古之于今,今之于古,外洋之于中国,中国之于外洋,其规律也是如此。

在文学史上,南宋以来,又有所谓"市民文学",好像是与"乡土文学"对立的。其实这一名词,也很难成立。平话形式的梁山故事,固然可以说是"市民文学",但一成为《水浒传》,就很难这样说。城市是个非常复杂的所在,人也是很混杂的,它固然可以是首善之区,藏龙卧虎；但也可以是罪恶的渊薮，藏污纳垢。以城市来划定一种文学形式是不稳定的，因此是不科学的。

凡是文艺，都要有根基，有土壤。有根基者才有生命力，有根基者才能远走高飞。不然就会行之不远，甚至寸步难行。什么是文艺的根基呢？就是人民的现实生活，就是民族性格，就是民族传统。根基也在受内在和外来的影响，逐渐变动。

因此，凡是根基深的文学艺术，它就可以为当时当地的人民所喜爱，它就可以走到各个地方去，为那里的人民所接受，它就可以传之永久。

绍棠当前所写的，所从事的，只要问根基扎得深不深，可以不计其他。我以为绍棠深入乡土，努力反映那一带人民的生活和斗争、风俗和习惯，这种创作道路，是完全可以自信的，是无可非议的。自己认真做去就可以了，何必因为别人另有选择，自己就画地为牢，限制自己？作家的眼睛，不能只注视人民生活的局部，而是要注视它的全部。绍棠不要把自己囿于运河两岸。没有一成不变的"乡土文学"，就像人间并没有世外桃源一样。不管多么偏远的地区，人民的生活，也在不断变化。外来的东西，总是要进来的，只要民族的根基深，传统固，自信力强，那是没有什么可怕的，也无需大惊小怪。

当然，我们不能提倡媚外文学。在三十年代，鲁迅把那种讨好外国人，以洋人的爱好为创作标准的文学，称做"西崽相"的文学。

一九八一年二月十八日午饭之后记

小 说 杂 谈

小说与伦理

幼时读《红楼梦》，读到贾政笞挞贾宝玉，贾母和贾政的一段对话，不知为什么，总是很受激动，眼睛湿润润的。按说，贾政和贾母，都不是我喜爱的人物，为什么他们的对话，竟引起我的同情呢？后来才知道，这是传统伦理观念的影响，我虽在幼年，这种观念已经在头脑里生根了。

这是母子之间或父子之间的伦理。《红楼梦》里，薛宝钗劝说薛蟠的那一段，也很感动人，这是兄妹之间的伦理。王熙凤和平儿睡下以后，念叨贾琏在路途上的事，写得也很动人，这是夫妻之间的伦理。读起来也是动人的。

当然，《红楼梦》中，除了正面的伦理描写，也写了伦理的反面。写得也是很生动的。伦理也随时代变化，我们就不一一说明了。

总之，小说既是写社会，写家庭，写人情，就离不开伦理的描写。而《红楼梦》写得最好，最感人。

前些年，我们的小说，很少写伦理，因为主要是强调阶级性，反对人性论。近年来，可以写人情、人性了，但在小说中也很少见伦理描写。特别是少见父子、兄弟、朋友之间的伦理描写。关于男女的描写倒是不少，但多偏重性爱，也很难说是中国传统的夫妻间的伦理。

一九八一年十月八日

叫人记得住的小说

大概是三十年代中期，我在《文学月报》第五、六期合刊上，读过一篇小说，题名《福地》，作者徐盈。这篇小说，以保定第二师范革命学潮为题材。后不久，我又在《现代》杂志上，读了一篇小说，以国民党特务在上海秘密突击捕捉共产党员为题材，作者金丁。这篇小说的题目，后来忘记了，最近从《现代》编者施蛰存的回忆录中得知，为《两种人》。

这两篇小说，看过已经快半个世纪了，其内容记得很清楚，而且这两位作者，并不是经常发表小说的。我曾经和一个河南的青年同志谈起过，自己也有些奇怪：那一时期，我看的小说，可以说很不少，为什么大多数都已忘记，唯独记得这两篇呢？

前几个月，在一本文学丛刊上，读了俄国作家库普林的两篇小说。当时，我也对一个青年说：库普林的小说，叫人读过以后，能记得人物的每一个行动，每一个细小的情节；人物的住处、陈设，室内的空气阳光，花草的长势，人物的饮食、呼吸、喘息，一件件都历历在目，有条不紊。而我们也常常读到这样一种小说，写得像闹市一样，看过以后，混沌一团，什么清楚的印象也没有。这又是什么道理呢？

经过分析，我认为：前两篇小说，我所以长期记得，是因为它所写的，是那一个时代，为人所最关注的题材，也可以说是时代尖端的题材。也是我最关心的题材,因为它写到的第二师范和河北大学,和我所上的育德中学,只隔一条马路。金丁那一篇,则正是丁玲同志等人被捕以后,文学青年正处在迷惑焦虑之中。当然,这不能叫作题材决定论,还是因为两位作家的成功的创作。

至于库普林的小说,能做到这样,那自然是现实主义的功力,为我们所应当借鉴的。

一九八一年十月八日下午

小说成功不易

我常想,我们国家,历史文化这样悠久,书籍文物如此丰富,但是真正好的长篇小说,也就是那四部奇书;短篇小说也就是唐之传奇,宋之话本,清之聊斋。别的国家,其实也是这样。大作家总是寥若晨星,古典文学名著,并非接连出现的。

这可能与印刷条件有关,古代文字流传,先是全凭抄写,后虽能印刷,印数有限,耗费也大。所以文字能否流传,全凭质量,全凭人们愿看不愿看,选择是非常严格的。流传下来的,也是真正的好东西。

"五四"以来,崇尚白话小说,作者日众,出版也多。但六七十年间,检阅一下,真正成功的,一直为群众喜爱的也是屈指可数的。这当然也可能与出版条件有关。旧社会,出版社为私人经营,他要照顾血本和利润。每出一本书,他要考虑销路,选择有眼光的编者,注意校勘,保证质量。这样一来,从一方面说,是限制了书籍的出版数量,从另一方面说,也限制了书的滥出滥印。

艺术生产,乃精神生产,不是工业生产,不能成批成套,一哄而起。刊物办得多,如果编者无见识而讲关系,发表的作品,滥竽充数者多,就不能提高创作的水平。出书多，如果不严加选择，不做科学评定，只以数量定成绩，定形势，过多久，也会看出破绽来的。

当然，金沙多，将来淘出的金子就会多。但如沙和金比例悬殊太大，其结果还是不能定准的。

一九八一年十月十七日晨雨

小说是美育的一种

"五四"前后，蔡元培极力提倡美育，对小说的美育价值，评价甚高。梁启超写过一篇题为《小说与群治之关系》的文章，把小说与政治维新联系起来，把小说提到更重要的位置。对小说的社会作用，道德教育作用，说得也更明确。那时，中国正处在力图改革向上之期，提倡民主和科学，对文学艺术，也提倡要为人生，为民主进步，为改良社会道德贡献力量。这一时期的小说总的趋势是很健康的。

小说属于美学范畴，则作者之用心立意，首先应考虑到这一点。中国古代作者，无论是处于太平盛世，或是离乱之年，他们的吟歌，大抵是为民族，为国家，为群众的幸福前景着想。用心如此，发为语言文字，无论是歌颂、悲愤、哀怨、悲伤，从内容到形式，都出自美和善的愿望。相反，在"四人帮"祸国时期，他们的御用文士，所作文章虽貌似卫道，充满子曰诗云，但从中不会看到一点美好的东西，他们所作的小说，是坏人心术的，败坏道德的。

言为心声。心为大众，其语言虽拙亦美；心为私利，其语言虽巧亦恶。一人发声，千人所听，是不容易欺骗得了人的。

自创作繁荣以来，美的小说，固然很多。但不给人以美的感受的，也实在不少。形式上的离奇怪异，常常伴随淫乱、谋杀、斗殴、欺诈的内容。有人说这是社会生活的反映，我想，有时也可以说是作者心理状态的反映。如果说这种作品是现实主义，或是批判现实主义，那真是风马牛不相及了。沿着真正的现实主义道路从事创作的作家，是不会产生这种作品的。

一九八一年十月十七日

小说的体和用

"五四"以后，中国新的白话小说，在形式上已经和传统的小说，很不相同，可以说是欧化了的。鲁迅小说的榜样，影响了一代和几代的作家。这种小说的形式，就好像长江、黄河一样，一旦发源，就形成了自己的广大流域。再想改变这种形式，是不可能的，也很少有人再作这种幻想。

当时，为什么改变得这样快，这样猛？有时代的原因。当时的政治、经济、文化各个领域，整个社会思潮，都要求改革，打破传统的桎梏。有人甚至提出了全盘西化的主张。在政治、经济方面，这当然是不现实的，行不通的。但在意识形态领域，这种思潮的冲激力量大，并对其他领域，起着主导的作用。白话文学终于革命成功，小说、戏剧、诗歌，获得了彻底解放，形成了现在的样子。

如果把这种成功，归结为"全盘欧化"，那就完全错误了。如果文学也像当时的政治经济一样，只求依赖欧美，醉心形式主义，那它在当时就会夭折，就会失败了，不会有今天。

这是因为，新的小说，虽在形式上吸收了外国一些东西，这究竟是属于"用"的方面，其本体还是中华民族的现实生活，现实理想。白话文学革命所以能成功，就是因为当时绝大多数的战士，是现实主义的而不是形式主义的。是社会改革者，不是流连西方光景的庸人。

用本民族现实主义的生活内容，驾驭西方的比较灵活多样的形式，使作品内容的生命力，得到更完美的发挥。

当然，"五四"以来，也有人单纯追求外国时髦的形式，在国内作一些尝试。但因为与中国现实民族习惯、群众感情格格不入，他们多是浅尝辄止，寿命不长，只留下个轻浮的名儿。

一九八一年十月十八日

小说的欧风东渐

"五四"以前，林纾等人以文言翻译外国小说，使中国读者眼界大开，并开始影响着中国小说的创作。就在那个时候，翻译家对外国作品，还是慎重选择的。他们所翻译的多是外国古典文学，大作家的代表作品。其内容大都与民族解放、民族文化或社会问题有关，未有单从形式上猎奇好新者。翻译家首先考虑的，是这篇作品介绍到中国来，对中华民族，对中国社会有何好处。

鲁迅先生及其他进步翻译家，对这一点认识得就更明确了。他们都是审视中国当前的需要，去选择要翻译的东西。想到民族衰弱，帝国主义欺凌，他们翻译了很多弱小民族的苦难和斗争的小说，一直持续到抗日战争以前。想到民间疾苦，社会不平，他们翻译了很多民主主义作家，对社会批判的小说，一直到介绍十月革命的小说。介绍这些小说，并非只看内容，也注意其艺术造诣，多数是现实主义的经典作品。这样做，是为了提高中国读者的鉴赏趣味，更重要的是提高中国青年作家的写作能力。这种工作，鲁迅先生一直坚持到他逝世为止。

鲁迅一生，翻译和着力介绍的大都是伟大的现实主义作家的作品。对中国的现实和文学的发展，其意义和作用，自不待言。

其他翻译家，在这一方面的功绩，我们也应该做充分的估计。

翻译文学作品，不能与引进生活资料等量齐观。文学艺术是精神、道德、美学的成品，不能说外国现在时兴什么，畅销什么，我们就介绍什么。首先要考虑的，是我们民族、社会需要什么作品，什么作品对它的健康发展有益。这才是翻译家的崇高职责。

一九八一年十月十八日

真实的小说和唬人的小说

前天晚上，偶然的机会，读了陕西作家李志君的小说：《焦老旦和熊员外》。读得很高兴，看完以后心里说："这是一篇真实的小说。"

真实的小说，就是能够真实地传达出现实生活，或者说是现代生活的情趣的小说。李志君的小说，写得生动活跃，语汇丰富，文字精练考究。焦老旦这个人物以及小小山村的气氛，可以说是写活了。

我有时想：我们的时代精神，时代前进的脚步声，不就是存在于这些平凡的人们的日常生活和工作之中吗？他们的心声，不就是我们时代和社会的心声吗？我们还要到哪里去寻觅新的生活和新的人呢？

文学是反映生活的艺术，如果各个生活角落，各个平凡的、勤劳的、继承了民族固有美德的人，都得到了艺术上的反映，我们的小说创作，不是就可以称得起很丰富，我们的先进人物、英雄人物，不是也就随之坚强地树立起来了吗？

有的小说，不从认真地去反映现实着想，却立意很高，要"创造"出一个时代英雄。这种人物，能得政治风气之先，能解决当前社会、经济重大问题。这种英雄人物，不是从生活中提炼，而是从作家头脑中产生，像上帝创造了人一样神奇。

回忆几十年来，这样的小说，读过的确是不算少数了。这种小说，可以称做唬人的小说。

还有这样一种逻辑：谁在小说中创造了这种"时代英雄"，谁好像从此也就有了英雄气概。哪一位评论家，首先发现或首先吹捧了这篇作品，他本身也就好像沾染上了英雄的味道。

这实在是一种荒诞的误解。

作家凭头脑创造出来的人物，总是站不住脚或不能长期站住脚的，不久就倒下了。几十年例证也不少。评论家好像并不气馁，他又兴致勃勃地去寻觅新的"英雄"了。这种评论家，可以称做唬人的评论家。

李志君的小说，后一半就差一些，这一半成了焦老旦一个人在那里说理，作批判发言。有些概念化，因此艺术的力量，也就随之减弱了。

一九八一年十一月七日上午

小说的取材

同一天晚上，不知道为什么，读书的兴致这样高，又读完了登在《人民日报》上的邓友梅的小说：《寻访"画儿韩"》。这是一篇很有趣味的作品，我耐着寒冷一口气读完了。

邓的小说，语言流畅，熟悉掌故，情节紧凑，并有出人意外的惊人之笔。读完以后，也认真想了一下：凡小说，材料为基础，主题为导引。主题之高下，取决于作家的识见。自此以后，小说或成宏伟建筑，或虽成建筑，而仍是材料杂陈，不得而定也。

这篇小说的大部分着重写了旧社会，文物行业的奸巧伪诈，写得很真实生动。我近年附庸风雅，也很喜欢看一些有关文物及其经营者的记述文字，但这方面的知识很是浅薄。读后感到作者在这方面是做了充分的调查的。小说的后面一部分，是写解放以后，从事这一行业的变化，和有些人物的不幸遭际的。这一部分约占整个篇幅的三分之一，写得简略、一般。

我想作品的主题何在呢？如果重点放在解放以后，我以为社会意义和认识作用会更大一些。作家却把重点放在了前面，就使这篇小说成为京华街头巷尾谈论的逸闻轶事。而凡此种种，也可从前人一些笔记小说中得之。这样做，使人有主题本末倒置的感觉。

以上只能说是个人的读书心得。其实，作者会比我想得更清楚。就整个小说的取材来说，取材旧社会，应该说是远的；取材解放以后，应该说是近的。对观察体验来说，远的间接，近的直接。一般规律写间接难，写直接易。今作者反其道而行之，是舍易而取难呢，还是因为对难易的看法正相反，才不得不如此做文章呢？我想，是后者起了决定作用。

一九八一年十一月七日中午

小说的抒情手法

在叙述描写中，时加作者的议论或抒情，中国小说，古实无之，唯见于短篇记事文中，即所谓夹叙夹议也。有之，自新的白话小说始。

翻译的白话小说，既然对中国新的小说有了很大影响，抒情议论的手法，也即随着洋为中用了。外国作家，习惯于在小说中直抒胸臆，有的动辄数千言，从客观世界，把读者拉入他的主观世界，听其说教。现实主义作家，有这种手法，而浪漫主义作家则尤甚，成为创作不可排除的手段。但做到自然，也是非常不容易的。

我少年时，也很喜好这种手法，以为兼小说与诗歌为一体，实便于情感的抒发尽致。但回头研究中国古典小说，实又感到，有此不为难，无此则甚为难。

中国两大艺术巨构：《红楼梦》《水浒》，均为现实主义小说。其表现手法，纯用描写，无分巨细，生龙活现，无一败笔。感情寓于客观事物之中，作者、读者与书中人物共之。如长江大河之奔流，两岸景物自亦同时融会其中，不分主客。从来没有见过，曹雪芹和施耐庵，在叙述人物、时令、天气之时，忽然发一议论或感慨的。如果有这种现象，人们一定会说，这不成体统、不像话，是见月伤心、听雨落泪的文士强加上的。

当然，从外国引进的这一手法，是无可非议的，也是不能废止的，但要做到适可而止，不可泛滥无收拾。

去年读了一篇青年作者写的小说，小说五六千字，而文末抒情，竟达一千五百余字，我写信劝他以后要注意含蓄。青年人感情丰富，不一定能接受得了吧。

周克芹同志的小说《许茂和他的女儿们》，蜚声文苑，羡仰久之。只是因为时间、身体、视力，一直未能拜读，领略风貌。近日本地电台，每日于早八时许播讲，正值我晨炊之时，一边看着炉火，一边静心听讲，已经有些天了。这是一部存有忧国忧民之心的小说，一部有观察、有体会、有见解、有理想的小说。听时因照顾锅灶，容有疏略，总的来说，作者的艺术，是令人心折的，但也感到，小说中的抒情部分太多了，作者好像一遇到机会，就要抒发议论，相应地减弱了现实主义的力量。

一九八一年十一月十一日下午

小说忌卖弄

近几年来，在小说中，常常看到主人公在听一种什么西洋音乐，或在欣赏一幅什么西洋名画。这一细节，在过去几十年，是很少见到的，这是新事物。

但是，这支曲子和这幅名画出现在小说里，又好像和主题，和所写的人物、事件，并没有多少关联，甚至谈不上是所描写的生活场景的一种点缀。只是为了写上这个而写上的。它给人的唯一感觉是：作者听过这种音乐，欣赏过这种名画。

当然，罗曼·罗兰在《约翰·克利斯朵夫》那部长篇小说里，以大量的篇幅写了音乐方面的事，也不是说，罗曼·罗兰研究过贝多芬，写过他的传记，才有资格写。但他的小说里所写到的音乐，确实与小说的主题、人物、情节，有着融合一体不可分割的联系。

《红楼梦》写到了诗、词、歌、赋、医卜、戏曲、绘画、建筑。作者并非有意卖弄这些方面的知识，而是通过主题思想，人物的塑造和生活环境描述，故事的进行和深化，运用了这些知识。我们可以说作者的学识渊博，但不会说他是在卖弄。《镜花缘》里有些故事写得很好，本来可以写得更成功，但因为在书中卖弄音韵之学，就使小说减色不少。

另有一部小说叫《野叟曝言》。作者写作的目的，就是为了卖弄知识学问。天文、地理、政治、军事，都谈到了。希望皇帝看到他这部小说，把他请去当顾问，或做哪一方面的专家。结果，官儿没有做成，那么长的小说也没有人愿意看，只在小说史上存下个名目而已。

因为，人家要学习知识，自有各种专著可供参阅，又何必去读你的小说？如果真的相信了你在小说中表现的知识，把你请去当什么部的部长，那不是要坏事情吗？

小说家需要多方面的知识，特别是有关生活的知识。即使是生活的知识，也不能卖弄。在近代小说史上，有这种现象：一个作家对农村或对工厂的生活，比较熟悉，他的作品，在这方面受到了称赞。

作家从此认为是自己的专长，进一步在作品中堆放这方面的知识，反而使他的作品出现了干枯琐碎的毛病。

生活和艺术关系密切，但并不是一回事。艺术要求把生活完美地融合于人物性格、人物行动之中，一切要出于自然。

生活不能卖弄，才情也不能卖弄。至于有的作品，于有意无意之间，在小说中炫耀作者的官职、地位、居室、陈设，那就更是下乘的了。

一九八一年十一月二十一日晨

小说的结尾

小说无论长短，总是开头容易，结尾较难。既是开头，则头头是道，而结尾必须结束全篇。

古代小说的结尾，大都采取团圆的形式。团圆以后，再由作者诌几句诗词，劝善惩恶。

白话小说兴起，思想内容起了很大的变化，结尾仍然是个问题。鲁迅在小说《药》的结尾，放一个花环，自己说是添一点光明和希望。但我们不能说这是"光明尾巴"的始祖。因为这一花环的出现，仍然是作品的血肉结构，有机的连续，是与当时的社会思潮有着关联的。

三十年代初期，大众文学崛起。但在刚刚开始，冒牌货色实在不少。例如当时有个时髦作家叫穆时英，他在一篇小说的结尾写道："谁的拳头大，天下就是谁的！"引青红帮流氓语言入小说，以为就是第四阶级的革命，当时还很有些时髦的评论家，对此加以吹捧。

这不足怪，因为无论是这位小说家还是这些评论家，根本不知道无产阶级革命是怎么一回事，他的小说的失败，并不完全在这结尾上，而在整篇都是胡编乱造。

最近，接连看了几篇小说，我认为写得都很好，就是在结尾上，有些美中不足。李準的《王结实》，李志君的《焦老旦和熊员外》我已经谈过了。贾大山的《花市》，意义与李志君作品相同，而为克服结尾处的概念化，作者是用了一番脑筋的。但主题似又未得充分发挥，可见结尾之难了。

我们的作者，有了生活的积累，总愿意小说有一个正确的方向，或者说是主题。这一意图又常常借结尾之机，向读者表明，这就是出现前边说的情况的原因。

但如普希金、果戈理、莫泊桑等大家的小说，就很少此病。他们在一篇作品里，主题融合于生活描写之中，生活之流到头，主题也就表现完毕。并不像我们，前边写的是生活，而在结尾处，才点出主题来，给人以两张皮的印象。

一九八一年十二月十日

小说的作用

古人称小说为稗乘，即别于经典之上乘也。又说，小说是街谈巷议的东西，即非登大雅之堂者。又说，虽小道亦有可观者，同时肯定了小说的价值。

我觉得古人对小说的评价，大体上还是公平的，不夸大也没有抹杀它的价值和作用。

特别提出街谈巷议，是小说创作的来源与基础，这一说法，是非常合乎实际，非常科学的。一、小说产生在群众中间；二、它最初发生，是出之以口，入之以耳的形式；三、小说的谈和议是在街巷进行的。

既然是在街巷进行，就有个影响的问题，如果谈的议的，是发生在东邻西舍的事，表扬歌颂，固然无妨，如果是暴露讽刺，那就要得罪乡人。如果谈议的事，有关区县省府，那就更需要考虑后果了。

因此，最早的小说，多是志怪志异而非志人，怪异就是说些天地的变异，狐鬼的故事。这种故事，与人事无关，尽可添枝加叶，谈得痛快。以后，因为有了文字，发明了纸墨，小说于谈议之外，还可笔记，因此有了笔记小说。小说的题材，才由妖异狐鬼，进入社会人生，才由幻想进入了现实。这自然是小说的一次革命，一次飞跃。从此，就是写些当今社会上的实事，只要不指名道姓，稍加改编，作品由纸笔流传，招惹罪祸的机会，也就相应地减少了。

但也还不能说，小说来了一次革命，就变得多么了不起，作用有如何大了。它还是小说，不是大说。

所谓大说，古时是指的孔孟的立言，帝王的大诰，是指《尚书》《礼记》《易经》《春秋》这些著作。这些著作，按今天的图书分类法，好像都属于政治经济学部分，而小说自古以来称做闲书，无论如何是挤不进去的。

当然，小说写好了，也被称做文章。"文章华国"，小说优秀者，自亦有份。至于曹丕说的"文章经国之大业"，这里的文章，是指的诏书、檄文、议奏、论说，绝不包括小说在内。

随着印刷术的进步，随着小说题材日益向现实生活突进，随着作家的思想、道德情操的提高，小说的作用，也逐渐扩展和提高，这是事实。在有的国家，随着资本主义的发展，小说逐渐商品化，也是事实。什么东西，一旦商品化，就会产生拜物现象。因此，由于盲目推崇，广告宣扬，把小说的作用，吹得神乎其神，使一些作者，自我膨胀，飘飘然起来了。

对于一种事物，一味抹杀，固然不好，但一味吹嘘，其招来的后果，也常常适得其反，危害了事物的本身。这种经验教训，冷眼人是看得很清楚的。

农村俗话：说书唱戏劝人方。好内容的小说，引人向善，也不过是劝诱而已。生拉硬扯去学习，虽一字不识的农夫农妇，也不至于这样呆。当然，传说中的少女，抱着《红楼梦》，死恋贾宝玉的也有，那并不是热爱什么正面人物，英雄典型，而是有些神经失常了。

一九八二年五月一日改讫

小说与时代

小说既是现实生活的反映，当即反映时代的风貌。所谓时代风貌，并非只是一个时代，广大人民的生活样式，而主要是他们的思想感情的样式。也并不是说，每一个时代的作家，对他所处的时代，都能做等同的表现。古者不遑谈，以近代文学而论，"五四"前后小说，多反映启蒙、反封建、民主要求。国内革命战争时期，小说多反映城乡阶级压迫及阶级斗争。这些都可以说是当时的精神倾向。抗日战争时期主题更明显集中，就不必详谈了。

小说的反映时代，这是很自然的事，作家应是主动的，自觉的，没有任何游离的，本来可以不必出题目加以限制或要求的。有时政治上的要求过于具体繁琐，反使小说不能如实反映时代的精神，这种例子也是很现成的。

每一个历史变革的时期，总会产生它自己的忠实热情的歌者。但历史是不断向前发展的，能逐历史之波浪，为几个历史时期歌唱的歌手，却并不多见。其中虽有不少作家，得享大寿，阅历绵长，也只能在相连的一两个历史时期，大显身手。其余时期，就表现出无能为力。

这因为作家有时是身处时代激流之中，有时是身处激流之外，有时与时代拥抱得紧，有时拥抱得松。冷热有变化，立场有转移，心情处境不同，就引出不同的结果。

抗日战争时期，在根据地成长起一批作家。战事开始时，他们都是血气方刚的青年，忍受外敌侵略，忍受国破家亡之痛，已经有很多年了。一声召唤，他们立即投入了这一神圣战争。战事持续了八年之久，物质条件极端困难。他们除去战争的考验，还要接受饥饿、寒冷、疾病的挑战，伤者累累，死者相继。幸而生存者，所写反映这一时代的小说，它所表现的时代精神，自然是真实的、热烈的，充满生机的。读起来，当然是感人的。在当时，无论从生活，从思想感情，从生活的要求和愿望来说，作家与时代，作家与当地人民，都是亲密无间，血肉相关的。

又经过三年解放战争，他们有的进入了大城市。大城市对作家来说，一方面是写作和出版的条件好了，一方面是他们脱离群众，脱离生活的创作危机的开始。自此，改业他行者有之，转入宦途者有之，英雄无用武之地者有之。他们和根据地人民的联系淡薄了。城市的干部生活，所思所想，与农村的农民生活所思所想是有很大区别的。因为生活环境的改变，他们与那里广大人民的关系，已经不是直接，而是间接的了，再从人民身上，来表现时代的精神，就困难了。

问题是，实际上已经是间接的关系，作家有时还不愿意承认，自己还当作是直接的来处理，来写作。有时去采访几天，有时甚至去住上几个月。临时扎根，究竟不同于往日的自然生长。不承认这个变化，不努力打开新的生活局面，勉强维持着，将就着这样一个旧有的生活局面，作品就越来越缺少生机，缺少活气，缺少时代新鲜之感。

自我满足，维持残局，偏安一隅，写生活积累中的残山剩水，实际上，不只远远离开时代的要求，也离开了历史的要求。

鲁迅晚年不再写小说，他自己说是因为没有机会外出考察。他又说，他后一阶段的小说，技巧虽然更为成熟，但已不为青年读者所注意。他心里是十分明白，小说创作与人生进程的微妙关系的。虽雄才如彼，也不能勉强为之的。他就改用别的武器，为时代战斗，并用全力去培植、扶持、鼓吹能真正表现新的时代风貌的，青年作家的小说。

一九八二年五月一日晚灯下改讫

谈　比

古代刑律，最讲究比。就是说，判刑定罪，除去对照法律条文，还要和过去的旧例成案相比，一丝不苟。四部丛刊中有一本书叫《棠阴比事》，就是编辑了很多案例，成为一本名著的。

有些事物好比，一比也确实可以说明问题，说服群众。比如运动员比赛，一球之差，一秒之别，裁判员据实宣告，百万观众，都会点头承认，鸦雀无声。

但文章一事，涉及意识形态，奥妙无穷，千变万化，众口纷纭，莫衷一是，要想比出个结果，使观众心服，就不是那么容易的事。

然而，比之一事，还势在必行。古代以科举取士，凭的是三篇文章。文章不好评比，于是想出一个办法，把文章规格化，定为八股，一股一股去比，这就简单多了。但还是不断出问题，看卷的把他选好的卷子交上去了，主考不同意；或主考把名次奏上去了，皇帝又不同意，只好另来。从废弃的卷中重新挑选呈上，这叫"搜落卷"，有时倒一举得"中"了。

所以说，这种比法，实际上也是碰运气，靠不住的。但人们还是"认认真真"地去对待。秋闱之中，有座师——就是看初稿的人；有房师；有主考。士子得中之后，都把他们尊为恩师。而这些人也真居之不疑，坐在家中，等候谒拜，并热情地招待这些从来也不认识也没有帮过一点忙的门人。此后，如果双方都官运亨通，这种特殊的关系，还可以维持很久。

那时考场生活，是很苦也很惨的。蒲松龄写得最具体生动不过了。且不说一临考期，妻子为预备考具饭食，父兄送考接考，等候捷报，坐立不安。士子们关在那"棘闱"里面，有的呕吐，有的腹泻，有的打摆子，狼狈不堪言状。但一旦得中，就自称是三场得意，文战告捷，友朋祝贺，家人为荣。真是天晓得，是在以文战，还是以命运战。

科举制度的流风所至，人们对文章一事，也就好比，甚至对作家，也好比。这就是鲁迅晚年所恍叹的：鲁比郭如何，郭又比茅如何的，喊喊喳喳之徒们的爱好。

文艺作品是不好比的。主题相同，题材相同，还可以进行比较——其实也难，如风马牛不相及的作品，比其高低，就很困难了。你说《红楼梦》好，还是《水浒传》好？当然有人可以冲口而出，因为两部书都好。但那也只是个人的爱好，不能成为科学的评定。

此外，小说方面的"超越"一说，作为鼓励之辞，无可厚非，认真一想，也很难办。这么多年了，不只《红楼梦》没有人能超过，一部《西游记》，也没有人能超过。甚至像《老残游记》这么一部并非赫赫之书，也没有人能超过。没有超过，并不是说这么些年，没有天才，没有人才。历史条件不同，所写生活不同，作家素质，文艺观点、修养都不同。所写作品，与前人不好比，因此也难谈超越。任何时代，都可以产生后人不能超越之作。何必定要在一条线上去超越前人？《阿Q正传》，我看垂之千万年，也是不能有人超过的。

不只小说，凡是真正伟大的艺术品，都具备不朽的，不能超越的特质。

一九八二年五月三日大风，不能外出，
成短文二，四日晨起改讫

谈 名 实

世界上有些事，名实不相当者甚多。有时乍一听也有道理，仔细一推敲又没有道理。这是因为名实之间，常有很大距离之故。

小说亦然。就先说作者吧，几十年以前，我写过一篇文章，题目叫作《论培养》。只看题目，就知道是说作家可以培养得之，或有人培养者得成材器。过了几十年，我明白了很多事理，认为这样说法，不合乎实际。就又写了一篇小文，题目是《成活的树苗》。说明作家成材与否，全靠自己，培养一说，不大科学。但似乎并未引起注意，有很多人还在因袭旧说。

中国自古以来，就有"栽培"一词，比如看旧戏旧小说，就常见下僚对他的上级说："全靠大人栽培。"栽培也就是培养，难道有什么错吗？其实，那只是一句客气话，讨人喜欢的话，并不能认真。

这两个字，以植物学解释，自然说得通。但：植物之成长，也主要是靠自然条件，例如土壤、水、阳光。多么辛勤的农夫，也不会自认是阳光雨露，如果那样，他就是狂人。但是，如欲植物长得好，当然亦需人工，即栽培。

在文艺上，问题就复杂得多了。一位好的小说作者的产生，可以说是国家培养、社会培养，也可以说是时代培养。因为这是就大政方针方面立论，无可争辩。一涉及人事上，就应该名实相副。

比如说一位文艺刊物的编辑（我有两篇文章，都是谈的编辑），对于一位作家，无论有多少费心之处，充其量也只能说是帮助，还说不上是培养。一位评论家，对一篇小说，无论你的评论，多么及时，多么正确，其作用也不过鼓吹助兴，也谈不上栽培。

这里并不是贬低编辑或评论家的职责及其作用。老实讲，做到这样，已经很不容易了，不然为什么有人竟把"培养"一词，送到你的名下呢？

一树、一禾、一花，立于天地之间，其成活生长之机半，其夭折死亡之机亦半。其初生也，茕茕孑立，风摧之而雹毁之，洪水涝之而干旱蒸之。成材或不得成材，成活或不得成活，除自然恩赐之外，自然也不能与人事无关。就不用说，当干旱之时，你引水浇灌，当风霜之际，你设屏障护卫。就是你旁观侧立，不乘他人之危，效流氓之砍伐，顽童之削割，对于一株植物来说，也算是恩高德厚，终生不能忘怀的了。

然而，小说的作者，又究竟不同于植物。他可以思想，也可以行动，可以进取，也可以退却。他生存于世间，浮沉于社会。他是靠自己生活的根柢，思想的高度，观察的能力，情操的修养，来完成他的作品，来完成他的使命的。别人对于他的影响，较之他自己须做的努力，即奋斗不懈，百折不挠，深思熟虑，规模宏远，不为名利所摧折，不被荣辱所埋没……就微乎其微了。

这一篇，也可以说，就是我要写的《再论培养》。

一九八二年五月

佳作产于盛年

久居闹市，散步为难。时值春暮，偶有郊游之兴。至一桃园，与技术员交谈，得知该园桃树移植已五年，正处于结果期，再数年，才到盛果期。闻之若有所悟。

回到家中，默默一想：桃子吃了多年，从没有想到它是什么期生长的。一管理桃园的人，是很盼望桃树的盛果期到来的。任何事物，都有一个盛果期，文艺创作也不例外。又进一步想：鲁迅写《阿Q正传》，可以说是在他小说方面的盛果期；茅盾写《子夜》，是在茅盾的盛果期。一个作家，当他已经有了一定时期的准备，例如生活积累的准备，社会经验的准备，思想意识的准备，文艺修养的准备，大概他的年龄，也就到了壮年。在这个年龄，创作出不朽之作，当然可以称之为盛果期了。

任何事物，当其盛年之时，都是令人羡慕的。生物尤其如此。草木之盛年，就不用说了。盛年男女，即一个人的全盛阶段，其在形体上，仪态上，思想上，感情上，可以说都达到了成熟，繁茂，热烈的极点。也最富于战斗、追求的信心和勇气。人到壮年，青年时的主观幻想，已经与客观世界逐步融合，并形成自己的社会观和世界观。他们的艺术技巧，经过前一阶段的锻炼，也逐渐成熟，正好用来表现他们所迫切要表现的社会现实。

人的盛年期，是他在生活、事业上的鼎盛之期，文艺工作，自不能例外。但绘画书法，何以越到老年则越成熟呢？绘画书法偏重技法，故能老而不衰。小说则不然。小说的生命，在于作家用他的世界观，对现实生活的观察反映。不幸的是，一个作家的世界观，到了晚年，常常变得消极甚至虚无。

旧日的小说家，到了晚年，常常对人生做出消极的判断。他们认为只有在青年朦胧之期，才有向往，才有追求，才有创造。人到晚年，就好像捅破了糊窗纸，洞彻了人生的奥秘。法国一位女作家说：人之一生，并不像你所想的那么好，也不像你所想的那样坏。托尔斯泰晚年，对人生得出的结论是：奋斗一生，所需不过六尺之地。就像海明威那样富于幻想、战斗、冒险的作家，最后竟以毁灭自己，作为人生的结论。以这种思想作基础，写出的作品，其意义常常就不及盛年之作了。而青年期之作，则又富于幻想，常与现实相违。所以说，小说佳作多产自壮年。托尔斯泰的创作生活，持续得最久，但最受欢迎，最有社会意义的作品，也产自他的盛年之期。

这只是就一般而言，具体情况，也因人而异。有的人一生华而不实，虽届壮年，也在盛产，而终无佳作。有的人，虽已具备产生佳作的条件，而以客观原因，失去了这一机缘。虽有这些情状，但我仍然认为：人的一生之中，青年时容易写出好的诗；壮年人的小说，其中多佳作；老年人宜于写些散文、杂文，这不只是量力而行，亦卫生延命之道也。

一九八二年五月五日上午

小说的精髓

好多年，很少看外国小说，但遇到文艺刊物上登有好的翻译小说，总想看看。并以为在登创作的刊物上，经常介绍一些好的外国短篇小说，那是对于青年作者们很有好处的。这点篇幅用得是有价值的，比为了凑字数多登一篇水平很低的创作，要好得多。

前两天收到《山花》，上面有一篇蒲宁的短篇小说，题名《乌鸦》。蒲宁为赫赫有名的大作家，并得过诺贝尔奖金。但我过去读他的作品很少，今天就在手边，一口气读完了。《山花》介绍这篇小说，称之为手挥五弦的艺术，这是无可非议的。小说的艺术、语言，都是可以借鉴的。但是，我读完了这篇作品，心里很不舒服，和平日读完一篇好的古典作品，大不一样，这是什么缘故呢？例如说，他这一篇小说，就远远不如我去年读的库普林的一篇给我的印象好，他俩是同时代人。

小说写的是父子两人，同时爱上了一个年轻的使女，父亲成功了，儿子失败了。儿子——小说的第一人称，对他的父亲，连篇累牍地进行了挖苦、谩骂，把他描述成为一只乌鸦。

任何小说，或任何艺术，不能把技巧游离出来，使之脱离它要表现的主题思想。小说总是要把主题思想，做尽量的提炼，使之升华为高尚的、对社会人生有更积极的意义的尺度。

这篇小说，在这一方面，是谈不上的。他写了四个人物，没有一个人物是可爱的，或值得同情的，就连那个美丽的使女也是一样。

不是说，这种题材，在中国社会上就没有。但我们的作家就不是像蒲宁这种写法。蒲宁写这个故事，目的是什么？是说明爱情是由财产决定的吗？如此写出一种社会现象，就算完成了小说作家的使命吗？俄国其他古典作家，也并非这样做的。他没有塑造任何形象，在反映这一社会现实、矛盾冲突中，给人以力量，给人以希望，给人以美好的感受。他写得很熟练，但写得很肤浅，写成了父子间的争风。

年轻时，曾读过高尔基的一篇《在筏上》，题材与此有些类似，高尔基是在人物的性格上和他当时所追求的那种雕塑般的"力"上，进行描写的。读后的感觉，是坚强有力的。而蒲宁的这篇作品，给人的感觉是虚无的，没有是非的，没有希望的。这就是我读过以后，感到不愉快的原因吧？也是蒲宁之所以为蒲宁吧？

在中国，这种题材，人虽称之为乱伦，并非不能写。汉唐的古老故事，不必说了。《红楼梦》里写了宝玉和金钏的故事，更写了贾珍和秦可卿的故事，曹雪芹的手法高明，剪裁得当，十分含蓄，几乎都用暗示。但艺术的思想，小说的情调，提炼得高。他手下的人物，虽有情欲，虽有越轨，但大多数仍旧是可爱的、值得同情的，使人留恋的，是寄希望于惩罚的。

蒲宁，作为艺术家，他这一篇作品，是缺少一点主要的东西的。这就是小说的精髓。

时代不同，作家的经历不同，所选择的生活道路不同，即产生不同的思想，不同的人生观，因之产生对人生、社会不同看法、不同感情的艺术和小说。

作家如此，读者亦如此。

一九八二年六月二十七日清晨

关于散文创作的答问

问：目前，有一种比较普遍的说法：当前散文创作不甚景气，与小说、报告文学、诗歌等文学式样相比，是比较薄弱的。请您谈谈当前散文创作的状况。您认为存在什么问题，原因何在？

答：这种状况，我是估计不清楚的。一种文学体式，它在当前是否繁荣，繁荣到什么程度，这只有掌握全面材料的文艺界的领导同志，或评论家，或将来的评选委员会，能做出权威性的估计。对任何形势的估计，都是困难的，我是一个普通读者，又因为精力所限，读作品很少，但就我读到的散文来看，我真正喜爱的，确实不是那么太多罢了。当然，我不喜欢的，也不见得就是不好，只是说，产生一篇好的散文，正像产生一部好的小说一样，不是那么容易就是了。

从历史上看，先秦时的散文作家，真可能是有一百家，不然为什么说百家争鸣，以后又说罢黜百家呢？但流传到现在，就只剩下几家了。唐宋散文作家，在当时也不只以百数，而传至后来，只说八家。八家之文，家传户诵者，每人也不过数篇。五四运动，散文应运而生，作者如林，期刊充斥，但到现在，我们课本上，还老是那几位作家的那几篇范文，其他作者，逐渐被人遗忘。

文学艺术的形势，任何时候，都可以有人作估计：形势大好或不大好，繁荣或不大繁荣。即使客观正确，这也只是就一时而言。作品的真正价值，是只有时间才能考验得出，任何武断的大话，都不是那么牢靠可信的。

我们应该从历史上找出散文创作成败得失的一些规律，那对我们衡量当前的散文，可能是比较有用的。

从我们熟读的一些古代或近代的散文看，凡是长时期被人称诵的名篇，都是感情真实、文字朴实之作。比如说欧阳修的《陇冈阡表》，诸葛亮的《出师表》，李密的《陈情表》。

我们常说，文章要感人肺腑。出自肺腑之言，才能感动别人的肺腑。言不由衷，读者自然会认为你是欺骗。读者和作者一样，都具备人的良知良能，不会是阿斗。你有几分真诚，读者就感受到几分真诚，丝毫做不得假。

如果有时间，读一些旧报纸、旧期刊，是有好处的。在三中全会以前，报刊上的文章，包括散文在内，虚假的东西太多了，现在找来一看，常常使人啼笑皆非。这种散文，即使没有政治上的拨乱反正，也是当日无读者，何况流传？

但是，这种文风，曾经猖獗了若干年，要说是完全根绝了它的影响，也不是事实。

欧阳修在写他这篇文章时，叙述的只是家庭琐事，夫妇、母子之常景常情。诸葛亮当时虽然是丞相，他这一篇文章，并没有多少空洞的官腔。李密当时的处境，尤其困难，如果他不说真情实话，能够瞒得过司马氏的耳目？

文章能取信于当世，方能取信于后代。这三篇文章，所以能流传百代，就是因为感情的真挚和文字的朴素无华。

所谓感情真实，就是如实地写出作者当时的身份、处境、思想、心情以及与外界事物的关系。写出这些，本来是很自然的事情，但一触及文字，很多人就做不到。这就无怪自古以来，名篇范作如凤毛麟角了。

文字是很敏感的东西，其涉及个人利害、他人利害，远远超过语言。作者执笔，不只考虑当前，而且考虑今后，不只考虑自己，而且考虑周围，困惑重重，叫他写出真实情感是很难的。

只有忘掉这些顾虑的人，才能写出真诚的散文。

司马迁的《报任安书》，因为是私人信件，并非公开流布的文字，所以他才说了那么多真心话，才成为千古绝唱。嵇康的《与山巨源绝交书》，也说了些真心话，透露了出去，就招来了大祸害。有鉴于此，致使文人执笔，左顾右盼，自然也有其不得已的地方。现在，有论者居然责怪：在"四人帮"肆虐期间，作家们为什么没有站起来，大声疾呼？这种要求，未免不近人情。在当时，一个作家，能够沉默，不去帮凶，就算可以了。论者当时如何表现，不得而知，至少他是没有去反抗的。不然，他早就成为张志新了。

但就散文的规律而言，真诚与朴实，正如水土之于花木，是个根本，不能改变。如果不只从数量上看，主要从质量上看，当前散文创作的不足之处，恐怕还是在作者的创作用心上，有或多或少的华而不实之处吧！

这不能完全归咎于作者。在一个不算短的时期中，在各个现实领域，虚假浮夸，不大遇到批评和制裁，而真实地反映情况，即说真话，却常常遭到难以想象的打击。这不能不反映到文学创作上。现在虽力加纠正，在意识形态领域中，清除这种遗留的影响，有时比在现实生活中清除，还要慢一些，复杂一些。而散文创作，以其更直接的现实性，在这方面的表现，就更比其他艺术领域显著。

有些散文，其不足之处，可以归纳为：

一、对所记事物，缺乏真实深刻感受，有时反故弄玄虚。

二、情感迎合风尚，夸张虚伪。

三、所用词藻，外表华丽，实多相互抄袭，已成陈词滥调。

四、因以上种种，造成当前散文篇幅都很长，欲求古代之一千字上下的散文，几不可得。

问：请您结合自己和当前的散文创作现状，谈谈有关散文艺术问题。比如散文的叙事与抒情，题材、构思、意境、语言等等。

答：散文是我们祖国主要的文学遗产，古代作家的主要著作，也是散文。这就提供了很多很好的学习范本。我们在学校语文课堂上，也以学习散文为主。初学作文，题目如《我的家庭》《春日郊游》等，也是写的散文。另外，散文的大部分，都是应用文，一生之中，练习的机会是很多的。我们本来应该把散文一体，运用得很好，这一文体本来应该很繁荣。但从历史考察，并不是每一个时代，散文都是很好很繁荣的。

先秦、两汉、唐宋的散文，大家都承认是有很多佳作的。降至元明，则并非如此。元朝不论，明季写散文的人并不少，但即使是代表作家的作品，今天看起来，无论在风格文字上，内容意境上，都是肤浅的、卑弱的、琐碎的。明之末季，有一谚语谓：刻一部稿，娶一房小，念一句佛，叫一声天如。天如即张溥，是权威评论家。可见当时出版物也是不少的，但作品的意义和价值，确如上述。可取之处，远不及唐宋，又不用说两汉先秦了。

文章，特别是散文，是和时代的风云、习尚有关的。如果只谈艺术，我们就应该从唐宋以前的散文，多吸收一些营养。从司马迁、嵇康、柳宗元、欧阳修那里，多学习一些东西。其中主要的经验，是所见者大，而取材者微。微并非微不足道，而是具体而微的事物。

古代散文，意境深远，但皆言之有物。柳宗元的散文，写驴、写鼠、写麋、写蝜蝂，取材很细小，而意义很深刻。韩愈《进学解》，则对自己做深刻的剖析，发挥自己的见解，这也是很有勇气的。

散文短小，当然也有所谓布局谋篇，但我以为，作者如确有深刻感触，不言不快，直抒胸臆即可，是不用过多的构思设想的。现在一些文章评论家，谈论构思太多，也太机械。实际创作的过程，往往并非如此。散文之作，一触即发。真情实感，是构思不来的。

散文中的议论，也是自然事物演变的结果，在很多情况下，并非散文作者主观的前提。而苏子瞻常先有警句，冠于篇首，但与所叙事物，仍为血肉，并非徒具大言，以惊流俗。

抒情亦如此。无情而强抒，与无病呻吟等。感情低下，不如不抒。面对大好河山，内心营营苟苟，故作堂皇之言，是对河山的不敬。

状景抒情，成为散文的意境。意境有高下，正如作者修养有高下，胸襟有广狭，志趣有崇卑，不可勉强。当然，人可以通过修养，提高其志趣。总之人心之不同，有如其面。散文意境之有区分，也在于此。范仲淹先忧后乐之名言，并非一时乘兴，创作出来，乃是久萦于心的素志，触景生情而出。

散文的语言很重要，一篇短文，语言文字不讲究，是成不了家传户诵之作的。当然语言文字也与作者的真情实感紧紧相关。

梁沈约很重视文字的音乐效果。他说：

> 若夫敷衽论心，商榷前藻，工拙之数，若有可言。夫五色相宣，八音协畅，由乎玄黄律吕，各适物宜。欲使宫羽相变，低昂互节，若前有浮声，则后须切响。一简之内，音韵尽殊；两句之中，轻重悉异。妙达此旨，始可言文。
>
> 《宋书·谢灵运传论》

中国古代散文名作，读之无不朗朗上口，易于背诵。即韩愈之自讽为佶屈聱牙者，亦莫不如此。现在有些作者，能写情节热闹的小说，写起散文，语言很不考究，这是没有别的东西可以补救的缺失，这样的散文，自然行之不远。

散文的语言，要有素养，需要基本功，要有课堂训练。而我们国家经历十年动乱，教育失调，这恐怕也是影响今日散文质量的一个重要原因。

至于我个人近年的散文创作，则因老年衰退，成绩甚微。行动不便，生活的眼界缩小了。因为年岁，自身的阅历增多了，在政治清明之时，愿意说些真诚的话，当然有时就会得罪一些人。过去，我的一篇散文《黄鹂》，放了二十年才发表。现在写文章，确实感觉顾忌少多了。但作为文章行世，自己也应该慎重，不应该太随便。要知道应该说些什么，也要知道不应该说些什么。不管文章长短，题材如何，大都是我亲身经历，亲眼所见，思想所及，情感所系。不作欺人之谈，也不装腔作势。那样就会不自然，也就不会有什么真情实感。有些人的文章，使人处处意味到作者的高位和官职，好像一切都永远正确，是没有多大意思的。

问：散文作者需具备哪些修养？

答：秦少游说：

探道德之理，述性命之情，发天人之奥，明死生之变，此论理之文，如列御寇庄周之作是也。别黑白阴阳，要其归宿，决其嫌疑，此论事之文，如苏秦张仪之所作是也。考同异，次旧闻，不虚美不隐恶，人以为实录，此叙事之文，如司马迁班固之所作是也。原本山川，比物属事，骇耳目，变心意，此托词之文，如屈原宋玉之所作是也。

中国散文的品类繁多。所以，散文作者，首先应该涉猎中国散文的丰富遗产，知道有多少体制，明白各种体制的作用，各类文章的写作要点。

但最主要的，是提高自己的人格修养，即中国传统的道德伦理修养，不然就不能理解和领会中国散文作品的内容和实质。例如前面讲的"三表"，好处何在？为什么能千古传诵？

有一些人生经历，知道一些世态人情，便可写小说，写剧本。写好散文，需要多种知识，多种见闻。不然写山川不知地理，写古迹文物不知历史，不知考古，散文就没法写好。其中，特别重要的是作者的识见，如果识见平庸，文章也是写不好的。

问：散文创作中新的探索与民族传统两者的关系如何？

答：自有翻译以来，实际上是丰富了中国散文的创作，利多弊少，即使南北朝开始的佛经翻译，也是如此。"五四"以后的散文，外来的影响，就更显著了。但影响是影响，其根基是不能动摇也不可动摇的。我们还是要写中国式的散文，主要是指它反映的民族习惯和道德伦理的传统。至于创新，也不能说只有接受外来影响，才能创新。中国散文，在接受外来影响以前，也是不断创新的。我写给贾平凹的一封信中曾说，多读外国名家之作，写中国传统的散文，也是这个意思。任何文学作品，谈到创新，绝不会是专指形式上的创新，而是指内容和形式的统一的创新。文学作品既以内容为主导，则中国土壤，自然对创新起决定作用。

此外尚有二题，因题旨较泛，有些意见已在前文述及，兹从略。

> 一九八三年五月一日晨五时起写。
> 大院节日嘈杂，
> 前屋受干扰，则移稿至后屋；
> 后屋受干扰，又持稿回前屋。
> 至晚初稿成。次日晨改定之。

关于传记文学的通信

申明同志:

　　前日，郑法清同志捎来你去年十二月二十六日写给我的信，拜读过了。深情厚谊，十分感谢。你同杨振喜同志写的有关我的评传，也曾在刊物上读过一些章节。我对此事，向来兴趣不大。其原因，回顾自己足迹，凡凡无足称述，值此风烛残年，意懒心疲，人之毁誉，均不入于怀抱。但是，你的信以及你同杨君的著述，其热情，其盛意，其认真用心，均使我感动，所以愿意就写评传的一般问题，说说个人的心得和看法，作为你们工作的助兴之谈。

　　我一向认为，写传记，应首先理解那个时代。一个作家，他的作品，不管他怎样说，总受时代的影响、制约。即使如现在一些理论家所倡导的脱离政治，淡化生活，从另一方面看，仍是当前政治、社会生活的一种反映。作家不能脱离他的时代，受一定的政治约束，或做一定的主观反映，这已是人类历史，文化历史的定论，无论如何也不能否认的。用一句陈旧的话来说，就是任何作家的作品，都有时代的烙印。

　　所以，写一个作家的传记，必须首先研究、熟悉他所处的时代，他个人的经历，他在文学上的成果，对这一时代的影响和作用。

　　我还活着，参加文艺工作，从头算起，也不过五十年，距离够

近的了，难道你们还不熟悉这一段历史？其实，并不如此简单。这
五十年，是中国历史上少有的急剧变革的年代，单就一些生活细节
来说，比如衣食住行，我写小说的那个年代，和现在就不能同日而语。
那时人民的衣食住行，困难得很，司务长如果贪污五斤小米，就要
枪毙。比起目前社会上一些不正之风，比起一些人的随意抛撒粮食，
比起人们那么热衷进口的服装和豪华的卧车，可以说是天上地下的
分别了。如果作者用这些八十年代的观念，去理解三十年代的作家
和作品，那必然就谬之千里了。当然，目前正有一些理论，主张用
八十年代的新观念，去观察中国几千年的旧历史。对此，我略有迷惑：
第一，不知道这种所谓新观念，到底是一种什么样的观念？它与中
华民族的传统观念，有多大差别？第二，用这种观念，作用于历史，
作用于文学艺术，其成果如何？一个国家，一个民族，有它多年形
成的观念，比如热爱祖国的观念，抵抗外族入侵的观念。这不是一
个时代的观念，更不是哪一个年代的观念，它将贯穿一个民族的始终。

中国历史多次证明：一种新的观念的形成，或一种旧的观念的消
失，都不是轻而易举的。要经过长期的、曲折的、反复的认识和实践
的过程。因此，新的名词，新的学问，都不等于新的观念。就是生活
方式的某些改变，也并不证明新的观念已经在人的头脑里形成。

不过，每一个年代，总是有它的特点的。它总是突出某一种观念，
在当时甚至也可以说是新的观念。例如抗日战争，土地改革，全国
解放，就都有它的特点，都有它突出的观念。以此，形成一个作家
的特色，一部作品的灵魂。

同样，作家个人在这一时代中的经历，他的生活，他的修养，
他的思想、心理、气质，他的遭遇，作传者必须有详细准确的材料，
有洞察的判断力，有文字传达的功能，有进入时代，与作家共命运
同呼吸的同情之心。

都说司马迁的传记写得好，鲁迅誉之为无韵之离骚，史家之绝唱。

历史、文学兼而有之，并臻极顶。究其原因，在于司马迁掌握材料之多，用心之细，感情之丰盛，文字之相副。目前有许多人，认为司马迁的著作，是加有虚拟手法的报告文学，这真是误解。司马迁文章所以写得好，首先因为他写的是历史，历史真实性强，令人信服，才成了文学作品。并不是有了文学的"生动"，才成了历史家。如果是那样，他的著作就会一钱不值，更不用说流传千古，奉为经典了。

　　所以，写传记，首先是存实，然后才是文采。先求历史家欣赏，后求文艺家欣赏。其方法主要是掌握材料，判断材料，取舍材料。对于一个作家，主要是按照时间顺序，精读他的作品，不放过一篇文章。我这里说的精读，就是细读。有的人说是研究，却连作家主要作品的篇目，都记不清，或把主要作品中的主要人物的名字弄错，其他方面，还谈得上准确可信吗？我读过一篇你们写的文章，其中，把我的家乡安平和教过书的安新混为一地；把我的朋友陈乔和陈肇混为一人，这是需要出书时改正的。有的人，研究一个作家，却不愿费力气去读他的作品，而是希望作家本人和他作竟日之谈，或把材料写给他。这也是一种偷懒取巧的办法。

　　以上是就写传记而言。你们的题目上，还有一个"评"字。传记需要客观，而评则需要主观，似乎矛盾。其实，评是在研究作家和作品之后做出的，所以仍是客观基础上的主观。但写评不要胆怯，不要顾虑太多，特别是不要顾虑作家本人看了如何如何，如果是那样，最好是等作家死了以后再写。要直抒己见，才能成一家之言。

　　申明同志：我多年老病，文思枯涩，即将从文坛告退。以上所谈，与其说是发表意见，还不如说是酬答友情，更切实一些。

　　即祝

新年愉快！

孙　犁

一九八六年一月三日下午二时

与友人论学习古文

承问我学习古代文字的经验，实在惭愧，我在这方面的根底很薄，不能冒充高深。

我上小学的时候，是一九一九年，已经是国民小学。在农村，小学校的设备虽然很简陋，不过是借一家闲院，两间泥房做教室，复式教学，一个先生教四班学生。虽然这样，学校的门口，还是左右挂了两面虎头牌："学校重地"及"闲人免进"。

你看未进校门之先，我们接触的，已经是这样带有浓厚封建国粹色彩的文字了。但进校后所学的，还是新学制的课本，并不是过去的五经四书了。

所以，我在小学四年，并没有读过什么古文。不过，在农村所接触的文字，例如政府告示、春节门联、婚丧应酬文字，还都是文言，很少白话。

我读的第一篇"古文"，是我家的私乘。我的父亲，在经营了多年商业以后，立志要为我的祖父立碑。他求人——一位前清进士撰写了一篇碑文，并把这篇碑文交给小学的先生，要他教我读，以备在立碑的仪式上，叫我在碑前朗诵。父亲把这件事，看得很重，不只有光宗耀祖的虔诚，还有教子成材的希望。

我记得先生每天在课后教我念，完全是生吞活剥，我也背得很熟，在我们家庭的那次大典上，据反映我读得还不错。那时我只有十岁，这篇碑文的内容，已经完全不记得，经过几十年战争动乱，那碑也不知道到哪里去了。但是，那些之乎者也，那些抑扬顿挫，那些起承转合，那些空洞的颂扬之词，好像给我留下了深刻的印象。

然后我进了高等小学。在这二年中，我读的完全是新书和新的文学作品，父亲请了一位老秀才，教我古文，没有给我留下任何印象。因为我看到他走在街头的那种潦倒状态，以为古文是和这种人物紧密相连的，实在鼓不起学习的兴趣。这位老先生教给我的是一部《古文释义》。

在育德中学，初中的国文讲义中，有一些古文，如《孟子》《庄子》《墨子》的节录，没有引起我多少兴趣。但对一些词，如《南唐二主词》、李清照《漱玉词》、《苏辛词》，发生了兴趣，一样买了一本，都是商务印书馆印的学生国学丛书的选注本。

为什么首先爱好起词来？是因为在读小说的时候，接触到了一些诗词歌赋。例如《红楼梦》里的葬花词、芙蓉诔，鲁智深唱的寄生草，以及什么祖师的偈语之类。青年时不知为什么对这种文字，这样倾倒，以为是人间天上，再好没有了，背诵抄录，爱不释手。

现在想来，青少年时代，确是一个神秘莫测的时代。那时的感情，确像一江春水，一树桃花，一朵早霞，一声云雀。它的感情是无私的，放射的，是无所不想拥抱，无所不想窥探的。它的胸怀，向一切事物都敞开着，但谁也不知道，是哪一件事物或哪一个人，首先闯进来，与它接触。

接着，我读了《西厢记》，苏曼殊的《断鸿零雁记》，沈复的《浮生六记》。一个时期，我很爱好那种凄冷缠绵，红袖罗衫的文字。

无论是桃花也好，早霞也好，它都要迎接四面八方袭来的风雨。个人的爱好，都要受时代的影响与推动。我初中毕业的那一年，九一八事变发生；第二年，"一·二八"事变发生。在这几年中，我们的民族危机，严重到了一触即发的程度。保定地处北方，首先经受时代风云的冲激。报刊杂志、书店陈列的书籍，都反映着这种风云。我在高中二年，读了很多政治经济学方面的书籍。我在一本一本练习簿上，用蝇头小楷，孜孜矻矻做读《费尔巴哈论》和其他哲学著作的笔记。也是生吞活剥，但渐渐觉得它们确能给我解决一些当前现实使我苦恼的问题。我也读当时关于社会史和关于文艺的论战文章。

这样很快就把我先前爱好的那些后主词、《西厢记》，冲扫得干干净净。

高中二年，在课堂上，我读了一本《韩非子》，我很喜好这部书。读了一部《八贤手札》，没有印象。高中二年的课堂作文，我都是作的文言文，因为那时的老师，是一位举人，他要求这样。

因为功课中，有修辞学，有名学（就是逻辑学），有文化史、伦理学史、哲学史，所以我还是断断续续接触了一些古文，严复、林纾翻译的书，我也读了一些。

高中毕业以后，我没有能进入大学，所以我的古文，并没有得到过大学文科的科班训练，只能说是中学的程度。

以上，算是我在学校期间，学习古文的总结。

抗战八年间，读古书的机会很少，但是，偶尔得到一本，我也不轻易放过，总是带在身上，看它几天。记得，我背过《孟子》《楚辞》。

你说，已经借到一部大学用的古代汉语，选目很好，并有名家注释。这太好了。"文化大革命"后期，我没有书读，也是借了两本这样的书，每天晚上读，并抄录下来不少。

我们只能读些选本。鲁迅反对读选本，是就他那种学力，并按照研究的要求提出的。我们是处在学习阶段，只能读些有可靠注释的选本。我从来也不敢轻视像《古文观止》《唐诗三百首》这样的选本。像这样的选家，这样的选本，造福于后人的，实在太大了。进一步，我们也可以读《昭明文选》，这就比较深奥一些。不能因为鲁迅反对过读文选，我们就避而远之。土地改革期间，我在小区工作，负责管理各村抄送来的图籍，其中有一部胡刻文选的石印本，我非常爱好，但是不敢拿，在书堆旁边，读了不少日子。

至于什么"全上古汉……文""全汉三国晋南北朝诗"，对我们来说，买不起又搬不动，用处不大。民国初年，上海有一家医学书局，主持人是丁福保，他编了一部《汉魏六朝名家集》，初集共四十家，白纸铅印线装，轻便而醒目，我买了一部，很实用。从中，我们可以看到，很多大作家，留给我们的文集，只是薄薄的一本，这是因为当时不能印刷广为流传，年代久远，以至如此。唐宋以后，作家保存文章的条件就好多了。对于保存自己的作品，传于身后，白居易是最用了脑筋的，他把自己的作品，抄写五部，分存于几大名山寺院之中，他的文集，得以完整无缺。

唐宋大作家文集，现在都容易得到，可以置备一些。这样，可以知道他一生写了哪些文章，有哪些文体，文集中又都附有关于他的评论和碑传，也可以增加对作家的理解。宋以后的文集，如你没有特殊兴趣，暂时可以不买。

读古文，可以和读历史相结合。《左传》《战国策》，文章写得很好，都有选本。《史记》《三国志》《汉书》《新五代史》，文章好，史、汉有选本。此外断代史，暂时不读也可以。可买一部《纲鉴易知录》，这算是明以前的历史纲要，是简化了的《资治通鉴》，文字很好。

另有一条道路，进入古文领域，就是历代笔记小说，石印的《笔记小说大观》，商务印的《清代笔记小说选》，部头都大些。买些零种看看也可以。至于像《世说新语》《唐语林》《摭言》《梦溪笔谈》《容斋随笔》等，则应列为必读的书。

如果从小说进入，就可读《太平广记》《唐宋传奇》《聊斋志异》和《阅微草堂笔记》。这些书，大概你都读过了。

至少要读一本文学史，谢无量的《中国大文学史》，鲁迅常引用。文论方面，可读一本《文心雕龙》。

学习古文，主要是靠读，不能像看白话小说，看一遍就算了。要读若干遍，有一些要背过。文读百遍，其义自明，好文章是越读越有味道的。最好有几种自己喜欢的选本，放在身边，经常拿起来朗读。

总之，学习古文的途径很多。以文为主，诗、词、歌、赋并进，收效会大些。

手边要有一本适宜读古文的字典，遇到一些生字，随时查看。直到现在，我手边用的还是一本过去商务印的《学生字典》，对我的读书写作，帮助很大。

学习古文，除去读，还要作，作可以帮助读。遇有机会，可作些文言小文，这也算不得复古，也算不得遗老遗少所为，对写白话文，也是有好处的。

一九八一年三月二十八日

谈通俗文学

　　目前，通俗文学大兴，谈论通俗文学的文章，也多起来了，这是一个新势头。

　　按说，通俗，应该是一切文学作品的本质，不可缺少的属性。不知从什么时候起，文学作品被分为通俗的与不通俗的了。

　　关于文学的起源有种种说法。最初的文学是口头文学，这是没有争议的。既是口头文学，它的产生和后来的文字记录，都不存在通俗不通俗的问题。

　　中国的口头文学，包括说唱文学，从产生以后，一直持续下来，并没有中断过。文学史上说，"说话"这一形式，唐代已有，至宋而大兴，不过是就已有的文字记载而言。古人既然把小说，说成是街谈巷议，那就随时随地，都可以产生小说，而且都是通俗的作品。

　　口头文学，是通俗文学的最初的形式，也是最基本的形式，包括后来的"话本"和"拟话本"，章回小说和演义小说。

　　口头文学虽然有天然的通俗禀赋，但并不是每篇作品都可以成功。有很多口头文学，随生随灭，行之不远。只有少数，记录为文字，才得以流传。宋人话本小说，最为著称。现存的七个短篇，几乎不用修饰润色，就已经是完整的文学作品。

有的最初流传的文字粗糙，经后来的大作家重新编写，成为新的通俗文学。如在《三国志平话》基础上，写出的《三国演义》；在《三藏取经诗话》基础上，写出的《西游记》；在《宣和遗事》基础上，渐渐演变成的《水浒》等等。这些作品的文学水平，大大超越了它的口头阶段，它的通俗的效用，也大大增强，大大推广了。

口头文学向文字创作的这一演变，成为每一个民族文学遗产形成和积累的规律。

典雅的唐人传奇小说，有的也是根据口头文学改写而成。白行简的《李娃传》，就是根据作者幼年听来的故事，写出来的。口头文学，一变而为古文传奇，可以说是从通俗变得不通俗了。但是，经过这一创作，才使这一题材流传千古。而最初的口头故事，早已失传。其"通俗"的范围，也可以说是加大了。当然因改编者才力不等，失败之作也不少。文学规律千变万化，不能刻舟求剑。

自宋迄清，通俗小说甚多，据专家著录，小说名目，有八百余种，还都是有过刻本的。流传下来的，却非常寥寥。我幼年时，在乡村庙会所见，书摊陈列的石印劣纸小字通俗小说，包括供说唱用的小说，也不过十几种。后来进入城市，在学校图书馆或书市所见，通俗小说的种类也很少。可见所谓通俗小说，大多数寿命很短，以后就消亡了。

考其原因，这些作品，出自两途：一为说书艺人，艺人胆大，兴到之处，时有发挥；一为失意文士，泥于史实，囿于理教，所作多酸腐。这两种人，多数学识浅薄，文字修养薄弱。其写作的目的，只是为了糊口，度过一时的生活困难。虽极力迎合群众的低级趣味，因为实在缺乏文学吸引力，不能受到欢迎。

其次，旧社会读书识字的人很少，花钱买书的人就更少。有能力读书并有钱买书的人，对书籍还要选择一下。不识字的人，即使写得多么通俗，也还要借助说讲演唱。如果写得干燥无味，艺人们也不会选用。

通俗小说，过去也被称做闲书，是为了叫人消愁解闷的。消愁解闷，也需要一定的艺术手段。人世间，不会有真正的闲书，正如没有真正的净土一样。真正的闲书，是没有人看的，也不会存在。

通俗文学，是一种文学，它标榜的是："话须通俗方传远，语必关风始动人。"在艺术上，也是不厌其高，只厌其低的。《三国演义》《水浒传》，都是通俗文学，也被公认是民族文学的高峰。任何艺术，都需要通俗，都需要雅俗共赏。通俗文学，不应该是文学作品的自贬身价的口实。

每个时代，都有远见卓识的文人，为文学的通俗而努力。在理论和创作实践上，都有过重大的贡献，许多作家的文集，都编入他们所写的通俗作品。在政治变革时期，通俗文学尤其为人重视。例如清朝末年，梁启超的文学主张，以及他所写的政治小说。

"五四"新文学，实际是文学总体上的一次通俗运动。"左联"时期，推动了文学的大众化。九一八事变以后，瞿秋白同志写了很多通俗文学作品，抗日战争时期，解放区的文学，在通俗方面作了极大的努力，成绩也很可观。

"五四"以后，传统的通俗文学，并不兴旺。"五四"新文学运动，文学语言解放了，大大消除了通俗不通俗的界限。但在创作方法上有些欧化，提倡的是现实主义，内容上是启蒙主义。所有封建迷信，神秘怪诞，才子佳人，武侠剑客，都在排斥之列。通俗小说的市场很小，只有大城市的一些商业小报，连载一些章回体小说，一些新兴的书店，很少出版陈列这类作品。革命的文艺读物，几乎拥有了全部青年。

无论是梁启超，还是瞿秋白写的通俗文学作品，在当时的作用和后来的影响，都是很有限的。它们既为知识分子层所忽略，也不为广大群众所欣赏。这有几方面的原因：一是作者把这种形式，当成是一种纯政治的宣传。二是把通俗与不通俗，看成是单纯形式上的问题。三是对群众的理解和欣赏能力，估计太低。基于以上认识，使他们创造出来的通俗文学作品，常常流于粗糙概念，缺乏艺术的感染力量。

目前通俗文学作品的突起，有它历史的特殊遭遇。这是十年动乱，文化传统濒于破产，和长期以来思想禁锢的结果。是对过去的一种反动，是一个回流。目前的通俗文学的特点，不在于形式上的仿古，而在于内容的陈旧，还谈不上什么新的内容和新的创造，它只是把前一个时期不许启动的食品橱门，突然打开了而已。这一开放，可能使各式各样的政治概念化的作品受到冲击，但如果说，它会冲垮传统的现实主义文学，那就是过分夸大了。随着人民群众文化修养的提高，现有的通俗文学，自然要受到历史的检验。因为对文学艺术的鉴赏能力，是和文化修养，甚至也和道德伦理修养，一同向前，一同向上的。

它对出版事业的影响，也是如此。不从长远的文化教育利益着眼，只为了一时赚钱，解除不了出版事业的困境。鲁迅记述：三十年代，上海有个"美的书店"，它不只编印《性史》，而且预告要出一本研究女人的"第三种水"的书，其售货员都是雇用的时髦女郎，里里外外，号召力和刺激性都够大的了。然而没有很久就倒闭了，并没有赚了多少钱。能赚钱并能促进国民文化教育的，还是不出下流书籍的商务印书馆、中华书局和开明书店。目前有些出版社赔钱，是管理制度上的问题，并不是出什么书的问题。

文学现象，自然是社会现象、社会意识的一种反映。目前通俗文学的流行，与时代思潮模糊，密切相关。它与现实主义文学的分别，不在于它提供的形式，而在于它提供的内容。这与其说是文学上的一次顿挫，不如说是哲学上的一次顿挫。然而现象变幻的结果，必然是曲终奏雅，重归于正的。

一九八四年十一月三十日

谈 杂 文

　　杂文这一名目，不见于《昭明文选》，也不见于《唐文粹》，却见于宋初编辑的文学总集《文苑英华》。《文苑英华》用二十九卷的篇幅（卷三五一至三七九），选录了它所谓的杂文。它又把杂文，按不同的性质，分为十五类。即：问答、骚、帝道、明道、辨论、赠送、箴戒、谏刺、纪述、讽谕、论事、杂制作、征伐、识行、纪事。其中明道、谏刺两项，又各附杂说。

　　这种分类，显然是不科学的，也是混乱的。例如明道和辨论；箴戒和谏刺；纪述和纪事；杂说和杂制作，就很难区分，可以归并。实际上，它所收罗的这些杂文，归并成三大类也就可以了。这就是：说理，记事（包括记人），讽谕（也就是寓言）。

　　应该说，杂文是散文中的一体，而这一体，是把那些容易定名称的文章分出去以后，汇集其余而成。因为形式杂，内容杂，所以再给杂文分类，就更困难。我们姑且不要去责备《文苑英华》分类上的缺点。它为我们确立了一个杂文的名目，列出了几百篇文章，让我们阅览，得识中国的杂文，源远流长，在唐代（它主要收集的是唐文）已经有这么精粹的杂文范本。对于编者，后人是只有感谢欣慰之情了。

《文选》是中国最早的一部文学总集，它对文体的分类，不过是：赋、诗、骚、诏、表、书、序、论、碑文等等。这种分类法，一直被沿用。但是，文章的体式，是不断发展变化的，花样越来越多。有些文体，过去是大户，是热门，后来就消歇了，没有了。这主要与政治、社会情况有关，与实用有关。例如古文中的诏、表、制、策等等形式，现在就只能在书本上见到了。新的复杂的社会生活，要求新的多样的表达形式，新的文体，应运而生，是很自然的事。唐以后，杂文这一形式，因为能包罗万象，运用自如，就来了个大发展。表现方法，也越来越丰富灵活了。

文章一事，也很难说。诏、表虽然没有了，代之而起的是讲话、决议和报告。碑传之体，一直不衰，现在重视的是悼辞。诗词为性灵抒发之工具，人们一直把握着，广泛运用。至于书、序、论之作，那就更触目皆是了。

但是，杂文是一种比较灵活的文体，它的动向，不只有纵的开发，还有横的渗透。把一些原有自己疆土的文体，变化归纳在自己的版图之内。

请同志们打开鲁迅的杂文集。其中除了杂感随笔以外，还有通信（论创作和翻译），序跋（《中国新文学大系》小说第二集等），有记人记事的类似小说速写的，如《阿金》，也有完全是散文的，如《为了忘却的记念》。此外有记典故的，记时事的，和有关文籍史料的文章。一些严肃的理论，如《对左翼作家联盟的意见》，也编辑在内。

鲁迅把这些文章编入杂文集，当然不是权宜之计，是有根据的，有传统的。

现在有人认为杂文就有一种：鲁迅的杂文。杂文就有一种笔法：鲁迅的笔法。这是一种误解。杂文绝非鲁迅一家，古典的先不说，"五四"以后，写杂文的人很多，有成就有风格的也不少。上海是繁华之地，报纸副刊多，杂文登的也多。人称海派杂文。京派地处幽燕，国事一直纷扰，除故作闲适者外，有内容有感触的杂文也常见。鲁迅成为杂文的泰斗和象征，领袖杂坛，有时代的和他个人的因素。时代需要他这样的杂文，他也勇于献身，并具备写好这种文章的素质。海外有些评论家，国内也有一些人跟随，以为鲁迅的杂文，不是文学创作，并假惺惺地为他惋惜，是何居心，不得而知。

我以为鲁迅杂文，在当时能起到那样大的影响，并非偶然。是因为：一、他的杂文的时代作用；二、他的杂文的战斗实绩；三、他的文章的功力示范。

确实如此。当年每逢读到他的一篇杂文，都会感到：这不只是投枪、匕首；更是号角、战鼓；一字一句，都具备十里埋伏，八面威风，所向披靡的力量。可惜这种讲法，目前已被看作陈词滥调，为很多人听不进去了。

鲁迅的杂文笔法，也不只是一个笔法。如果学不到精神，只学到皮毛，那就只能照猫画虎，玩弄一些挖苦、俏皮、讽刺的字眼，成为浅薄平庸之作。

关于鲁迅笔法，延安时期，有人提出"还是鲁迅笔法"，受到批评。这种笔法，也就没人再敢研究。现在又有人提出："还是鲁迅杂文的土壤"，运用这种笔法，好像又有了更深厚的根据。土壤，经过半个世纪，可能还会有些变化，不会和鲁迅时代完全相同。

我以为，学习杂文，不能只学鲁迅一家，也要转益多师。也不能只学他的杂文，还要学习他的全部著作，包括通信和日记。学习鲁迅，应该学习他的四个方面：他的思想，变化及发展，他的文化修养，读书进程，他的行为实践，他的时代。

不能把鲁迅树为偶像。也不能从他身上，各取所需，摘下一片金叶，贴在自己的著作、学说之上。比如"改造国民性"，如果认为我们的国民性，一无是处；而外国的国民性，毫无缺点，处处可作中国人的榜样，恐怕就不是鲁迅的本意。对中国传统文化，也是如此。再比如"拿来主义"，如果以为捡拾外国人的洋破烂，如旧西服之类，也是鲁迅的拿来主义，那恐怕就很糟糕。对西方文化，也是如此。鲁迅确实主张，并且身体力行，借鉴外国的进步文化成果。但如果认为凡是外国的，就都是好的，可以拿来的，那就像他讽刺西崽相的文人一样："英文，英文，一笑，一笑了。"

改造国民性，老实说，并不是一两篇小说，一两个新的学说，所能奏效的。如果是那样，"五四"以来，这么长的时间，早该改造好了。这要靠政治、经济、教育、法制，共同努力，才有希望。当然，文学也是一种教育手段。但近来一些论者，又不愿承认这一点。你不承认文学可以教育人民，又如何实现你的改造国民性的宏愿呢？恕我直言，如果只靠当前这些文学作品，慢说改造国民性，连你那个大杂院的居民性，也改造不了分毫！

"文化大革命"以后，我们的杂文，有很大的发展，很大的成绩。名家辈出，形式多样。继续吸收古今中外杂文创作的经验，杂文的前途是无限光明的。

一九八六年十月二十日改讫

我和《文艺周刊》

　　记得一九四九年进城不久，《天津日报》就创办了《文艺周刊》。那时我在副刊科工作，方纪同志是科长，《文艺周刊》主要是由他管，我当然也帮着看些稿件。后来方纪走了，我也不再在副刊科担任行政职务，但我是报社的一名编委，领导叫我继续看《文艺周刊》的稿件。当时邹明同志是文艺组的负责人，周刊主要是由他编辑。

　　报纸的副刊，是报纸的组成部分，大政方针，都由总编室定。我虽然负责看稿选稿，但最后还要送给一名副总编审定。我记得当时担任过副总编的林间同志、李克简同志，都审阅过《文艺周刊》的稿件。我是报社的一员，对领导是尊重的，很少因为对稿件的不同看法，取舍改动，闹过什么意见。当然，领导也是尊重我的意见的。后来我病了，稿子也就看不成了，文艺组的负责人，也屡经变动。"文化大革命"以后，《文艺周刊》复刊，我就再也没有管过。

　　现在有的同志，在文字中常常提到，《文艺周刊》是我主编的，是我主持的，有的人甚至说直到现在还是由我把持的，这都是因为不了解实际情况的缘故。至于说我在《文艺周刊》，培养了多少青年作家，那也是夸张的说法，我过去曾写过一篇小文:《成活的树苗》，对此点加以澄清，现在就不重复了。人不能贪天之功。现在想来，《文艺周刊》一开始，就办得生气勃勃，作者人才济济，并不是哪一个人有多大本领，而是因为赶上了解放初期那段好时候。

但我看过一段时间的稿子，这是事实。看稿的时间也不算太短，看稿期间，有机会结识了不少有才华的青年作者，直到现在还维系着感情，这也是无须讳言的。对这个刊物，我是有感情的，也花费过一些时间，付出过一些心力。现在可以提起一点：凡是当时我选用的稿子，不只发表以前仔细看，见报以后，我还要仔细看一遍，看看有无排错，别人有无改动。

我也在《文艺周刊》，发表了不少创作，特别是《风云初记》，前前后后，占了周刊不少版面。按照当时的情况，本来也可以拿到别处去发表，但因为我是随写随发，《文艺周刊》就成了近水楼台。我觉得这样校阅方便。当时有人提出意见，领导上也曾考虑，把这部小说移到拟议中的"月刊"发表，但月刊未能出版，就勉强登完了小说的大部。

我做工作，向来萍踪不定，但不知为了什么，在《天津日报》竟一待就是三十多年，迄于老死。虽然待了这么多年，对于自己参加编辑的刊物，也只是视为浮生的际会，过眼的云烟，并未曾把精力和感情，胶滞在上面，恋恋不舍。更没有想过在这片园地上，插上一面什么旗帜，培养一帮什么势力，形成一个什么流派，结成一个什么集团，为自己或为自己的嫡系，图谋点什么私权，得到点什么光荣。

现在，《文艺周刊》快出到一千期了，李牧歌同志要我写点什么，谈点希望。作为一家地方报纸的文艺副刊，出版到了一千期，中间虽经过十来年的停顿，也算是很不容易的事了。首先应该向它祝贺！其次：

一、《文艺周刊》应该永远是一处苗圃。就是说，应该着重发表新作者的作品，应该有一个新作者的队伍。一旦这些新作者，成为名家，可以向全国发表作品了，就可以从这里移植出去，再栽培新的树苗，再增添新的力量。这个刊物，不要企图和那些大型刊物争夺明星，争登名作。因为它是个小刊物，没有那么大的竞争力，不可能办名花展览。当然，有些作家，原来在这里发表习作，后来成为名人，还愿意为它继续写稿，以隆旧谊，当然很欢迎。否则，就不必勉强。

二、物以类聚，文以品聚。虽然是个地方报纸副刊，但要努力办出一种风格来，用这种风格去影响作者，影响文坛，招徕作品。不仅创作如此，评论也应如此。如果所登创作，杂乱无章，所登评论，论点矛盾，那刊物就永远办不出自己的风格来。

三、这是一个强调现实主义的文艺刊物。它欢迎有生活、有感受，手法通俗，主题明朗，切切实实的文艺作品。张而皇之的，不中不西的，胡编臆造的作品，在这里向来是不受欢迎的。

四、对作者，要热情扶植，又要严肃，不能迁就。不能用时靠前，用不着靠后；约稿时，急如星火，稿到手，冷若冰霜。像"运动夫人"一样。对稿件，一视同仁，不以名头势力作衡文法码。

五、编辑要提高文学修养，提高编辑水平，要经常出去跑跑，联系作者，不要只是坐在桌前，守株待兔。

一九八三年四月七日中午

读作品记（二）①

　　刘心武同志十月二十日来信："今年《十月》第三期的小中篇《如意》，是我用力较多的一篇；另《新港》九月号上有我一篇《写在不谢的花瓣上》，也力图在写爱情上体现出我个人的观念，似与当前很多这方面的小说所表达的观念相悖，显得'保守'……请浏览一下。"

　　我手下刊物已为别人拿去，从《新港》资料室借来，二十九日晚开始阅读，当晚读完《如意》，次日读《花瓣》毕。

　　关于两篇小说的成功之处：

　　《如意》第一、二、三节，第八、九节。人物为石大爷（石义海）。

　　《花瓣》"十二年前的那个傍晚，我决定结束自己的生命。"以下文字。

　　关于小说的不成功之处：

　　《如意》中写"文化大革命"的部分。谁都知道，刘心武同志是以写"文化大革命"造成的创伤成名的。他写《班主任》时，"四人帮"虽已揪出，但"文化大革命"仍当作正面的东西被歌颂。他首

---

　　①《读作品记（一）》已以《读〈蒲柳人家〉》为题，收入《秀露集》。——编注

先在文艺创作上说出：这不是绣花布，这上面有苍蝇粪，有蛆虫，有更可怕的东西，在它的掩盖下面，……这是有功的，是一种创造。他的作品，是圣之时者，是应运而生的。

在我国历史上，作家也如同帝王将相，常常是应运而生的。当然也常常应运而死。远的不论，姑以近代为例："五四"时代，"左联"时期，东北沦亡和抗日时期，土地改革和合作化时期，"文化大革命"被歌颂和被诅咒时期。每个时期，都产生它的一批作家和作品。"文化大革命"以正面形象出现的十年，实际上没有作家，在这种情况下，不可能出现真正的作家。

《班主任》所写的是"雄鸡一唱"，但毕竟是在政治上打倒了"四人帮"以后，才能出现。而更早已经有街谈巷议，有反抗斗争。我们不能要求作家，在"四人帮"横行的时候，写出这样的作品。政治总是走在前面的，"天下白"才有"雄鸡唱"。但如果老是写"文化大革命"时期那些游街、批斗、牛棚，这就又陷入了俗套。因为这些究竟还是表面的东西，是大家都司空见惯的，是"四人帮"罪恶的类型性的表现。如果写，今天则须进一步，深挖一下：这场动乱究竟是在什么思想和心理状态下，在什么经济、政治情况下发动起来的？为什么它居然能造成举国若狂的局面？它利用了我们民族、人民群众的哪些弱点？它在每个人的历史、生活、心理状态上的不同反映，又是如何？但是，写出这些，就是在当前也有困难，这需要政治上进一步的澄清，人民进一步的觉悟，需要时间的推移。

所以说，如果没有新意，可以去发掘别的地方，寻找新的矿藏。

我觉得作者能着眼这个自古以来就是藏龙卧虎、人杰地灵的北京城，并发掘出石义海这样一个带有典型性的人物，是很好的一个转变。作家不能老注视一个地方，他的眼睛应该是深沉的，也应该是飞动的。石义海写得很好，我很喜爱这个人物。

《花瓣》中写"文化大革命"的那一段，因为是通篇作品的主脉，是前面所抒发的感情的归结，与前面透露出来的一些轻浮的笔意作对比，它就更加成为凝重的、真实的了。

关于作者的文字及其表现能力：

我以为刘心武的文字表现能力，是强有力的。《班主任》初发表时，他的文字有些僵硬，有些新闻通讯的习惯用语。从现在这两篇作品，可以看出，作者在文字语言上，极力试探、突破，作了各种尝试和努力，获得很大的成功。他的文字的功力是很深的，语言具备敏感性，读书也多，这一切都会增强作品的表现力和感染力。

鲁迅说："油滑是创作之大敌。"语言如果只求其流利通畅，玲珑剔透，不深加凝炼，则易流于油滑一途。外表好像才气洋溢，无所不包，实际是语言的浪费，对创作的损伤。《花瓣》一作，实有此苗头，不可长也。特别是写鄢迪那一段，给人以陈旧之感，这种写法，在十九世纪一些文人笔下，也并不是出色的。

文人生活，可以自嘲，但也要有节制，不能流于浮浅。鲁迅、契诃夫都曾自嘲，也写到过爱慕者，但多从社会角度出之，是严肃的讽刺。而《花瓣》所写，则若虚若实，如扬似弃，得意与失意并出，纠缠与摆脱不分，这就淹没了作品的主题，降低了作品的格调。

作家个人的生活，如不能透视出时代、社会的特点，则以少写为好。

关于作家的观念与拥有的生活内容：

任何文学作品，大的小的，成功的或失败的，都在表达作者的观念。但生活是基础，生活积累越富，理解越深的，则生活可以完全包容概念。作品表面的概念越少，其内在观念的感染力越大；反之则成为"概念化"的作品，失败的作品，使读者掩卷废读。观念，是"体验观察"生活而后得的"概念"，不能先有主观的概念，而后去拣选生活，组织生活，构成作品。

《如意》写石大爷所以成功，是作者对这一人物，长期相处，观察细腻，从感情上喜爱、同情、崇敬所致。写"文化大革命"的那几节，所以有些失败，是因为作者就地取材，未加深思所致。这几节如果不写这么多，这么枝节，只留下能陪衬表现石大爷的部分，则此中篇，将更完整、集中，亦将更为有力。

关于卖关子及结尾提出问题：

小说无成法，但要求紧密无间。卖关子之说，见于通俗演唱，然亦只是故作惊人，笼络听众，以利下场的生意经。到下场演出时，则完全否定了那个关子，听众也不以为怪。伟大作品，都没有关子一说，完全以生活及艺术征服读者。《红楼梦》《战争与和平》，都没有关子，只有章法。

《如意》有关子，开头的电话，中间的石大爷欲拿出来又止住等等，实可不必。

另外，小说的故事，至末了已经交代得很清楚，主题含义亦甚明了，而作者在最后忽然又提出："人们呵，听到我这哭声，愿你们能够理解！你们应当理解！"的尾声。

我读到这里，以为作者在小说里交代了什么玄妙的、一时不能看出、不能理解的哲学问题。反复思考，辗转反侧，以致失眠。后来才觉悟，作品并没有暗示着什么别的问题，不过还是那个不幸的爱情或爱情的不幸问题，或者说是有情人终于成不了眷属的老问题。

为什么又要这样画蛇添足呢？文学作品，凡是作家已经理解的东西，读者也一定能够理解。作家理解多少，读者也就理解多少。凡是作家还没有理解的东西，在作品中就形成朦胧、晦暗，从而读者也就无法理解了。

关于爱情的准则：

爱情原无准则，家庭以伦理，社会以道德、法律维护之。防范易变为桎梏，文学又歌颂本性之爱。曹雪芹对于爱情参悟透了，他写了木石之盟、金玉良缘以下的，诸如焙茗和万儿、秦钟和智能的爱情。爱情式样，有数十种，皆为悲剧。后人所写，不过随时代、风习的变化，交换背景，而实质无出其右者。爱情与社会风尚、伦理观念、人物个性，结合起来写，才有意义。在爱情问题上，创造出一种新的观念，我以为是很困难的。

每个作家都有自己的起点，不要轻易抛弃自己基本的东西。刘心武同志的起点，应该说是《班主任》。在前进的道路上，在追求、探索的同时，应该时时回顾自己的起点，并设法充实它。如此开拓自己的前路，形成自己的艺术风格。

以上，已是枝节之谈。感于刘心武同志的诚挚来信，谨抒个人的浅薄见解，以就正于他。所谈，自信也是出于真诚的，因此也就很坦率，有很多需要商讨之处。

一九八〇年十一月一日晨

读作品记（三）

刘绍棠、林斤澜、刘心武三位作家，来天津讲学。十二月二日下午，枉顾寒斋，谈了一个下午，非常愉快。

绍棠是熟人，心武虽初次见面，前些日子已有书信往还，并读过他一些近作。林斤澜同志过去没有接谈过，他的作品，读得也少，因此，这次相聚，我特别注意他对文学的见解。

谈话间，斤澜同志提出了创作规律这个问题。我说，这是一个理论问题，但主要是一个实践问题，应该从一些作家的文章中去寻找答案。比如托尔斯泰、契诃夫、鲁迅的日记、书信、序文。至于一些理论家的文章，对于读者分析作品，用处大些，对于作家来说，则常常不易使人满意。斤澜同志说，创作规律，是否就是"真情实感"四个字。我说是这样。这四个字很重要，但还包括不了规律的问题。规律这个问题很难答复，乍一问，我也回答不清楚，不能装腔作势，就说我懂了。后来谈到语言问题。心武同志说，人物的对话，似乎有章可循。叙述的语言，则比较难办。我说，语言问题，是创作的一个中心问题，因为作为文学，语言是它的基本要素。但它并非单纯是一种资料，它与生活、认识，密切相关。对于语言，应该兼收并蓄，可以多读文学以外的杂书，比如历史、地理，各类学科的书。

我叙述了我养病那些年，读了不少东华录、明清档案、宦海指南、入幕须知、朱批谕旨这类的书。清朝官书的语言很厉害，有刀笔风味。比如朝廷申饬下属，常用"是何居心，不可细问"这句话，这一句话，就常常能使一些达官贵人，濒于自杀的绝境。不能只读外国小说，语言还是以民族语言为主，"中学为体，西学为用"。

我说，语言的运用，应该自然。艺术创作，一拿架子，即装腔作势，就失败了一半。但能做到自然，是很不容易的。中国的白话文，虽有不少典范，也在不断进步，我们只要逐步阅览"五四"以来的作品，就会看出这一点。

有些作品能流传，有些不能流传，这里面就有个规律问题。比如萧红的作品，她写的也并不是那么多，也没有表现多少重大的题材，也没有创造出多少引人注目的高大形象，可是她的作品，一直被人们爱好，国内外都有人在研究，这是一个什么规律？

我以为创作规律，归纳起来，可以包含如下内容：

一、作者的人生观。（或称世界观、宇宙观。对文学来说，我以为人生观较恰切。）过去，不管作品里的鸡毛蒜皮，评论家都要联系到世界观。这二年，世界观这个词儿，忽然从评论文章中不见了，不知是怎么回事。人生观是作品的灵魂；人生观的不同，形成了文学作品不同的思想境界。最明显的如曹雪芹、托尔斯泰。作者对人生的看法，对人生得出的结论，表现在作品之中，这是如何重要的东西，怎么能避而不谈？

二、生活的积累。

三、文字的表现能力。

谈话中间，我说，现在的吹捧作风，很是严重。我对绍棠、心武说，如果有人给你们抬轿子，我希望你们能坐得稳一些。我说，我幼年在农村度过，官坐的轿我没有见过，娶媳妇的轿，我见得不少。这是一种民间表演艺术，和吹鼓手一样。在野外，还没有什么，他们走得很自然。一进村庄,当群众围观的时候,他们的劲头就来了。这些抬轿子的人,虽然也是农民,是一种业余活动,但并不是每一个人都能仓促上阵的,他们训练有素。进街之前,他们先放下轿子休息一下,然后随着吹鼓手的"动乐",他们精神抖擞起来。前呼后应,一唱一和,举足有度,踢踏中节。如果抬的是新娘坐的花轿,那步子走得就更花哨,脸上的表情,也就更来劲儿。

也不能忘记那些职业的吹鼓手,他们也是在通过夹道围观的人群时,大显身手。吹喇叭的坐在车厢上,一俯一仰,脸红脖涨,吹出的热气,变成水,从喇叭口不断流出来,如果是冬天,就结为冰柱。他们的调子越来越高,花腔也越来越多,一直吹到新人入了洞房。如果是丧事,则一直吹到死者入了坟墓。

庸俗的吹捧,只能助长作家的轻浮,产生哗众取宠的作品。它不能动摇严肃作家的冷静的创作态度。

这次会见,三位作家都送给我书,斤澜同志送的是他的小说选集。当天晚上,我即开始阅读,是从后面往前看。已经读过的,计有:《记录》《拳头》《阳台》《一字师》《开锅饼》,共五篇。

我首先注意了他的师承。在斤澜的作品中,可以看到,他主要是师法鲁迅,此外还有契诃夫、老舍。在继承鲁迅的笔法上,他好像还上溯到了俄国的安特列夫、迦尔洵,以及日本的夏目漱石、芥川龙之介等。这些作家,都是鲁迅青年时代爱好的,并受过他们的一些影响。这些作家都属于现实主义,但他们的现实主义,带有冷静、孤僻,甚至阴沉的色彩。我们知道,鲁迅很快就脱离了这些作家,扬弃了那些不健康的东西,转而从果戈理、契诃夫、显克微支那里吸取了富有内在热力、充满希望的前进气质,使自己的作品,进入承前启后,博大精深的一途。

斤澜的小说,有些冷僻,像《阳台》一篇,甚至使人有读陀思妥耶夫斯基作品的感觉。斤澜反映现实生活,有时像不是用笔,而是用解剖刀。在给人以深刻感的同时，也带来一些冷酷无情的压抑感。

很明显，斤澜在追求那种白描手法。白描手法，是要求去掉雕饰、造作，并非纯客观的机械的描画。如果白描不能充分表露生活之流的神韵，那还能称得起是高境界的艺术吗？斤澜的白描，冷隽有余，神韵不足。

在谈话时，斤澜曾提出创作时，是倾向客观呢，还是倾向主观？当时我贸然回答，两者是统一的。看过他一些作品，我了解到斤澜是要求倾向客观的。他有意排除作品中的作家主观倾向。他愿意如实地、客观地把生活细节，展露在读者面前，甚至作品中的一些关键问题，也要留给读者去自己理解，自己回答。如《开锅饼》中的猪中毒。但完全排去主观，这是不可能的，即使自然主义的作家，也不能做到这一点，他们的作品中，还是有作家的主观倾向。有意这样做，只能使作品流于晦暗。另外，这样做，有时会留下卖关子、弄技巧的痕迹。

斤澜的作品中，有幽默的成分。幽默是语言美的一种元素，并不是语言美的整体。老舍以其语言的圆熟功力，对北京话得天独厚的储藏，以及所表现生活的历史特征，使他在这一方面，得到很大成功。但是，就是老舍，在幽默的运用上，有时也使语言的表现，流于浮浅。斤澜在语言方面，有时伤于重叠，有时伤于隐晦，但他的幽默，有刻画较深的长处。

我读斤澜的作品很少，以上只能说是管窥之见。我深切感到，斤澜是一位严肃的作家，他是真正有所探索，有所主张，有所向往的。看来，他也很固执，我并不希望我的话能轻易说服他。

在我们的既繁荣又荒芜的文学园林里，读斤澜的作品，就像走进了别有洞天的所在。通向他的门户，没有柳绿花红，有时还会遇到榛莽荆棘，但这是一条艰辛开垦的路。他的作品不是年历画，不是时调。青年人，好读热闹或热烈故事的人，恐怕不愿奔向这里来。

他的门口，没有多少吹鼓手，也没有多少轿夫吧。他的作品，如果放在大观园里，它不是怡红院，更不是梨香院，而是栊翠庵，有点冷冷清清的味道，但这里确确实实储藏了不少真正的艺术品。

看来，斤澜是甘于寂寞的，他顽强地工作着，奋发地开拓着。在文艺界，有人禁耐得十年寒窗的困苦煎熬，禁耐得十年铁窗的凌辱挫折，却禁耐不得文艺橱窗里一时的冷暖显晦，这确是文人的一个致命弱点，也是我们的作品常常成为大路货的一个原因。

在深山老峪，有时会遇到一处小小的采石场。一个老石匠在那里默默地工作着，火花在他身边放射。锤子和凿子的声音，传送在山谷里，是很少有人听到的。但是，当铺砌艺术之塔的坚固、高大的台基时，人们就不能忘记他的工作了。读斤澜的创作，就给我留下这样一种印象。

一九八〇年十二月七日

读作品记（五）

　　收到《人民文学》一九八一年四月号，上载舒群同志的一篇小说，题名《少年 chén 女》。当天晚上，我几乎是一口气读完了。这是一篇现实主义的小说，有着特殊的表现技巧。是一篇有生活、有感受、有见解的作品。它的结构严紧自然，语言的风格，非常特异。当我阅读的时候，眼里有时充满热泪，更多的时候，又迸出发自内心的笑声。

　　很多年，不见舒群同志了，有三十几年了吧。在延安鲁艺，我和他相处了一年有余的时间。那时他代理文学系主任。我讲《红楼梦》，舒群同志也去听了。课毕，他发表了一些意见，其中有些和我不合。我当时青年气盛，很不以为然。我想，你是系主任，我刚讲完，你就发表相反的意见，这岂不把我讲的东西否了吗？我给他提了意见。作为系主任，他包容了，并没有和我争论。我常常记起这一件事，并不是说舒群同志做得不对，而是我做得不对。学术问题，怎么能一人说了算数，多几种意见，互相商讨，岂不更好？青年时意气之争，常常使我在后来懊悔不已。在延安窑洞里，我还和别的同志，发生过更严重的争吵。但是，这一切，丝毫也没有影响同志间的感情。离别以后，反因此增加很多怀念之情，想起当时人与人之间的关系，觉得很值得珍惜。那时，大家都在年少，为了抗日这个大目标，告别家人，离乡背井，在根据地，共同过着艰难的战斗生活。任何争吵，都是一时激动，冲口而出，并没有任何私心杂念或不可告人的成分在内。非同十年动乱之期，有人为了一点点私人利益，大卖人头，甚至平白无故地伤害别人的身家性命。当然，革命方兴，人心向上之时，也不会有使这种人真相大白的机会。我想，对于这种人，一旦察看清楚，不分年龄、性别、出身，最好是对他采取敬而远之或畏而避之的态度。这也没有别的意思，不过仍是弱者暂时自全的一种办法，就像童年时在荒野里走路防避虫咬蛇伤一样。

有了这种体验，我就更怀念一些旧谊。在鲁艺时期，舒群同志照顾我，曾劝我搬进院内一间很大的砖石窑洞，我因为不愿和别人同住没有搬。我住的是山上一间小土窑，我在窑顶上种南瓜，破坏了走水沟，结果大雨冲刷，前沿塌落，险些把我封闭在里面。系里伙养着几只鸡，后来舒群同志决定分给个人养。我刚从敌后来，游击习气很重，不习惯这种婆婆妈妈的事，鸡分到手，就抱到美术系，送给了正要结婚的阎素同志，以加强他蜜月期的营养。想起这些，也是说明，舒群同志当时既是一系之主，也算是个文艺官儿，有时就得任劳任怨，并做些别人不愿做的事务工作。

他是三十年代初期，中国文坛新兴起的东北作家之一。家乡沦亡，流落关内，发表了不少有影响的短篇小说。现在我能记忆的是一篇小说的结尾：一个女游击战士，从马上跳下，裤脚流出血来，同伙大惊，一问才知道并不是负了伤，而是她的经期到了。当时我读了，觉得很新奇。为什么这样结尾呢？现在看来，这或者是舒群同志的偏爱，也或者是现在有些人追慕的一种弗洛伊德的意识手法吧？

说来惭愧，近年来因为身体不好，视力不佳，自己又不写这种体裁，我很少看小说。但知道这几年短篇小说的成绩，是很不错的。收到刊物，有时翻着看看插图，见到男女相依相偎的场面多了，女身裸露突出的部分多了。有些画面，惊险奇怪，或人头倒置，或刀剑乱飞，或飞天抱月，或潜海求珠。也常常感叹，时代到底不同了。与"四人帮"时代的假道学相比，形象场面大不一样了。但要说这都是新的东西，美的追求，心中又并不以为然。仍有不少变形的、狂想的、非现实的东西。有时也翻翻评论。有些文章，吹捧的调子越来越高，今天一个探索，明天一个突破。又是里程碑，又是时代英雄的典型。反复高歌，年复一年。仔细算算，如果每唱属实，则我们探索到的东西，突破的点，已经不计其数。但细观成果，好像又不是那么回事。这些评论家，也许早已忘记自己歌唱的遍数了。因此使我想到：最靠不住的，是有些评论家加给作家的封诰和桂冠，有时近于江湖相面，只能取个临时吉利。历史将按照它的规律，取舍作品。

有时也找来被称作探索的作品读一读，以为既是探索，就应该是过去没有的东西。但看过以后，并不新鲜，不仅古今中外，早已有之，而且并没有任何进展之处，只是抄袭了一些别人身上脱落的皮毛。有些爱情的描写，虽是竭力绘声绘形，实在没有什么美的新意在其中，有时反以肉麻当有趣。

类似这些作品，出现在三十年代，人皆以为下等，作者亦自知收敛，不敢登大雅之堂，今天却被认为新的探索，崛起之作，真叫人百思不得其解。

文学作品，成功与否，有无力量，不在你描写了什么事物，而在你感受到了什么事物，认识理解了什么事物。所以，当我读到舒群这篇小说，就感到与众不同，是一篇脚踏实地的作品。

他写的并不是什么所谓重大的题材，也不是奇特的惊人案件，也不是边疆风光，异国情调。他所写的，简直可以说是到处可以见到的生活，是宿舍见闻，是身边琐事，是就地取材。但以他对这一生活的细密观察，充分认识，深刻感受，就孕育了当代生活中的一个重大主题，一个震撼人心的故事，一个大量存在，而亟须解决的社会问题。

小说用了日记体的形式。问题不在于用什么形式，而在于形式能否为要表现的生活服务，能否与作品的生活内容水乳交融，互相生发。

这篇小说的结构是很紧严的，进展得合情合理，非常自然。

近些年来，有些评论家大谈小说的情节与细节，有很多脱离实践，不着边际，成为一种烦琐哲学。对创作不会有利，只会有害。

作品主要的基础，是现实生活和作家对生活的感受和认识。如果作者并没有这种生活经历，或有所经历而没有感受，或虽有感受而没有真正理解，他是不会构思与组织能以表现此种生活的情节或细节的。强加情节于并不理解的生活之上，将丝毫无补于生活的表现，反而使生活呈现枯萎甚至虚假。情节，是生活之流激起的层层波浪，它是从有丰富生活基础并对它有正确理解的作家笔下，自然流露出来的。

日记从阳历元旦开始。最初所写，不过是添买一辆自行车的家庭琐事。从细小家务中，引出这一家庭不幸遭遇，为整个故事，打好了逐步建设的根基。第二节展示了新建住宅区的风景画，其目的在于引出那一群戴雪白口罩和褪色头巾的女孩子们。第三节，借第一人称的老人晨起打拳之机，进一步描写了作为女主角的女孩子，并与老人家庭联系起来。第四节，写老人与女孩子的生活联结。第五节写女孩子的心灵忌讳。第六节写"不虞之隙"，即女孩子所受新的刺激。第七节写悲剧的高潮。第八节写转机并感想。

故事进展得很自然，简直看不到人为的痕迹。作家所写，看来不过是宿舍大楼的上下左右，里里外外，而笔墨所渲染到的，却是一个时代的心灵，一个时代的创伤，一个时代的困苦和挣扎，一个时代的斗争与希望。而且是经过老少两代人的心，用两代人的脉搏跳动，两代人的眼泪和叹息来表现的。

人为的创伤，确使我们原来健康、活泼、美丽的民族，大病了一场。谢天谢地，医治还算及时，我们很快就会复原的。但经历的一场噩梦，痛苦的记忆，是不容易消失的。这也算是伤痕文学吧，但读后并不使人悲观，而是充满希望的，并使人有所觉悟和警惕。

作家在小说语言上的尝试，引起我很大的兴趣。他的语言，采取了长段排比，上下骈偶，新旧词汇并用，有时寓庄于谐，有时寓谐于庄，声东击西，真假相伴，抑扬顿挫，变化无穷的手法。这种手法，兼并中西，熔冶今古，形成了一种富有生活内容和奇妙思路，感染力很强的语言艺术。这是作家研究吸取了外国古典文学语言，特别是中国的词赋、小说、话本，以及民间演唱材料的结果。当然，这种运用，并不是每一处都那么自然，有时也显得堆砌、生硬或晦暗，有个别用词显得轻佻。

很久不读如此功力深厚的小说了，写一些读后感想，并志对作者的怀念之情。

一九八一年四月二十六日

读作品记（六）

在河南出版的《莽原》第一期上，读到了李準同志的短篇小说《王结实》。小说共分九节，前几节写得很真实，充满幽默感，读起来，使人不断笑出眼泪。八节有些生硬。最后一节稍空，手法也有变化。这种尾声，虽显得更含蓄，终给人以飘浮的感觉，也失去了幽默感。与前文情调不合。

我一向很喜欢李準同志的小说，他的作品中的幽默感，并不完全在语言的选择上。使语言充满笑料，这是容易做到的。在艺术上说，却是比较低级的。他的幽默，是来自对生活的观察认识。认识的面广，认识的深刻。对一个时代的生活风习，理解得深了，作家有痛切的感觉，而不愿以大声疾呼的态度反映它，也不愿以委委曲曲的办法表现它。在沉默了许久以后，终于含着眼泪，用冷静的嘲讽手法来表现它。这就是幽默艺术。

这种表现，不是快一时之意，也不是抒发积郁之不平。（文中有一处，把好整同类的知识分子比作咬伤其生身之父的骡子，就有些近于"抒发"了。）这种表现，是基于对时代生活的关注和热爱，基于对一些人物的同情与怜悯，对另一些人物的深恶痛绝。这种表现，常常是含蓄的，隐约的，但能触及深处，引发共鸣。在写作时，并不像插科打诨那么轻松，是要一层层往深的地方挖掘的。

对生活的浮光掠影，不会产生幽默。对生活的淡漠，也不会产生幽默。幽默是现实主义文学的一个方面，一种表现手法。鲁迅、契诃夫都善于用这种手法。他们都是冷峻地注视着生活，含着眼泪发出微笑的。

对同样的生活，对同类的人物，看得多了，认识清楚了，根据作家的感受，加以剪裁，并严肃认真地去表现它，就能使文章有幽默感。凡是伟大的作品，都有幽默感。幽默，是文学一种要素。

我也读过一些描写十年动乱的小说。不用说全面的、大画卷的作品，还没有见到，就是短篇，写得深刻的，真正能表现这一时期的特色的，也不多见。这不能完全怪作家。这一段历史，在文学上作出表现，有过多的纠缠和困难，过一段时间可能会好些。一些青年人来写它，困难就更多，而老年人又多不愿去接触它。

就其大体形态而言，林彪、"四人帮"之所为，是用了嫁祸于人和借刀杀人的手段。首当其冲的，是为中国革命付出过血汗的老干部，其次是知识分子。他们把阶级斗争扩展到一切差别和等级之间，波及整个社会。他们用鲜血淋淋的白色恐怖，造成人人自危的局面。群众向东向西，只能听他们的，稍有迟误，火便会烧到自己，身家性命不保。这一时期，是很难谈什么人性、道义、同情等等美德的。

前几天，一位同事，写了一个短篇，拿来叫我看。小说结构和语言都很好，只是那个故事不真实。写的是在那十年动乱的时期，一个小孩因受父母牵连，被押送到亲属所在的北大荒去。在火车上，人们居然对这个孩子，表示了最大的同情与爱护。有人给他吃食，有人给他水喝，有人给他理发。一群妇女自动组织起来，给他赶制棉衣，在一个姑娘的照顾下，小孩甜蜜地睡着了。这种场面，就像在过去的年代，人们照顾负伤的子弟兵一样。而车站外面，正是红海洋，高音喇叭气氛。

　　当时所谓黑帮子女，能遇到这种待遇吗？这是过分地把这一非常时期美化了，理想化了。这是完全不可能发生的事。如果人民能这样抵制，这场"革命"还发动得起来吗？不是说，人们完全丧失了同情心，是说在那种时刻，谁也不敢做这种表示，更不用说在火车上进行这种串连了。也不能要求人们这样做，他们把同情埋藏在心里，不趁火打劫，不落井下石，就算够道义的了。我想，这是因为作者，并没有经受过这方面的痛苦。

　　在李準同志这篇小说里，第七节所写，王结实的正义行为，或者说是仗义举动，也使人有些不典型的感觉，与人物性格不很统一。正因为如此，此段以后，文章也就失去了那种幽默感，显得有些勉强了。

　　作者是想表现贫农的优良品质，增加人物的分量。但这一想法，并没有给作品带来什么新的力量。因为这一行为，超越了时代和人物的典型界限。

　　一篇短篇小说，应该情调统一，适可而止。有时要延长一些什么，或强加一点什么，效果反而不佳。

一九八一年五月十一日

读《蒲柳人家》

　　绍棠敦于旧谊，每有新作，总是热情告我，希望看看。而我衰病，近年看新作品甚少。他奋发努力，写得又那么多，几年来，长、中、短篇，齐头并举，层出不穷。我只看过几个短篇，也没有提出具体意见。前不久，他签字寄来载有此作的《十月》一册，并附信。我感到实在应该认真读读他的新作了。用两个整天，读完。我视力弱，正值阴雨，室内光线不足，我多半站在窗下，逐亮光读之。

　　读毕，本想写篇短文。当时因事务多，只把联想到的意见，提纲告他。后又因发生严重晕眩，遂稽迟至于今日。心实愧之。

　　绍棠幼年成名，才气横溢，后遭波折，益增其华。近年来重登文坛，几个长篇，连载于各地期刊，成绩斐然。今读此作，喜欢赞叹之余，觉得有下面几个问题，可以同他商榷。这些问题，有的与绍棠之作有关，有的无关，是提出和他讨论。

　　绍棠对其故乡，京东通县一带，风土人物，均甚熟悉，亦富感情。这是他创作的深厚基础。然今天读到的多系他童年印象，人物、环境比较单纯，对于人物的各种命运，人生的难言奥秘，似尚未用心深入地思考与发掘。人物必与社会风貌关联，才能写出真正时代色彩。

绍棠的作品，时代色彩，并不凝重。人物刻画，重在内心，从内心反映当代社会道德伦理，最为重要。然做到此点，不似风花雪月描写之易于成功。在作品中，人物必须与社会结构、社会风尚结合起来写。不如此，所谓时代色彩，则成为涂饰标签，社会、时代、人物，不能实际融为一体。

此中篇，几个主要人物，都写得有声有色，然结构稍松，总体无力，其原因在此。这是高要求，我对于此点，也只是高山仰止，不得其途而进也。

爱情故事，为古今中外文学作品所共有，名著亦然。于是有人把爱情定为文学永久主题之一。其实似是而非。就文学史观之，传世之作，固有爱情；而专写爱情者，即所谓言情小说，产量最多，而能传世者甚为稀少。作品之优劣，读者之爱弃，自不在此。

饮食男女，人之大欲存焉。这只是从生理上说。文学作品固然不能忽视生理现象，然所看重者为心理、伦理现象。伟大作品之爱情，多从时代、社会、道德、伦理着眼，定为悲剧或喜剧的终极。小说之红楼，戏剧之西厢，无不如此。其他，如《牡丹亭》形之于梦中，《聊斋志异》幻之于狐鬼，虽别开生面，其立意亦同。伟大作品，实无为写爱情而写爱情者。

至于"三角"之作，或小人拨乱其间，虽改朝换代，变化名色，皆为公式，不足谈也。

绍棠写爱情，时有新意，然亦有蹈故辙处。不以自己的偏爱写文章，不迁就世俗的喜好写文章，而以时代和社会的需要写文章。这是我年近七十，才得出的结论。

艺术既发源于劳动，即与人类生活现象密切相关。中间虽亦有宗教、政治影响，究以反映人生现实为主。现实主义贯穿中外文学艺术历史，这既是规律，也是事实。

在这一主流之外，尚有旁支流派。写作手法，并不求同，而贵有新的创造。但如脱离现实根本，违反规律，则虽标新于一时，未能有传久者。中国"五四"新文学运动以来，现实主义为其基本传统，当时师承者，除民族遗产外，主要为十九世纪东、北欧现实主义作家和作品。这些作家，除去作品深刻的现实内容外，皆富有伟大的人道主义精神，个性解放思想，社会进步要求。

随着欧美资本主义的发展，及其时时遇到的危机，人的生活，在新情况下遇到的困惑，常常迫使文学艺术，脱离常轨，产生新的派别。此种派别，时时表现为对现实的怀疑、忧虑、不满，内心的反抗。在文学的内容和形式上，形成种种反现实主义的倾向。

这些新的文学流派，在过去，也常常引进到中国来，也常常有人仿效之，宣传之。但常常不能为广大群众接受，并经不起时间考验，迅速灭亡。近几十年，各种新的主义、流派，差不多都曾在中国传播过，但能在此土生根丰茂者甚稀。

文学艺术，自有其民族传统，惟妙惟肖的写实手法，最为中国人民所喜闻乐见。此外，中国的资本主义，并未得到长足的发展，更谈不上成熟与崩溃。社会上的竞奇斗异的趣味，远不同于欧美。此后，从国外引进一些新的文学流派，自亦难免，有的群众也许爱好一时，然从艺术来说，只能说是多了一种普及的样式，并非是对艺术的提高。

三十年代，有所谓新感觉派，日本作家横光利一颇有名。中国穆时英初仿效之，后抄袭之，遂即名誉扫地，而此流派亦随之销声敛迹，不再有人称道。

横光利一有一篇小说，题名《拿破仑与疥癣》，他写拿破仑所以征服欧洲，是他的疥癣，时常发痒的结果。中国的曾国藩也患有此症，时时对人搔爬，鳞屑飞落，拍马者誉为龙变。难道他的敉平太平天国，也是癖的作用？小说家可以异想天开，编造故事，有时以为越新奇，越能耸人听闻，其实是自促自己作品的寿命。海外奇谈，不能代替文学。

中华民族，这块伟大的土壤，是很肥沃的，对于外来的东西，也是热烈多情的，这一点，从南北朝翻译佛经起，就可以看得出来。但是，如果把文学艺术，比作花卉，只有那些真正有生命力的，并对这块土壤的现实有所补益的，才能在它自身上繁殖成活。

绍棠不尚新奇突异，力求按生活实状，自然描述，是其风格之长。然于现实主义的师法继承，似应再为专笃。

绍棠幼年，人称卓异，读书甚多，加上童年练就的写作基本功，他的语言功力很深，词汇非常丰富，下笔汪洋恣肆。但在语言运行上，有泛滥之处。词句排比过长，有失于含蓄。有所长必有所短也。读书似亦甚杂，吸收未加精选。即如卿卿我我的文风，有时也在他的文章中，约略可见。

对于作品，历史有它自己的优选法。历史总是选择那些忠实于它，并对它起过积极影响的作品。历史最正直公平，不需要虚词，更厌弃伪词。任何企图掩盖历史真相，欺世盗名的人和作品，他的本来面目，迟早要被历史揭示出来。读书，博览之外，还要有选择，评文要有高标准。

以上不算评论，原来是想再写封信，告诉绍棠的。现在编入读书记，也要先抄录一份，就正于绍棠，恐不符合实际之处甚多。年岁相差，时代先后，老的见解，总常常是保守落后的。

一九八〇年八月七日立秋节

读一篇散文

在四月三十日《天津日报》的《文艺周刊》上，读到了贾平凹同志的散文《一棵小桃树》。关于这位作家，近些年常看到的是他写的高产而有创造的小说，一见这篇短小的散文，我就感到新鲜，马上读完了。

说实在的，这些年因为自己不写小说，也就很少看小说，虽说有时写点散文，散文看的也很少。原因之一是很多短篇小说都过长，几乎进入中篇范围，而有些散文，也很长，几乎又进入了小说的界限。看起来都是很吃力的。这种长风，还真不好刹住，一些报刊、评论家一方面要求写短，一方面又对写得长的大加称赞，作者就更收不住自己的笔了。

我也曾想：为什么要写这么长呢？要说是为了追求利，那就太冤枉我们的作者，但要说是为了追求名，则不为无因。以大自重，以长自喜，古已有之，今人为甚罢了。关于小说，暂且不要去谈它，因为已经谈了很多年了，其长如故，并不稍衰。这里只是说说散文，一篇散文，要写上万把字，这在中国文学史上真是罕见的现象，现在却到处可以遇见。

就说是不得不长吧，比如，作家确实有那么多新的感情和好的见解，难以割舍，写得长一点，我们耐心读一下也就是了。不巧的是，凡是长篇散文，新鲜意思却非常之少，语言也是陈词滥调。恕我直言，有些段落，都是现成词藻，流行语言，甚至像电影解说词或导游解说词。其所表达的感情，其所伸张的道理，也就可想而知了。

韩愈送孟东野序，第一句：大凡物不得其平则鸣，成为千古名句。文章也是名文，只有一千字左右。苏轼潮州韩文公庙碑，第一句：匹夫而为百世师，一言而为天下法，是有名的警策之句，文章也是名文，不到两千字。这已经是苏东坡散文中的长篇了。

有的人或以地位高，或以名声重，在写文章的时候，以为不长不足以服众，不足以表示身份，也常常情不自禁地摆起架子。手里又没有那么坚实的砖瓦，这样的文章，读起来就没有什么味道了。但因为是位高、名重之人写的，青年学子就视为范文，去模仿，于是就愈来愈长了。不知道我这个推理对不对。

文章长是一个方面。形式单调，又是一个方面。本来中国的散文，是多种多样的。历代大作家的文集，除去韵文，就都是散文。现在只承认一种所谓抒情散文，其余都被看作杂文，不被重视。哪里有那么多情抒呢？于是无情而强抒，散文又变为长篇抒情诗。

贾平凹同志这篇散文，却写得很短。形式也和当前流行的不一样。按说，他所处虽非高位，但按实际斤两来说，他的名已经不算不重，肯写这样的短文，又肯写给地方刊物发表，就很不容易了。这是一篇没有架子的文章。

其实，文章写得短小的一个主因，就是作者有真实的情感。我们常说假、大、空，这三个字，确实有内在联系。相反，真实和短小，也有内在联系。短小和精悍联系在一起，所以说，好文章，短小是一个重要条件。

这篇散文的内容和写法，现在看来也是很新鲜的。但我不愿意说，他在探索什么，或突破了什么。我只是说，此调不弹久矣，过去很多名家，是这样弹奏过的。它是心之声，也是意之向往。是散文的一种非常好的音响。

一九八一年四月三十日

再谈贾平凹的散文

　　自从读了《一棵小桃树》以后，不知什么原因，遇见贾平凹写的散文，我就愿意翻开看看。这种看，完全是自愿的，很自然的。就像走在幽静的道路上，遇见了叫人喜欢的颜面身影，花草树木，山峰流水，云间飞雀一样，自动地停下脚步，凝聚心神，看看听听。

　　老年人精神不济，眼力不佳，报刊上的奇文佳作虽多，阅读的机会却很少。一是刊物太多太杂，看不过来；二是一看题目，又多是什么"青青"呀，什么"声声"呀，什么"风情"呀，好像吆喝小卖一样，一语道破，柜子里是什么货色，也就没有兴趣去急看过问了。当然，以题目取舍文章，很多好的东西，可能就失之交臂了。再有就是怕看长文章，还有就是怕看小字。

　　最近一个时期，先后读了贾平凹四篇散文。一篇写大雪中出行的，登在《天津日报》文艺周刊上，题目忘记了。另一篇题目好像是《泉》，写伐倒的一棵老槐树，又长出新枝的，却忘记了登在什么刊物上。第三篇是《静虚村记》，登在《文学报》上。第四篇就是登在近期《散文》上的《入川小记》。《入川小记》也是小字，却破例在灯下细读了。

　　说句真诚的话，读贾平凹的散文，对我来说，的确是一种享受。再说句请作者不要见怪的话，也是一种消遣。

　　我不大喜欢读，更不喜欢看那些"紧张、火炽"的，或者"香艳、肉感"的文艺场面。因为不喜欢，我就常常认为，这些场面，都是装腔作势的，虚伪编造的。避之唯恐不及，就像走在路上，遇到了什么使人不愉快或者厌恶的事物一样。

　　我常常想，人类是从山林里发源的，带有喜爱自然的天性。我曾对人讲，如果把一只新捉来的山雀，笼装挂在大城市的繁华街道上，不上两天，它就会无疾而终。这当然是我的杞忧，因为繁华的都市生活，正在以其宏大的物质力量，吸引着大量原来生活在山林里的人。

　　身处人海之中，心想山林之美，我读着贾平凹的散文，就像离开了大都市，又从容漫步在山野乡村的小道上了。在这种小道上，我闭上眼睛走，也不会遇到什么危险的。吹来的风是清新的，阳光是和暖的，仰头彩云浮动，俯视芳草成茵。行路人即使忍饥挨渴，摩顶放踵，他的心情也是平静的，没有任何哀叹和怨言吧。

　　然而，自然的天地在逐渐缩小，物欲在人的精神世界里，比重越来越大。人口的密度越大，道德的观念越薄。这是不用做什么实验，就可以看得很清楚的。

　　为了寻求一种安宁身心的机会，不期然而然的，我遇到了贾平凹的散文。

　　有一位同志曾经好心地从北京写信告诉我："贾平凹近来的散文，哲理多了，生活少了。"我复信说："有这种现象。你是否写篇文字，和他讨论一下，促使他考虑呢？"另外我说："年轻人喜欢上了什么，他总要热中执着一个时期的。过后，他也许就会改变一下航道。"说这种话，已经是去年秋季的事了。那位同志，出于慎重，也没有写什么文章。

　　当然，例如写大雪的那篇，还有写古槐的那篇，哲理是多了一些。但像近来写的《静虚村记》和《入川小记》，其中就没有什么"哲理"，累累挂满枝头的，都是现实生活。

　　以这两篇散文而论，他的特色在于细而不腻，信笔直书，转折自如，不火不温。他的艺术感觉很细致，描绘的风土人情也很细致。出于自然，没有造作，注意含蓄，引人入胜。能以低音淡色引人入胜，这自然是一种高超的艺术境界。

他有些散文，在细致这一点上，好像受了泰戈尔散文的影响，这是可能的。在艺术感觉、作者用心上，时代不同，生活各异，也是会有相通之处的。但是，总的看来，他的散文是中国传统的，是有他自己的特色和创造的。最突出的就是《静虚村记》和《入川小记》。

他的创造在于：用细笔触，用轻淡的色彩，连续不断地去描绘现实生活中，人们所习见，而易于忽略的心理和景象。在他的笔下，客观与主观，都是非常自然的，非常平易近人的。而其声响却是动听的，不同凡响的。

他的文字，于流畅绚丽之中，略略带有一种山野朴讷的音调，还有轻微的潜在的幽默感。以这样的文字，吸引读者，较之那种以高调门吸引读者，难度更大，但他做到了。当然，在文字上，有些地方，还可以推敲，还可以更考究。

在这两篇之中，我尤其喜爱《静虚村记》，我认为这是一篇更完整，更格调一致，更自然，更有现实意义的散文。

过去，我确实读过不少那种散文：或以才华自傲；或以境遇自尊；或以正确自居。在我的读书印象里，残存着不少杂质。贾平凹的散文，代我扫除了这些杂质，使我耳目一新。当然，就像我最喜爱的这篇《静虚村记》，如果给它推算一下命运，也可能得不到多少选票，不能引起轰动。（好在作者著作宏富，我推算错了，也不妨事。）因为这不是一篇大富大贵的文字，而是一篇小康之家的文字。读着它，处处给人一种风调雨顺，五谷丰登，光亮和煦，内心幸福的感觉，不能不说是足以表现我们的伟大时代的祥瑞之作。

一九八二年四月七日晚

大风降温，披棉袄，灯下记

谈铁凝的《哦，香雪》

收到你的信和寄来的《青年文学》。国庆节以后，我先是闹了几天肠炎，紧接着又感冒，咳嗽很厉害，夜晚不能安睡。去年这时，好像也这样闹过一次。人到老年，抵抗力太差了。

刊物一直放在案头上，唯恐叫孩子们拿走。今晚安静，在灯下一口气读完你的小说《哦，香雪》，心里有说不出的愉快。这篇小说，从头到尾都是诗，它是一泻千里的、始终一致的。这是一首纯净的诗，即是清泉。它所经过的地方，也都是纯净的境界。

读完以后，我就退到一个角落里，以便有更多的时间，享受一次阅读的愉快，我忘记了咳嗽，抽了一支烟。我想：过去，读过什么作品以后，有这种纯净的感觉呢？我第一个想到的，竟是苏东坡的《赤壁赋》。

我也算读过你的一些作品了。我总感觉，你写农村最合适，一写到农村，你的才力便得到充分的发挥，一写到那些女孩子们，你的高尚的纯洁的想象，便如同加上翅膀一样，能往更高处、更远处飞翔。

是的，我也写过一些女孩子，我哪里有你写得好！在农村工作时，我确实以很大的注意力，观察了她们，并不惜低声下气地接近她们，结交她们。二十多年里，我确实相信曹雪芹的话：女孩子们心中，埋藏着人类原始的多种美德！这些美好的东西，随着她们的年龄增长，随着她们的为生活操劳，随着人生的不可避免的达尔文规律，逐渐减少，直至消失。我，直到晚年，才深深感到其中的酸苦滋味。

在农村，是文学，是作家的想象力，最能够自由驰骋的地方。我始终这样相信：在接近自然的地方，在空气清新的地方，人的想象才能发生，才能纯净。大城市，因为人口太密，互相碰撞，这种想象难以产生，即使偶然产生，也容易夭折。

你如果居住在一个中小城市，每年有几次机会到偏远的农村去跑跑，对你的创作，将是很有利的。我希望能经常读到你这种纯净的歌！

一九八二年十二月十四日

序 的 教 训

多言多败，文章写多了，是非也必多。近有老友，多年未通音问，忽先来二信，联络情谊，然后寄来诗稿，要求作序。我向重感情，尤其是老年战友，凡以此事相求者，无不立即应承。诗稿未能通读，无可多谈者，乃就旧日共同经历朋友交情，说了几句话。对诗作虽无过多表扬，然亦无过多贬抑。稿末照例附言：如不能用，切勿勉强。随即寄回，请他定夺。序文不久又为一期刊拿去，亦曾写信通知。不意此老友在外云游两个月，方才回到家中，见到序文，先拍来一加急电报：万勿发表。随后来一封长信，略谓：如将此序用在书上，或在任何期刊发表，将使他处于"难堪的境地"。我除即刻致信刊物，追回稿件外，仍以老友资格，去信向他作了一些解释和安慰。他接信后，再次发来加急电报：一定把序文撤下，以免影响诗集出版云云，看来如果稿子追不回来，还要有更多的纠缠和麻烦。

这真是当头棒喝，冷水浇头，我的热意全消了。电报在我手里拿了很久，若有所悟，亦有所感：

序文不合意，不用在书上就是了。而且稿件俱在，全是一片好意，其中并无不情不义之词，何至影响诗集出版呢？

当然，我们有过一个传统的观念：一部作品，或题名于奖榜之上，或列目于报告之中，或由专家题字，或得权威写评，都可以身价顿增，龙门得跃。但我是一个平凡的人，没有那样大的法力。说好，出版者未必就赏以青睐；说不好，出版者未必就待以冷遇。况文章诗词，究非商品，即是商品，亦如欧阳修所说，市有定价，不以人言口舌定贵贱。出版社收稿，当以稿件质量为标准，读者买书，当以书籍水平为权衡，岂能单凭别人的话，以定取舍？

序者，引也。评论作品，多说好话，固是一路；然此亦甚难，如胡乱吹捧，虽讨好于作者，对广大读者实为欺骗。我所作序，多避实就虚，或谈些感想，或忆些旧事，于作品内容缺少介绍，对作者，读者，虽亦助兴导游之一途，然究非序之正体。正体之序，应提举纲要，论列篇章。鼓吹之于序文，自不可少，然当实事求是，求序者不应把作序者视为乐佣。

我为人愚执，好直感实言，虽吃过好多苦头，十年动乱中，且因此几至于死，然终不知悔。老朋友如于我衰迈之年，寄希望于我的谀媚虚假之词，那就很谈不上是相互了解了。

当然，这是就我这一方面说。再一转念，老朋友晚年出一本诗集问世，我确也应该多说一些捧场的话。如觉得无话可说，也可以婉言谢绝。我答应了，而没有从多方面考虑，把序写好，致失求者之望，又伤自己之心，可算是一次经验教训吧。在该序文的最后，我曾写道：

> 我苟延残喘，其亡也晚。故旧友朋，不弃衰朽，常常以序引之命责成。缅怀往日战斗情谊，我也常常自不量力，率意直陈。好在我说错了，老朋友是可以谅解的。因为他们也知道我的秉性，不易改变，是要带到土里去的了。

今天看来，我这些话说的有些太自信了，是主观的一厢情愿的想法。

　　回想过去写了那么多序，别人也可能有意见，不过海量宽些，隐忍未发罢了。

　　因此，现在声明一下：从今而后，不再为别人作序。别人也不要再以此事相求。愿远近友好，诗人作家，一体垂鉴。

　　　　　　　　　　　一九八二年六月十六日上午

文 集 自 序

当我把这几卷文集呈献在亲爱、尊敬的读者面前时，我已经进入七十岁。

当我为别人的书写序时，我的感情是专一的，话也很快涌到笔端上来。这次为自己的书写序，却感到有些迷惘、惆怅。彷徨回顾，不知所云。这可能是近几年来，关于我的创作，我的经历，谈得太多了，这些文字，就都编在书里，此外已经没有什么新鲜意思了。另外，计算一下，我从事文字工作，已经四十多年，及至白发苍颜，举动迟缓，思想呆滞之期，回头一看，成绩竟是如此单薄贫弱，并且已无补救之力，内心的苦涩滋味，富于同情心的读者，可想而知。

限于习惯和体例，我还是写几句吧。

一、每个历史时期，都有它的种种特点。因此，每个历史时期所产生的作家群，也都有他们特殊的时代标志。读历代大作家的文集，我常常首先注意及此，但因为年代久远，古今差异很大，很难仿佛其大概。

我们这一代作家，经历的也是一个特殊的历史阶段。青年读者，对这一代作家，并不是那么了解的，如果不了解他们的生平，就很难了解他们的作品。老一代人的历史，也常常难以引起青年一代的兴味。我简略叙述一下，只能算是给自己的作品，下个注脚。

二、我的创作，从抗日战争开始，是我个人对这一伟大时代、神圣战争，所作的真实记录。其中也反映了我的思想，我的感情，我的前进脚步，我的悲欢离合。反映这一时代人民精神风貌的作品，在我的创作中，占绝大部分。其次是反映解放战争和土地改革的作品，还有根据地生产运动的作品。

三、再加上我在文学事业上的师承，可以说，我所走的文学道路，是现实主义的。有些评论家，在过去说我是小资产阶级的，现在又说我是浪漫主义的。他们的说法，不符合实际。有些评论，因为颠倒了是非，常常说不到点上。比如他们曾经称许的现实主义的杰出之作，经过时间的无情冲激和考验，常常表现出这样一种过程：虚张声势，腾空而起，遨游太空，炫人眼目，三年五载，忽焉陨落——这样一种好景不长的近似人造卫星的过程；而他们所用力抨击，使之沉没的作品，过了几年，又像春草夏荷一样，破土而出或升浮水面，生机不衰。

四、我认为中国的新文学，应该一直沿着"五四"时期鲁迅和他的同志们开辟和指明的现实主义的道路前进。应该大量介绍外国伟大的现实主义作家的作品，给文学青年做精神食粮。我们要提倡为人生进步、幸福、健康、美好的文学艺术，要批判那些末流的海淫海盗败坏人伦道德的黄色文学。

五、我们的文艺批评，要实事求是，是好就说好，是坏就说坏。不要做人情。要提高文艺评论的艺术价值。要介绍多种的艺术论，提高文艺评论家的艺术修养。要消除文艺评论中的结伙壮胆的行帮现象，群起而哄凑热闹的帮闲作风，以及看官衔不看文章的势利观点。

六、文艺虽是小道，一旦出版发行，就也是接受天视民视，天听民听的对象，应该严肃地从事这一工作，绝不能掉以轻心，或取快一时，以游戏的态度出之。

七、我是信奉政治决定文艺这一科学说法的。即以此文集为证：因为我有机会参加了抗日战争和土地改革，我才能写出一些反映这两个时期人民生活和斗争的作品。十年动乱，我本人和这些作品同被禁锢，几乎人琴两亡。绝望之余，得遇政治上的拨乱反正，文集才能收拾丛残，编排出版。文艺本身，哪能有这种回天之力。韩非多才善辩，李斯一言，就"过法诛之"。司马迁自陷不幸，然后叹息地说："余独悲韩子为《说难》，而不能自脱耳。"有些作家，自托空大之言，以为文艺可以决定政治。如果不是企图以文艺为饵禄之具，历史上并没有这样的例证。我是不相信的。

八、我出生在河北省农村，我最熟悉、最喜爱的是故乡的农民，和后来接触的山区农民。我写农民的作品最多，包括农民出身的战士、手工业者、知识分子。我不习惯大城市生活，但命里注定在这里生活了几十年，恐怕要一直到我灭亡。在嘈杂骚乱无秩序的环境里，我时时刻刻处在一种厌烦和不安的心情中，很想离开这个地方，但又无家可归。在这个城市，我害病十年，遇到动乱十年，创作很少。城市郊区的农民，我感到和我们那里的农民，也不一样。关于郊区的农民，我写了一些散文。

九、我的语言，像吸吮乳汁一样，最早得自母亲。母亲的语言，对我的文学创作，影响最大。母亲的故去，我的语言的乳汁，几乎断绝。其次是我童年结发的妻子，她的语言，是我的第二个语言源泉。在母亲和妻子生前，我没有谈过这件事，她们不识字，没有读过我写的小说。生前不及言，而死后言之，只能增加我的伤痛。

十、我最喜爱我写的抗日小说，因为它们是时代、个人的完美真实的结合，我的这一组作品，是对时代和故乡人民的赞歌。我喜欢写欢乐的东西。我以为女人比男人更乐观，而人生的悲欢离合，总是与她们有关，所以常常以崇拜的心情写到她们。我回避我没有参加过的事情，例如实地作战。我写到的都是我见到的东西，但是经过思考，经过选择。在生活中，在一种运动和工作中，我也看到错误的倾向，虽然不能揭露出来，求得纠正，但从来没有违背良心，制造虚伪的作品，对这种错误，推波助澜。

十一、我对作品，在写作期间，反复推敲修改，在发表之后，就很少改动。只有少数例外。现在证明，不管经过多少风雨，多少关山，这些作品，以原有的姿容，以完整的队列，顺利地通过了几十年历史的严峻检阅。我不轻视早期的作品。我常常以为，早年的作品，青春的力量火炽，晚年是写不出来的。

十二、古代哲人，著书立说，志在立言；唐宋以来，作家结集，意在传世。有人轻易为之，有人用心良苦。然传世与否，实在难说。司马迁忍发汗沾衣之辱，成一家百代之言，其所传之人，可谓众多。然其自身，赖班固以传。《报任安书》，是司马迁的亲笔，并非别人的想当然之词。文章与作者，自有客观的尺寸与分量，别人的吹捧或贬抑，不能增减其分毫。

十三、我幼年尪怯，中年值民族危难，别无他技，从事文学之业，以献微薄。近似雕虫，不足称道。今幸遇清明之世，国家不弃樗材，念及老朽，得使文章结集出版，心情十分感激。

十四、很长一个时期，编辑作风粗率，任意删改别人文章。此次编印文集，所收各篇，尽可能根据较早版本，以求接近作品的原始状态。少数删改之作，皆复其原貌。但做起来是困难的，十年动乱，书籍遭焚毁之厄，散失残缺，搜求甚难。幸赖冉淮舟同志奔波各地，复制原始资料多篇，使文集稍为完善充实。淮舟并制有著作年表，附列于后，以便检览。

十五、文集共分七卷。计其篇数：短篇小说三十八，中篇小说二，长篇小说一，散文七十九，诗歌十二，理论一部又一百零四，杂著二部又五十七。都一百六十万言。

文集的出版，倡议者为天津市出版局孙五川等同志，百花文艺出版社社长林呐同志主持其事。出版社负责编辑为李克明、曾秀苍、张雪杉、顾传菁等同志。在讨论篇目、校勘文字时，又特别邀请邹明、冉淮舟、阿凤、沈金梅、郑法清等同志参加。正值溽暑，同志们热心讨论，集思广益，在此一并致谢。

一九八一年八月五日写讫

文集续编序

　　文集续编共三册。收入《远道集》《尺泽集》《老荒集》《陋巷集》《无为集》《如云集》等六集文章。此外尚有近年陆续发见之抗日时期及土改期间旧作，以及文集前编所未能收录者，各若干篇。约共一百万字。

　　经此次编辑，近作得各归部类，旧作能略存足迹。总体观之，少作不论，晚年文字，已如远山之爱，既非眼前琼林，更乏步下芳草。非时下之所好尚也。

　　负责审阅者，多数同志，文集前编即相助，可谓贯彻始终，帮忙到底。

　　文集前编于一九八二年出版以来，数年前即已售罄，是知海内，尚有读者。今衰老日甚，年月迫促。百花热情出版此书，我也乐观其成，并认为是老年赏心乐事之一端。

　　然十年之中，文集前编同人，已先后逝去林呐、曾秀苍、邹明三位同志。他们不只是文集出版的倡议者，而且也都是我的知己友人。音容已渺，情谊犹存。抚卷怆然，有感今昔。念人事之无常，叹文章之何有？悼侪辈于生前，垂空文于身后。是亦可哀伤，而无可奈何者也。要之，积习难改，别无所能，一息尚存，仍当有作，不敢有负于读者。

　　　　　　　　　　　　　　　　一九九一年八月二十一日晨记

题文集珍藏本

一九九二年十二月四日，我刚吃完早饭，走出独单，百花文艺出版社的社长，还有一位女编辑，抱着一个纸盒子，从楼下走上来，他们把《孙犁文集》这一部书，放在我的书桌上，神情非常严肃，连那位平日好说好笑的女编辑，也一言不发，坐在沙发上。

这是一部印刷精美绝伦的书，装饰富丽堂皇的书。我非常兴奋，称赞出版社，为我办了一件大事，一件实事。女编辑郑重地说："你今天用了'很好'、'太满意了'这些你从来很少用的词儿。"

我告诉她：我走上战场，腰带上系着一个墨水瓶。我的作品，曾用白灰写在岩石上，用土纸抄写，贴在墙壁上，油印、石印和土法铅印，已经感到光荣和不易。我第一次见到印得这样华贵的书。

有好几天，我站在书柜前，观看这一部书。

我的文学的路，是风雨、饥寒，泥泞、坎坷的路。是漫长的路，是曙光在前、希望的路。

这是一部争战的书，号召的书，呼唤的书。也是一部血泪的书，忧伤的书。

争战中也含有血泪，呼唤中也含有忧伤，这并不奇怪，使人难过的是：后半部的血泪中，已经失去了进取；忧伤中已经听不见呼唤。

　　渐渐，我的兴奋过去了。忽然有一种满足感，也是一种幻灭感。我甚至想到，那位女编辑抱书上楼的肃穆情景：她怀中抱的那不是一部书，而是我的骨灰盒。

　　我所有的，我的一生，都在这个不大的盒子里。

一九九三年十一月一日

《白洋淀纪事》再版附记

病稍愈，这次重印，自校一过。但校的也很粗略，只改正一些重要的错字；可改可不改的地方没有动，留待以后吧。

这次增加《张秋阁》等六篇，也都是过去发表过的。在一本集子的后记里写道："《张秋阁》一篇，是从旧稿中检出，这显然是一个断片，不知为什么过去我把它抛掷，现在却对它发生了一种强烈的感情，这也许是对于这样一个女孩子的回忆，越来越感觉珍重了吧。"（它的写作时间当是一九四七年。）《访旧》等五篇，是我一九五二年下乡时感受的材料，一九五三年写成的。这样，这本集子的写作年代，就向后推移了。

一九六二年一月

在　阜　平

——《白洋淀纪事》重印散记

　　中国青年出版社要重印《白洋淀纪事》。这本书是由过去几本小书合成的，而小书根据的原件，又多是战争年月的油印、石印或抄写本，不清晰，错字多。合印时，我在病中，未能亲自校对，上次重印，虽说"自校一过"，也只是着重校了书的上半部。

　　这本集子最初是由一位老战友协同出版社编辑的，采用了倒编年的办法，即把后写的排在前，而先写的列在后；这当然有他们的不可非议的想法，是一种好意。

　　这次重校，是从书的最后一篇，倒溯上去。实际上就是顺着写作年月看下去，好像又从原来的出发点开始，把过去走过的路，重新旅行了一次。不只对路上的一山一水，一石一树，都感到亲切，在行走中间，也时时有所感触。

　　一九三九年春天，我从冀中平原调到阜平一带山地，分配在晋察冀通讯社工作，这是新成立的一个机关，其中的干部，多半是刚刚从抗大毕业的学生。

　　通讯社在城南庄，这是阜平县的大镇。周围除去山，就是河滩沙石，我们住在一家店铺的大宅院里。我的日常工作是作"通讯指导"，每天给各地新发展的通讯员写信，最多可写到七八十封，现在已经记不起写的是什么内容。此外，我编写了一本供通讯员学习的材料，堂皇的题目叫作：《论通讯员及通讯写作诸问题》，可能是东抄西凑吧。不久铅印出版，是当时晋察冀少有的铅印书之一，可惜现在找不到了。

在这一期间，我认识了当代一些英才彦俊，抗日风暴中的众多歌手。伟大的抗日战争，把祖国各地各个角落的有志有为的青年，召唤到民族革命战争的前线。每天有成千上万的青年奔向前方，他们是国家一代的精华，蕴藏多年的火种，他们为抗日献出了青春的才力，无数人献出了生命。

这个通讯社成立时有十几个人，不到几年，就牺牲了包括陈辉、仓夷、叶烨在内的，好几位才华洋溢的青年诗人。在暴风雨中，他们的歌声，他们跃进的步伐，永不磨灭地存在一个时代和我个人的记忆中。

机关不久就转移到平阳附近的三将台。这是一个建筑在高山坡上，面临一条河滩的，只有十几户人家的小村子。到这个村子不久，我被派到雁北地区作了一次随军采访，回来就过春节了。这还是我第一次离开家乡过春节，东望硝烟弥漫的冀中平原，心情十分沉重。

大年三十晚上，我的房东，端了一个黑粗瓷饭碗，拿了一双荆树条做的筷子，到我住的屋里，恭恭敬敬地放在炕沿上，说：

"尝尝吧。"

那碗里是一方白豆腐，上面是一撮烂酸菜，再上面是一个窝窝头，还在冒热气。我以极其感动的心情，接受了他的馈送。

房东是一个五十来岁的单身汉，他那干黑的脸，迟滞的眼神，带些愁苦的笑容以及暴露粗筋的大手，这在冀中我是见惯了的，一些穷苦的中年人，大都如此。这里的生活，比起冀中来就更苦，他们成年累月地吃糠咽菜，每家院子里放着几只高与人齐的大缸，里而泡满了几乎所有可以摘到手的树叶。在我们家乡，荒年时只吃榆树、柳树的嫩叶，他们这里是连杏树、杨树甚至蓖麻的大叶子，都拿回来泡在缸里。上面压上几块大石头，风吹日晒雨淋，夏天，蛆虫顺着缸沿到处爬。吃的时候，切成碎块，拿到河里去淘洗，回来放上一点盐。

今天的酸菜是白萝卜的缨子，这是只有过年过节才肯吃的。

我们在这村里，编辑一种油印的刊物《文艺通讯》。一位梁同志管刻写。印刷、折叠、装订、发行，我们俩共同做。他是一个中年人，曲阳口音，好像是从区里调来的。那时，虽说是五湖四海，却很少互问郡望。他很少说话，没事就拿起烟斗，坐在炕上抽烟。他的铺盖很整齐，离家近的缘故吧，除去被子，还有褥子枕头之类。后来，他要调到别处去，为了纪念我们这一段共事，他把一块铺在身下的油布送给了我，这对我当然是很需要的，因为我只有一条被，一直睡在没有席子的炕上，但也享受了不久，一次行军，中午躺在路边大石头上休息，把油布铺在下面，一觉醒来，爬起来就赶路，把油布丢了。

晚上，我还帮助一位姓李的女同志办识字班。她是一位热情、美丽、善良的青年，经过她的努力，把新的革命的文化，带给了这个偏僻落后的小村庄，并且因为我们的机关住在这里，它不久就成为边区文化的一个中心。

阜平一带，号称穷山恶水。在这片炮火连天的大地上，随时可以看到：一家农民，住在高高的向阳山坡上，他把房前房后，房左房右，高高低低的，大大小小的，凡是有泥土的地方，都因地制宜，栽上庄稼。到秋天，各处有各处的收获。于是，在他的房顶上面，屋檐下面，门框和窗棂上，挂满了红的、黄的粮穗和瓜果。当时，党领导我们在这片土地上工作的情形，就是如此。

山下的河滩不广，周围的芦苇不高。泉水不深，但很清澈，冬夏不竭，鱼儿们欢畅地游着，追逐着。山顶上，秃光光的，树枯草白，但也有秋虫繁响，很多石鸡、鹧鸪飞动着，孕育着，自得其乐地唱和着，山兔麐獐，忽然出现又忽然消失。

当时，我们在这里工作，天地虽小，但团结一致，情绪高涨；生活虽说艰苦，但工作效率很高。

我非常怀念经历过的那一个时代，生活过的那些村庄，作为伙伴的那些战士和人民。我非常怀念那时走过的路，踏过的石块，越过的小溪。记得那些风雪、泥泞、饥寒、惊扰和胜利的欢乐，同志们兄弟一般的感情。

在这一地区，随着征战的路，开始了我的文学的路。我写了一些短小的文章，发表在那时在艰难条件下出版的报纸期刊上。它们都是时代的仓促的记录，有些近于原始材料。有所闻见，有所感触，立刻就表现出来，是璞不是玉。生活就像那时走在崎岖的山路上，随手可以拾到的碎小石块，随便向哪里一碰，都可以迸射出火花来。

"四人帮"当路的年代，我的书的遭遇如同我的本身。有人也曾劝我把《白洋淀纪事》改一改，我几乎没加思考地拒绝了。如果按照"四人帮"的立场、观点、方法，还有他们那一套语言，去篡改抗日战争，那不只有背于历史，也有昧于天良。我宁可沉默。

真正的历史，是血写的书，抗日战争也是如此。真诚的回忆，将是明月的照临，清风的吹拂，它不容有迷雾和尘沙的干扰。面对祖国的伟大河山，循迹我们漫长的征途：我们无愧于党的原则和党的教导吗？无愧于这一带的土地和人民对我们的支援吗？无愧于同志、朋友和伙伴们在战斗中形成的情谊吗？

一九七七年九月十八日

旧篇新缀序

今年夏季，淮舟同志有农村之行，采访之暇，于肃宁等县档案馆抄得我旧作数篇，披览之下，似有所感。此乃路旁之遗粒，沉沙之折戟，颇有惭于丰硕，赖案卷以存留。虽系残余，可备磨洗。衰病以来，笔业疏荒，每见旧作，时珍敝帚。盖由文字，寻绎征途，不只印证既往，且希有助将来。略加修订，缀为一组，各作小记，附于篇末。淮舟下乡，溽暑泞途，奔波劳顿，旁务及此，盛情可感也。

一九六二年八月上旬大暑孙犁校读并记

《文学短论》新版后记

这本书，前曾由上海文化工作社分为正续编两册印行。这些年没有再版，我也就把它搁置起来。这些文章，有些是初进城那几年到一些地方的讲稿；有些是那时我做报纸编辑，因为工作需要所写的短文；另有些则是读了一些作品，随便发表的零碎感想。"讲"，是那几年的一种特殊情况，后来就很少这样性质的文章了。讲的时候，准备多半不充分，听讲又多是一些中学生，所以都是一些浅近的道理，其中还有一些似乎与文学无关的话。因编辑工作所写的短论，也是对初学写作或发表作品还不多的作者讲的，而且多半是就在《天津日报》文艺周刊上发表的作品讲的。自然也都是一些启发性或是鼓励性的简单的意见。至于对一些作品的评论和介绍，则既很少触及到当代的名家，更没有探讨过轰动一时的名著。总起来说，这些文章，谈不上是什么文学论文，更谈不上是什么文艺批评。就内容来说，它既没有旁征博引地提供丰富的文学知识；就作用来说，也没有站在更高的地方去批判作家、作品的那种高明的见解。

因为以上的理由，我是几乎把它们忘掉了。得病以后，冉淮舟同志对帮助我搜集旧作，尽了很大的使人感动的努力。因为他也在从事理论研究，对于编辑这本集子，就表现了更大的热心。最初，我对整理这本书，信心不大。我说：

"淮舟同志，这是理论。我脑力不好，不能进行修改，慢慢来吧。"

"没有什么。你不用管，我去弄好了。"他又兴致勃勃地抱着稿子走了。

我是了解这种年轻人的热情的。我也知道，他所以要这样爽快地担当起来，是因为他深切地关怀我的病，并深切地了解我病中的心情。他时时刻刻想到这些，并且认真地、常常是令人毫无遗憾地去做了。

终于他把稿子交到了作家出版社。出版社愿意重印这本书。我们商定出一个选本。选择对象，包括原文化工作社出版过的正续两编，还有此后我在报刊发表、并未结集的一些文稿。我提议把集子尽可能地选得精一些，就是说选得严格一点。选择的工作是出版社、淮舟同志和我一同商酌进行的。我并没有能够详细地考核每篇文稿，但我很相信他们的看法和见解。

这就是现在呈献给读者同志们的新版的《文学短论》。虽然经过这一次选择，就其素质来说，它仍不足以当方家的只眼，它仍然是对爱好文学和初学写作者的一本辅助性的读物。

我脑力不好，这几年又没有深入学习，理论水平很是落后了。其中有些论点有不妥当的地方，还望热心的读者不吝指教。

文章按发表年月编排。这些文章，不论怎样粗浅单薄，也都是在建国以来，蓬蓬勃勃的革命形势的伟大影响下写出来的。它们在一些方面，或者多少反映了革命形势对文学工作的要求，和我对这些要求所作的努力。当然，我做得是太不够了。

一九六三年五月十日夜记

附记：此文后来印在书尾时，被我删得只剩百余字。

《琴和箫》后记

这一篇原名《爹娘留下琴和箫》,发表在一九四三年《晋察冀日报》的文艺副刊《鼓》上。在我现存的创作里,它是写作较早的一篇。但是,在后来我编的集子里,都没有这一篇,一九五七年,我病了以后,由康濯同志给我编辑的《白洋淀纪事》里,也没有收进去。

这一篇文章,我并没有忘记它,好像是有意把它放弃了。原因是:从它发表以后,有些同志说它过于"伤感"。有很长一个时期,我是很不愿意作品给人以"伤感"的印象的,因此,就没有保存它。后来,在延安写作的《芦花荡》和《白洋淀边一次小斗争》里,好像都采用了这篇作品里提到的一些场景,当然是改变得"健康"了,这三篇文章,如果读者有兴趣,可以参照来看。

现在淮舟同志又把它抄了来,我重读了一遍,觉得并没有什么严重的伤感问题,同时觉得它里面所流露的情调很是单纯,它所包含的激情,也比后来的一些作品丰盛。这当然是事过境迁和久病以后的近于保守的感觉。它存在的弱点是:这种激情,虽然基于作者当时迫切的抗日要求,但还没有多方面和广大群众的伟大的复杂的抗日生活融会贯通。在战争年代,同志们觉得它有些伤感,也是有道理的。

　　因此，我竟想到了创作上的一些问题。真正的激情，就是在反映现实生活时所流露的激情，恐怕是构成现实主义文学作品的重要因素。在历史著作里，在政治经济学著作里，成就大小的分别，道理也是一样。应该发扬这一点，并向现实生活突进。但理论问题是很复杂的，非目前脑力所能及。现在，只是把这篇作品的来历，简述如上。

一九六二年八月七日晚大雨过后记

　　此篇，前抄件已失，淮舟念念不忘，今岁，先后到天津人民图书馆、北京图书馆、北京大学图书馆，检阅所存《晋察冀日报》残卷，均未得见。终于《人民日报》资料室得之，高兴抄来。淮舟于此文，可谓情厚而功高矣。今重印于此，使青春之旅，次于晚途；朝露之花，见于秋圃。文事逸趣，亦读者之喜闻乐见乎！

一九七九年十一月二十八日晨又记

《善闇室纪年》序

在天津这个城市，住了二十五年。常常想离开，直到目前还不能走；住的这个宿舍，常常想换换，直到目前还不能搬家。中间虽然被迫迁移一次，出去三年，终于又回来了。我不知道要在这个地方，住到什么时候。

街上太乱太脏，我很少出门。近年来也很少有人来我这里。说门可罗雀是夸张的，闭门却轨却是不必要的。虽然好弄书，但很少能安心看书。有些人不愿去接近，有些语言不愿去听。我并不感到寂寞、苦闷，有时却也觉得时间空过得可惜，无可奈何。

我很久、很久不写东西了。对于未来，我缺乏先见之明，不能展示其图景。对于现实，我固步自封，见闻寡陋，无法描述。对于过去，虽也懒于回忆，但究竟便于寻绎。因此想起了写个自传什么的，再向后退一步，就想订个年谱什么的，又觉得这个名称太堂皇，就改用了纪年的形式。这是轻车熟路，向回走的路，但愿顺利一些。

我自幼年，体弱多病。表现在性格方面，优柔寡断。多年从事文字生活，对现实环境，对人事关系，既缺乏应有的知识，更没有应付的能力。在各方面都是失败多，成绩少。声音将与形体同时消失，没有什么可以遗留于后人或后世的。

一生平平，确实无可取鉴。一生行止，都是被时代所推移，顺潮流而动作。在群众面前，从来不能发表独特的见解，表现超人的才略；在行动方面，更没有起过先锋的作用，建树较大的功劳。那么，这一年谱，就只能是记录：一己的履历，时代的流波，同行者的影子与声音，群众的帮助与爱护。

其中，有个人的兴起振奋，也有自己的悲欢离合。有崎岖，也有坦途。由于愚闇，有时也曾蹈不测的深渊；由于憨诚，也常常为朋友们所谅宥。认真记录下去，也可能有超出个人范围的一个时代的步伐，一个队伍的感情吧。

总之，在过去的几十年中，跟在队伍的后面，还幸而没有落荒。虽然缺少扬厉的姿态，所迈的步子，现在听起来，还是坚定有力的。对于伙伴，虽少临险舍身之勇，也无落井下石之咎。循迹反顾，无愧于心。

一九七五年六月一日，善闇记

附记： 昨晚暴风雨，花未受损。今晨五时起床，为玉树换盆，并剪海棠一枝，插于小盆，验其活否。

近作散文的后记

　　散文若干篇，是近一二年所写。很多年没有写文章，各方面都很生疏，一旦兴奋起来要写了，先从回忆方面练习，这是轻车熟路，容易把思想情绪理清楚。

　　这样所写的就都是旧事、往事、琐事。所回忆的几位同志，也都是死去了的。原来，拟名之曰"川上"，意思就是"逝者如斯"。

　　关于自己生活的回忆，写起来比较简单。因为并没有轰轰烈烈、曲折动人的生活或战斗经历，所作所为，不过是教书写作，按实际说明就是了。

　　关于别人的回忆，就麻烦一些。初稿内容还多些，修改几次，就所剩无几了。这是因为：或碍于时间，或妨于人事；既要考虑过去，也要顾虑将来。对死者倒还简单，对生者就要周到。在写过几篇以后，我才深深领会，鲁迅在三十年代所感慨的：古人悼念朋友的文章，为什么都是那么短，而结尾又都那么紧迫！同时也才明白，为什么那些名家所作的碑文墓志都那么空浮飘虚。

　　"四人帮"当路之时，在这些同志身上，丛集了无数无稽的污蔑之辞。当这些同志，一旦得到了昭雪，有人马上转过脸来，要求写出他们的"高大形象"。

　　我所写的，只是战友留给我的简单印象。我用自己的诚实的感情和想法，来纪念他们。我的文章，不是追悼会上的悼词，也不是组织部给他们做的结论，甚至也不是一时舆论的归结或摘要。

我所写的是我们共同战斗经历的一些断片。我坚决相信，我的伙伴们只是平凡的人，普通的战士，并不是什么高大的形象、绝对化了的人。这些年来，我积累的生活经验之一，就是不语怪力乱神。

我所尊重的同志，都是纯朴和诚实的人。他们的心，对我来说，都是敞开的大门，清澈的潭水。我是可以随便走进去，也轻易就可以看清楚的。我谈到他们一些优点，也提到他们的一些缺点，我觉得，不管生前死后，朋友同志之间，都应该如此。

他们一生的经历，自然也有并不平凡之处。他们都把青春献给了祖国的艰难时代，他们都为人民刻苦地习练了一技之长。他们最后的遭际，有的是非常不幸的，史无前例的，普通人难以忍受，甚至善良人难以想象的。他们虽然死了，意识形态消失了，但并不是弱者。他们蔑视林彪和"四人帮"，他们没有卖身投靠，卖友求荣。他们都是有党性原则的，有时把这一原则，看得比生命还重要。

在青年时代，在艰苦岁月，在战斗中建立起来的感情，就如同板上钉钉。钉虽拔去，板有裂痕。每当我想起他们的时候，心里是充满无限伤痛的。

在三十年代，每读鲁迅先生的《为了忘却的记念》，就感动得流下热泪。那时我还很幼稚，很单纯，并不知征途的坎坷，人生的艰险。鲁迅先生对死者的深沉的情感，高尚的道义，教育着我。惭愧的是，鲁迅先生的思想、感情、文字，看来我这一生一世，只能是望尘莫及，望洋兴叹，学习不来了。

但是，古代哲人在川上的感叹，向来被解释为：源远流长，昼夜不停，继往开来，自强不息。因此，我的学习和努力，也不应该一刻停止的。

一九七八年六月二十六日

《书衣文录》序

　　七十年代初，余身虽"解放"，意识仍被禁锢。不能为文章，亦无意为之也。曾于很长时间，利用所得废纸，包装发还旧书，消磨时日，排遣积郁。然后，题书名、作者、卷数于书衣之上。偶有感触，虑其不伤大雅者，亦附记之。此盖文字积习，初无深意存焉。

　　今值思想解放之期，文路广开，大江之外，不弃涓细。遂略加整理，以书为目，汇集发表，借作谈助。蝉鸣寒树，虫吟秋草，足音为空谷之响，蚯蚓作泥土之歌。当日身处非时，凋残未已，一息尚存，而内心有不得不抒发者乎？路之闻者，当哀其遭际，原其用心，不以其短促零乱，散漫无章而废之，则幸甚矣。

　　　　　　　　　　　　　　一九七九年五月二日灯下记

《书衣文录》再跋

　　余向无日记。书衣文录，实彼数年间之日记断片，今一辑而再辑之。往事不堪回首，而频频回首者，人之常情。恩怨顺逆，两相忘之，非常人易于达到之境界也。堂皇易做，心潮难平。时至今日，世有君子，以老朽未死于非常之时，为幸事。读文录者，或可窥见余当时对生之恋慕，不绝如缕，几近于冰点，然已渐露生机矣。

　　　　　　　　　　　　　一九八六年三月六日晨起改讫记

《幸存的信件》序

下面是我在一九五九年以后几年间，因为工作关系，写给冉淮舟同志的信件。

那时，我正在养病，又要出版几种书，淮舟帮助我做了许多抄录、编排、校对工作。其中主要是对于《风云初记》的结尾，《白洋淀之曲》的编辑，《文学短论》的选择，《文艺学习》的补充，等等方面的协助。

在这些工作进行中写了这些信件。

淮舟写给我的信，在一九六六年以前，我就全部退还给他保存了。并不是我预见到要有什么大的灾难，是我当时感到：我身体很坏，恐怕活不长久了。

我写给他的这些信，在一九六六年以后，我连想也没有想过。按照一般情况，它们早已丢失或被销毁了。

现在，淮舟把它们抄录成册，作为一种礼物，给我送来，使我大吃一惊。

这些信件和我送给他的书籍，都存放在保定他的爱人那里。在武斗期间，他的爱人不顾家中其他财物，背负着这些书籍信件逃反，过度劳累，以致流产。

我想：如果淮舟在一九六六年以前，也把这些信件退还给我，那一定是只字不存了。那时他曾把他搜集到的我的旧作一束，交我保存，其结果就是如此。

我的家被抄若干次，其中一次是由南开大学红卫兵执行，尤其严重，文字稿件都失去了。当然也剩下一些，他们走后，家里人又自抄一次，这样文字就真正在我的住所绝迹了。

那时，正值严冬，住室的暖气被拆毁，一天黎明，我的重病老伴，把一些本子、信件，甚至朋友的照片，投进了火炉。她并不认识字，但她好像明白：在目前，就是一个无关紧要的字纸片，比如之乎者也，也会引起意想不到的大灾祸。于是按照旧社会"敬惜字纸"的办法，把它们化为灰烬。

在这种非常年月，文人的生命，不如一只蝼蚁，更谈不上鱼雁的友情。烧毁朋友的函件，是理所当然，情有可原，谁也不会以为非礼的。

经过了这场动乱之后，我给朋友写信，一律改用明信片。我也不再保留朋友的来信。信，凡是看过，先放进纸篓，过一个时期，捆绑起来，和劈柴放到一块去，准备冬天生火之用。远近知好，敬希谅察。

所以，当我见到淮舟和他的爱人，能在那些年月，保留下我的信件，就非常感动，对这些信件，也就异乎寻常的珍重。

这些信，涉及到我过去的写作生活，我原始的文艺观点。也涉及到抗日战争时期，我在冀中区和晋察冀边区参与的文艺工作。现将有关我的创作者，略加订正，发表出来，供读者参考。

一九七九年九月十日

《耕堂杂录》后记

右小书，稿分二部。书衣文录，自有序跋，可不赘。应申明者，此次印刷，是经李屏锦同志按写作年月，重新编排者。此等琐碎，竟耗他不少时间精力，应该感谢。其中《鲁迅全集》《五代史平话》二则，皆记在一九七六年，初未注明写作年月，误植在前。因无关宏旨，今不再移动。

烽烟余稿，前一部分文字，系从河北文联编辑之"华北文艺运动史料"中剪下，十年动乱，幸未遗失。后一部分，则系冉淮舟同志从旧报抄录，旧报残缺，难以寻觅，淮舟费去不少时间精力，亦应志感。辑存这些文字，不过印证一下，我在青年时代，曾于何种境遇，写过什么文章，并不顾及它们的幼稚与浅薄。这些文字，多发表在当时的《晋察冀日报》上，河北文联辑存时，略有删节。今亦不再录补。

幼年，游于泽畔，见飞鸿受伤坠沙中，仍以啄修润其羽翼，盖强忘其生命之将尽，幻想经宿复原，能振翅起飞于云中。当时，余颇为之痛恻。又见蚕将僵，犹摇头奋体以吐余丝；星将逝，摇曳其余光，以眩众目。文人之业，殆将不死不休乎？亦可怪矣！

一九八〇年十二月八日晚

幻华室藏书记序

除旧布新，进化之道；喜新厌旧，人性之常。揆之天理人道，有不可厚非者。唯于书籍文物，人则不厌其旧，愈旧则价值愈高，爱惜之情倍切。古今一体，四海同嗜。或废寝忘食，倾家荡产，以事收藏；或终生孜孜，抱残守阙，以事研讨。其中亦自有道理存焉。

余于旧籍，知识浅薄，所见甚少。然于六十年代之初，养疴无所事事，亦曾追慕风雅，于京、津、宁、沪、苏等地，函索书目，邮购旧籍，日积月累，遂至可观。不久，三四跳梁，觊觎神器，国家板荡，群效狂愚。文化之劫，百倍秦火。余所藏者，新书、小说及易出手卖钱者，荡然无存。其中旧籍，因形似破纸，又蒙恶谥，虽有贪者，不敢问津，幸得无大损。悼彼灰烬，可庆凤毛。发还之后，曾细心修整，并加题识，已有《书衣文录》四卷。另列幸存书籍草目，以备查寻。然文录所记，多系时事及感想，非尽关书籍内容；草目系逐橱登记，杂乱并无统系。今值清闲，乃就所列书目，及日常浏览所得，分类记其体要、版本，各为短文系之。非敢冒充渊博，不过略述管窥，就教于通达而已。

一九八一年一月七日

《晚华集》后记

　　为一本书命名，比为一篇文章命名，要难一些。一篇文章，在写作之前，成竹在胸；在初稿完成之后，余韵犹在。起个名儿，写在篇首，还容易些。如果是一本书，把一些丛杂的文章，汇编起来，立个名目，就常常使人"一名之立，旬月踟蹰"了。

　　"晚华"二字，本来名副其实，有人嫌其老。我为了酬答这些同志的美意，第二本集子，就取了"秀露"两个字。有人看了又嫌其嫩，说是莫名其妙。

　　确是这样。人老不服老，硬是说七十如何，八十又如何，以及老骥伏枥，焕发青春之类，说者固然壮一时之气，听者当场也为之欢欣鼓舞，仔细想想，究竟不是滋味。

　　因为毕竟是老了，于是这本集子，就定名为澹定。这两个字，见于王夫之的《楚辞通释》。我读书不求甚解，这两个义字，从字面看，我很喜欢，就请韩映山的令郎大星同志刻了一方图章，现在又用来作为本集的书名。

　　其实，就我的体会，凡是文人用什么词句作为格言，作为斋名，作为别号，他的个性，他的素质，他的习惯，大概都是和他要借以修身进德的这个词句，正相反的。他希望做到这样，但在很大程度上，不一定做得到。当然有一个格言，悬诸座右，比没有一个格言，总会好一些，因为这究竟是中国人的一种习惯，多少还带有一些文化教养的性质。

就用这两个字吧，其别无深意，正和前两个书名相同。

其中有一篇短文，题名《王凤岗坑杀抗属》，是旧作，冉淮舟同志从图书馆复制来的。我向读者介绍：我过去写过这样的文章。这样的文章，我现在还能写得出来吗？

一九八一年八月六日下午雨中

《秀露集》后记

　　本集所收，主要为近一二年所作散文。其中也有几篇旧作，篇后系有写作年月，读者一看便可明了。旧作经过战争、动乱，失者不可复得，保存下来的，也实在不容易。每当搜集到手时，常有题记。例如《琴和箫》一篇，即原附有如下文字：

　　　　这一篇原名《爹娘留下琴和箫》，发表在一九四三年《晋察冀日报》的文艺副刊《鼓》上。在我现存的创作里，它是写作较早的一篇。但是，在后来我编的集子里，都没有这一篇，一九五七年，我病了以后，由康濯同志给我编辑的《白洋淀纪事》里，也没有收进去。

　　　　这一篇文章，我并没有忘记它，好像是有意把它放弃了。原因是：从它发表以后，有些同志说它过于"伤感"。有很长一个时期，我是很不愿意作品给人以"伤感"的印象的，因此，就没有保存它。后来，在延安写作的《芦花荡》和《白洋淀边一次小斗争》里，好像都采用了这篇作品里提到的一些场景，当然是改变得"健康"了，这三篇文章，如果读者有兴趣，可以参照来看。

　　现在淮舟同志又把它抄了来，我重读了一篇，觉得并没有什么严重的伤感问题，同时觉得它里面所流露的情调很是单纯，它所包含的激情，也比后来的一些作品丰盛。这当然是事过境迁和久病以后的近于保守的感觉。它存在的弱点是：这种激情，虽然基于作者当时迫切的抗日要求，但还没有多方面和广大群众的伟大的复杂的抗日生活融会贯通。在战争年代，同志们觉得它有些伤感，也是有道理的。

　　因此，我竟想到了创作上的一些问题。真正的激情，就是在反映现实生活时所流露的激情，恐怕是构成现实主义文学作品的重要因素。在历史著作里，在政治经济学著作里，成就大小的分别，道理也是一样。应该发扬这一点，并向现实生活突进。但理论问题是很复杂的，非目前脑力所能及。现在，是把这篇作品的来历，简述如上。

一九六二年八月七日晚大雨过后记

　　此篇，前抄件已失，淮舟念念不忘，今岁，先后到天津人民图书馆、北京图书馆、北京大学图书馆，检阅所存《晋察冀日报》残卷，均未得见。终于《人民日报》资料室得之，高兴抄来。淮舟于此文，可谓情厚而功高矣。今重印于此，使青春之旅，次于晚途；朝露之花，见于秋圃。文事逸趣，亦读者之喜闻乐见乎！

一九七九年十一月二十八日晨又记

再如《烈士陵园》一文，写出较早，发表在《人民日报》；还有一篇，写出较晚，交给《天津日报》，刚刚排出清样，就赶上了"文化革命"。于是悬挂楼间，任人批判；批判之余，烟消火灭，它就无影无踪了。文章的命运，历史证明，大体与人生相似。金匮之藏，不必永存；流落村野，不必永失。金汤之固不可恃，破篱残垣不可轻。所以虽为姊妹篇，一篇可以赫然列目于本集，一篇则连内容、题目我也忘记，就是想替它恢复名誉也无从为之了。

其他几篇旧作，也都是路旁的遗粒，沉沙之折戟。虽系残余，可备磨洗。因为，用旧日文字，寻绎征途，不只可以印证既往，并且希望有助于将来。

至于这些新作，也都是短小浅陋的。近年来，文章越写越短，以前写到十页稿纸，就自然结束；近来则渐渐不足十页，即辞完意断。这是才力枯竭的象征，并非锤炼精粹的结果。然于写作一途，还是不愿停步，几乎是终日矻矻，不遑他顾，夜以继日，绕以梦魂。成就如此单薄，乃自然所限，非战之过也。

"秀露"一词，亦别无含义。在农村生活时，日出之后，步至田野，小麦初生，直立如针，顶上露水如珍珠，一望无垠，耀人眼目，生气蒸蒸，叹为奇丽。今取以名集，只是希望略汰迟暮之感，增加一些新生朝气。

一九八一年二月一日记

《生辰自述》跋

以余身体之素质及遭遇，延至今日，寿命可谓长矣。余素无养生之道，亦不信厚自供养可以保全身命延年益寿之说。中年以后，方知人生之险恶；高卑易处，乃见世态之炎凉。勇怯由于势，爱憎出于私。与人为善，不必望善报，谨小慎微，未必得坦途。同情怜悯，乃青年期赤心之表露，身陷不幸，不可希求于他人。要之，不以生活之变化自伤其心，丧其初志，动摇其大节。此志士仁人之所能，为可贵耳。

一九八一年五月九日（阴历四月初六）

书淮舟所拟文集目录后

今年春节期间，天津市出版局孙五川同志、林呐同志来寒舍，提议由百花文艺出版社编印我的文集，这是一番好意，我很愉快地答应了。出版社负责审阅稿件的同志：李克明、曾秀苍，乃多年友好；张雪杉、顾传菁、董令生，系新识彦俊。编辑工作进行，颇为顺利。克明同志希望由我编出目录。但我年老多病，记忆力差，视力亦弱。而所为文章，大都年深日久，回忆旧事，查阅资料，均感困难。念及冉淮舟同志，对我的旧作，涉猎较广，考索有年，一向热心，勤于任事。我就函请他代拟一份目录出来，供出版社参考。我请出版社也编一份目录，以便临时取长补短，互相对证。

淮舟很快就把目录编出来了，并写有一篇编目说明。所拟目录，系按文体区分为若干卷，每卷依写作年月，顺序排列。每题之下，除注明写作年月外，又尽可能查出最初发表在何种刊物之上。这样，就成为一份我的作品的分类编年表，使时代、地域、环境联系起来，除作文集编目参考外，还对从事教学及有兴趣研讨者，提供了一份比较可靠的资料。

这只是一份资料。"编目从宽，选目从严。"把现在可能找到的文章，全部编列在内，其旨在取精用宏，并非贪多务得。将来文集的具体编目，以及分卷、分类等体例问题，还要和出版社商讨，并听取读过这份拟目的广大读者的宝贵意见。

对目录，我作了一些订正。对编目说明，我也作了一些修改，主要是删除空泛议论，突出具体材料。

徐光耀同志和《莲池》编辑部，愿意提供宝贵篇幅，发表这样近于学术性的文字，乡土之情谊，同道之爱助，使我十分感动。

一九八一年五月二十七日灯下

同 口 旧 事
——《琴和箫》代序

一

我是一九三六年暑假后，到同口小学教书的。去以前，我在老家失业闲住。有一天，县邮政局，送来一封挂号信，是中学同学黄振宗和侯士珍写的。信中说：已经给我找到一个教书的位子，开学在即，希望刻日赴保定。并说上次来信，寄我父亲店铺，因地址不确被退回，现从同学录查到我的籍贯。我于见信之次日，先到安国，告知父亲，又次日雇骡车赴保定，住在南关一小店内。当晚见到黄侯二同学。黄即拉我到娱乐场所一游，要我请客。

在保定住了两日，即同侯和他的妻子，还有新聘请的两位女教员，雇了一辆大车到同口。侯的职务是这个小学的教务主任，他的妻子和那两位女性，在同村女子小学教书。

二

黄振宗是我初中时同班，保定旧家子弟，长得白皙漂亮，人亦聪明。在学校时，常演话剧饰女角，文章写得也不错，有时在校刊发表。

并能演说，有一次，张继到我校讲演，讲毕，黄即上台，大加驳斥，声色俱厉。他那时，好像已经参加共产党。有一天晚上，他约我到操场散步，谈了很久，意思是要我也参加。我那时觉悟不高，一心要读书，又记着父亲嘱咐的话：不要参加任何党派。所以没有答应，他也没有表示什么不满。又对我说，读书要读名著，不要只读杂志报刊，书本上的知识是完整的、系统的，而报章杂志上的文章，是零碎的、纷杂的。他的这一劝告，我一直记在心中，受到益处。当时我正埋头在报纸文学副刊和社会科学的杂志里。有一种叫《读书杂志》，每期都很厚，占去不少时间。

他毕业后，考入北平中国大学，住在西安门外一家公寓里面，我在东城象鼻子中坑小学当事务员，时常见面。他那时好喝酒，讲名士风流，有时喝醉了，居然躺在大街上，我们只好把他拉起来。大学没有毕业，他回到保定培德中学教国文，风流如故，除经常去妓院，还交接着天华商场说大鼓书的一位女艺人。

一九三九年，我在晋察冀通讯社工作。冬季，李公朴到边区参观，黄是他的秘书，骑着瞎了一只眼的日本大洋马，走在李公朴的前面。在通讯社我和他见了面。那时不知李公朴来意，机关颇有戒心，他也没有和我多谈。我见他口袋里插的钢笔不错，很想要了他的，以为他回到大后方，钢笔有的是。他却不肯给。下午，我到他的驻地看望他，他却自动把钢笔给了我。以后就没有见过面。

解放以后，我只是在一个京剧的演出广告上，见到他的笔名，好像是编剧。不知为什么，我现在总感觉他已经不在人世了。他体质不好，又很放纵。交游也杂乱。至于他当初不肯给我钢笔，那不能算吝啬，正如太平年月，千金之予，肥马轻裘之赠，不能算作慷慨一样。那时物质条件困难，为一支蘸水钢笔尖，或一个不漏水的空墨水瓶，也发生过争吵、争夺。

三

侯士珍，定县人，育德中学师范专修班毕业。在校时，任平民学校校长，与一女生恋爱结婚。毕业后，由育德中学校方介绍到保定第二女子师范当职员。后又到南方从军，不久回保定，失业，募捐办一小报。记得一年暑假，我们同住在育德中学的小招待楼里，他时常给我们唱《国际歌》和《少年先锋歌》。

到同口小学后，他兼音乐课和体操课。他在校外租了一间房，闲时就和同事们打小牌。他精于牌术，赢一些钱，补助家用。我是一次也没有参加过的。我住在校内，有一天中午，我从课堂上下来，在我的宿舍里，他正和一位常到学校卖书的小贩谈话。小贩态度庄严，侯肃然站立在他的面前聆听着。抗日以后，这位书贩，当了区党委的组织部长。使我想起，当时在我的屋子里，他大概是在向侯传达党的任务吧。侯在同口有了一个女孩，要我给起个名儿，我查了查字典，取了"茜茜"二字。

侯为人聪明外露，善于交际，读书不求甚解，好弄一些小权术，颇得校长信任。一天夜里，有人在院中贴了一张大传单，说侯是共产党。侯说是姓陈的训育主任陷害他，要求校长召集会议，声称有姓陈的就没有姓侯的。我忘记校长是怎样处置这个事件的，好像是谁也没有离开吧。不知为什么，我当时颇有些不相信是那位姓陈的干的，倒觉得是侯的一种先发制人的权谋。不久，学校也就放暑假，卢沟桥事变也发生了。

暑假以后，因为天下大乱，家乡又发了大水，我就没有到学校去。侯在同口、冯村一带，同孟庆山，组织抗日游击队，成立河北游击军，侯当了政治部主任。听说他扣押了同口二班的一个地主，随军带着，勒索军饷。

冬季，由我县抗日政府转来侯的一封信，叫我去肃宁看看。家里不放心，叫堂弟同我去。我在安平县城，见到县政指导员李子寿，他说司令部电话，让我随新收编的杨团长的队伍去。杨系土匪出身，队伍更不堪言，长袍、袖手、无枪者甚众。杨团长给了我一匹马。一路上队伍散漫无章，至晚才到了肃宁，其实只有七十里路。司令部有令：杨团暂住城外。我只好只身进城，被城门岗兵用刺刀格住。经联系，先见到政治部宣传科刘科长。很晚才见到侯。那时的肃宁城内大街，灯火明亮，人来人往，抗日队伍歌声雄壮，饭铺酒馆，家家客满，锅勺相击，人声喧腾。

侯同他的爱人带着茜茜，住在一家地主很深的宅子里，他把盒子枪上好子弹，放在身边。

第二天，他对我说，"这里太乱，你不习惯。"正好有人民自卫军司令部的一辆卡车，要回安国，他托吕正操的阎参谋长，把我带去。上车时风很大，他又去取了一件旧羊皮军大衣，叫我路上御寒。到了安国，我见到阎素、陈乔、李之琏等过去的同学同事，他们都在吕的政治部工作。

一九三八年春天，人民自卫军司令部，驻扎安平一带，我参加了抗日工作。一天，侯同家属、警卫，骑着肥壮高大的马匹来到安平，说是要调到山里学习，我尽地主之谊，请他们到家里吃了一顿饭。侯没有谈什么，他的妻子精神有些不佳。

一九三九年，我调到山里，不久就听说，侯因政治问题，已经不在人间。详细情形，谁也说不清楚。

今年，有另一位中学同学的女儿从保定来，是为她的父亲谋求平反的。说侯的妻子女儿，也都不在了。他的内弟刘韵波，是在晋东南抗日战场上牺牲的。这人我曾在保定见过，在同口，侯还为他举行过音乐会，美术方面也有才能。

当时代变革之期，青年人走在前面，充当搏击风云的前锋。时代赖青年推动而前，青年亦乘时代风云冲天高举。从事政治、军事活动者，最得风气之先。但是，我们的国家，封建历史的黑暗影响，积压很重。患难相处时，大家一片天真，尚能共济，一旦有了名利权势之争，很多人就要暴露其缺点，有时就死非其命或死非其所了。热心于学术者，表现虽稍落后，但就保全身命来说，所处境地，危险还小些。当然遇到"文化大革命"，虽是不问政治的书呆子，也就难以逃脱其不幸了。

四

一九四七年，我又到白洋淀一行。我虽然在《冀中导报》吃饭，并不是这家报纸的正式记者。到了安新县，就没有按照采访惯例，到县委宣传部报到，而是住在端村冀中隆昌商店。商店的经理是刘纪，原是新世纪剧社的指导员，为人忠诚热情，是个典型的农村知识分子。在他那里，我写了几篇关于席民生活的文章，因为是商店，吃得也比较好。

刘纪在"三反""五反"运动中，受到批评，也受到一些委屈，精神有很长时间失常。现在完全好了，家在天津，还是不忘旧交，常来看我。他好写诗，有新有旧，订成许多大本子，也常登台朗诵。

他的记忆力，自从那次运动以来，显然是很不好，常常丢失东西。"文化大革命"后期，我在佟楼谪所，他从王林处来看我，坐了一会儿走了，随即有于雁军追来，说是刘纪错骑了她的车子。我说他已经走了老半天，你快去追吧。于雁军刚走，刘纪的儿子又来了，说他爸爸的眼镜丢了，是不是在我这里。我说："你爸爸在我这里，他携带什么东西，走时我都提醒他，眼镜确实没丢在这里，你到王林那里去找吧！"他儿子说："你提醒他也不解决问题，他前些日子去北京，住在刘光人叔叔那里，都知道他丢三落四，临走叔叔阿姨都替他打点什物，送他出门，在路上还不断问他落下东西没有，他说，这次可带全了，什么也没落下。到了车站，才发现他忘了带车票！"

我一直感念刘纪，对我那段生活和工作，热情的帮助和鼓励。那次在佟楼见面，我送了他三部书：一、石印《授时通考》，二、石印《南巡大典》，三、影印《云笈七笺》。其实都不是什么贵重之物。那时发还了抄家物品，我正为书多房子小发愁，也担心火警。每逢去了抽烟的朋友，我总是手托着烟盘，侍立在旁边，以免火星飞到破烂的旧书上。送给他一些书，是减去一些负担，也减去一些担惊受怕。但他并不嫌弃这些东西，表示很高兴要。在那时，我的命运尚未最后定论，书也还被认为是"四旧"之一，我上赶送别人几本，有时也会遭到拒绝。所以我觉得刘确是个忠厚的人。

这就使我联想到另一个忠厚的人，刘纪的高小老师，名叫刘通庸。抗日时我认识了他，教了一辈子书，读了一辈子进步的书，教出了许多革命有为的学生，本身朴实得像个农民，对人非常热情、坦率。

我在蠡县的时候，常常路过他的家，他那时已经患了神经方面的病症，我每次去看他，他总不在家，不是砍草拾粪，就是放羊去了。他的书很多，堆放在东间炕头上，我每次去了，总要上炕去翻看一阵子，合适的就带走。他的老伴，在西间纺线，知道是我，从来也不闻不问，只管干她的活。

既然到了安新，我就想到同口去看看，说实在话，我想去那里，并不是基于什么怀旧之情。到了那里，也没有找过去的同事熟人，我知道很多人到外面工作去了。我投宿在老朋友陈乔的家里，这也是抗日战争期间养成的习惯，住在有些关系的户，在生活上可以得到一些特殊照顾。抗日期间，是统一战线政策，找房子住，也不注意阶级成分，住在地主、富农家里，房间、被褥、饮食，也方便些。

但这一次却因为我在《一别十年同口镇》这篇文章的结尾，说了几句朋友交情的话，其实也是那时党的政策，连同《新安游记》等篇，在同年冬季土地会议上，受到了批判。这两篇文章，前者的结尾，后者的开头，后来结集出版时，都作过修改。此次淮舟从报纸复制编入，一字未动，算是复其旧观。也看不出有什么问题，这是因为时过境迁，人的观点就随着改变了。当时弄得那么严重，主要是因为我的家庭成分，赶上了时候，并非文字之过。同时，山东师范学院，也发现了《冀中导报》上的批判文章，也函请他们复制寄来，以存历史实际。

五

我是老冀中，认识人也不少，那里的同志们，大体对我还算客气的。有时受批，那是因为我不知趣。土改以后，我在深县工作半年，初去时还背着一点黑锅，但那时同志间，毕竟是宽容的，在我离开那里的时候，县委组织部长穆涛，给我的鉴定是：知识分子与工农干部相结合的模范！这绝不是我造谣，穆涛还健在。

当然，我不能承担这么高的评语。但我在战争年代，和群众相处，也确实还合得来。在那种环境，如果像目前这样生活，我就会吃不上饭，穿不上鞋袜，也保全不住性命。这么说，也有些可以总结的经验吗？有的。对工农干部的团结接近，我的经验有两条：一、无所不谈；二、烟酒不分。在深县时，县长、公安局长、妇联主任都和我谈得来。对于群众，到了一处，我是先从接近老太太们开始，一旦使她们对我有了好感，全村的男女老少，也就对我有了好感。直到现在，还有人说我善于拍老太太们的马屁。此外，因为我一向不是官儿，不担任具体职务，群众就会对我无所要求，也无所顾忌。对他们来说，我就像山水花鸟画一样，无益也无害。这样说个家长里短的，就很方便。此外，为人处世，就没有什么好的经验可以总结了。对于领导我的人，我都是很尊重的，但又不愿多去接近；对于和文艺工作有些关系的人，虽不一定是领导，文化修养也不一定高，却有些实权，好摆点官架，并能承上启下，汇报情况的人，我却常常应付不得其当。

六

话已经扯得很远，还是回到同口来吧。听说，我教书的那所小学校，楼房拆去了上层，下层现在是公社的仓库。当年同事，有死亡的，也有健在的。在天津，近几年，发见两个当年的学生，一个是六年级的刘学海，现任水利局局长，前几天给我送来一条很大的鱼。一个是五年级的陈继乐，在军队任通讯处长，前些时给我送来一瓶香油。刘学海还说，我那时教国文，不根据课本，是讲一些革命的文艺作品。对于这些，我听起来很新鲜，但都忘记了。查《善闇室纪年》，关于同口，还有这样的记载："'五四'纪念，作讲演。学生演出之话剧，系我所作，深夜突击，吃冷馒头、熬小鱼，甚香。"

淮舟在编我的作品目录时，忽然想编一本书，包括我写的关于白洋淀的全部作品。最初，我是一点兴趣也没有的，也不好打他的兴头。又要我写序，因此联想起很多旧事，写起来很吃力，有时也并不是很愉快的。因为对于这一带人民的贡献和牺牲来说，在文艺作品中的反映，是太薄弱了。

一九八一年六月十七日雨后写讫

《读〈被删小记〉之余》读后附记

近又有人编选国文教材，以"规范"为名，对《山地回忆》，大加删改。不过事先寄来改样，我复信说："请你不要这样体无完肤地改我的文章，也不要选我的作品。"

又：就是收到你的信的同时，来了两位老师，他们发见：中国青年出版社一九七八年新版《白洋淀纪事》，文字与旧版不同。除有整段删节外，文字改作也很多。这使我大吃一惊，因为关于删改文字，出版社一直没有同我打过招呼。这是一本书，事关重大，我已通知各处正在编印我的作品的同志：一九七八年版的《白洋淀纪事》，已不可据，请用一九五八年或一九六二年的版本。

一九八一年七月六日灯下

《无为集》后记

从二十岁起，开始与文字打交道，中间曾有几次停顿。"文化大革命"，可以说是停顿时间最长的一次，但也不是完全搁笔。运动初期，我以惜墨如金的笔意，每天对付二百字的检查，在措词取舍上，动了很多脑筋。运动后期，于一九七〇年起，我与远在江西乡下的一位女性通信，持续一年又半，共计十万余字。算是一次很有效的练笔机会。使我在"四人帮"垮台之后，重理旧业，得心应手，略无生涩。

此外，就是"解放"之后，以包裹旧书为消遣。先后写在书皮上的文字，也有五万。

呜呼，人既非英杰，又非奇才，别无扬眉吐气之路，写一点失败的情书，弄一点无聊的题跋，稍微舒散一下心气，也还是可以的。从业务上说，也算是曲不离口，弦不离手吧？

以后，出版了《晚华集》《秀露集》《澹定集》《尺泽集》《远道集》《老荒集》《陋巷集》。现在这一本，题名《无为集》。

这些，都是小书，每本十万字以上。其内容，包括几个大题目：耕堂散文，芸斋小说，芸斋琐谈，乡里旧闻，耕堂读书记，芸斋短简。也都是单薄小文，零碎文章。

从文风和内容上看，与我过去写的东西，都有所区别。这是无足奇怪的，我现在写不出以前那样的小说，正如以前写不出现在的文章一样。此关天意，非涉人事。

我的一生，是最没有远见和计划的。浑浑噩噩，听天由命而生存。自幼胸无大志，读书写作，不过为了谋求衣食。后来竟怀笔从戎，奔走争战之地；本来乡土观念很重，却一别数十载，且年老不归；生长农家，与牛马羊犬、高粱麦豆为伴侣，现在却身处大都市，日接烦嚣，无处躲避；本厌官场应酬，目前却不得不天天与那些闲散官儿，文艺官儿，过路官儿，交接揖让，听其言词，观其举止。本来以文艺为人生进步而作，现在翻开一本小说，打开一本杂志，就是女人衣服脱了又脱，乳房揣了又揣，身子贴了又贴，浪话讲了又讲。如果这个还能叫作文艺，那么倚门卖俏、站街拉客之流，岂非都成了作者？

人在青年，是不会想到晚年的，所见的是客观存在，谁也不能否认和掩饰。

有些感受，不能不反映到我近年的作品和议论之中。我极力协调这些感受，使它不致流于偏激。有人说，某人整天坐在家里骂人，太无聊了。无聊有之，骂人之心，确实没有。既不坐在家里骂人，也不跑到街上捧人。取眼之所见、身之所经为题材；以类型或典型之法去编写；以助人反思，教育后代为目的；以反映真相，汰除恩怨为箴铭。如此行文，尚能招怨，则非文章之过，乃世无是非之过也。

在文字工作上，也不是没有过错的。在进城初期所写的小说中，有的人名、地名，用得轻率，致使后来，追悔莫及。近期所写小说，虽对以上两点，有所警惕，在取材上，又犯有不能消化的毛病。使得有些情节，容易被人指责。这都是经验不足，考虑不周，有时是偷懒取便所致。文字一事，虚实之间，千变万化，有时甚至是阴错阳差，神遣鬼使。可不慎乎，可不慎乎！

SUNLIDUBEN

　　我起书名，都是偶然想到，就字面着眼，别无他意。"无为"二字，与"无为而治"一词无关，与政治无关。无为就是无所作为，无能为力的意思。这是想到自己老了，既没有多少话好说，也没有多少事好写的，一种哀叹之词。也可以解释为，对自己一生没有成就的自责。也可以解释为，对余年的一种鞭策。总之，不是那么悲观，有些乐观的意思在内。

　　任我怎样不行，为书起个花哨俏丽的名儿，多想想，还是可以做到的。那样征订数就可以多一些。但我不愿那样做，这也是因为我老了，要说心里话，不愿再在头上插一朵鲜花，惹人发笑了。

　　　　　　　　　　　　　　　　　一九八八年一月十二日

旧抄新识小引

余于青年读书时，即好抄录。或喜爱其文字，或领悟其含义，即以纸条抄写，张之屋壁，为便于朝夕诵习也。日积月累，当亦不少，然皆丧失于战争年代矣。

进城以后，因养病多读旧书，环境安静，并有几案，展卷细玩，遇有佳句，多从容录于小本上。

不久即遭动乱，失此清闲，并历劫掠，图籍散失。然所作笔记，幸尚存留数册。

近以年老，多作杂文。友朋常有以多过激、失平和相责者。并有猜测，以为所谈某事，系指某人。此虽文坛飞语，里巷流言，然亦促余警惕，知自勉矣。

呜呼，文事多乖，杂著尤难。无所感，何以成文？有所感发，能无所指摘乎？然所论列者，乃社会现象，非必指某人某事也。鲁迅所言甚明，而后人长期不察。以为杂文多是进行攻击，意在宣泄。

余非战士，不欲作疆场之文。退而深思，探求安全处世之道。冀能作文自遣，又不触犯他人，引起误会。

忆及此种簿录，尘封日久。如从新诵习，加以按识，既能温故而知新，亦可按图而索骥。触类旁通，所收必广。面对者既为古人，接谈者又为古语,心平气静,颐养安和,或可稍减行文过激之偏失乎!
是亦殊难预测也。

一九八二年六月二十二日清晨

《尺泽集》后记

尺泽二字，引自古书，其义甚明，就不再作什么解释了。

尺泽纸小，希望它是清澈的，没有污染的。它是从我的心泉里流出来，希望能通向一些读者的心田里去。

希望在它的周围，能滋生一片浅草，几棵小树。能为经过这里的，善良的飞鸟和走兽，春燕或秋雁，山羊或野鹿，解一时之渴，供一席之荫。

希望它不要再遭到强暴的践踏，风沙的掩盖，烈日的蒸煮。蚊蚋也不要飞舞其上，孑孓其中。

在历史上，它是有过这种不幸的遭遇的。前些年，才又遇到一场春雨，使它复苏。因此，它特别珍惜自己的存在，珍惜自己的余生。

因为是水，是有源泉的水，是清澈的水，凡是经过这里，投影其中的，都可以显现自己的面目。妍者自妍，媸者自媸。它是没有选择的，一视同仁的。

它的存在，年深日远，它确实有些疲倦了。它不愿再与任何事物，作使自己也使别人无聊的纠缠。

总之，在它的容纳之中，都是小的、浅的、短的和近的。江海之士，浏览一下，就会失望而去的。

　　末附三十年代，我习作的两篇文艺论文，分别由两位青年朋友，从旧杂志报章抄录而来。三十年代之初，我读了不少社会科学的书籍，因之热爱上接近这一科学的文艺批评。并且直到现在，还不改旧习，时常写些这方面的，不登大雅之堂的文章，为权威者笑。读者看过这两篇短文，也就可以知道，尺泽源流之短浅，由来已久，不足为怪矣！

　　　　　　　　　　　一九八二年七月四日下午大热，闻雷声

《孙犁散文选》序

这本集子，是谢大光同志受人民文学出版社的委托，编选而成。我看过了目录，以为：作为选家，大光是很有眼光的，他对编辑方法的见解，也很新颖，详见他所写的后记。

自从我决定不再为别人的书写序以来，为自己的书写序的兴趣，也大大淡薄了。各地委托别人代选的（有的广告上说是我自选，不确）、出版的我的别集，我都没有写序。这次，大光和出版社，一定要我写一点，屡辞不获。实在没有新意，就说几句闲话吧。

我一向认为，作文和做人的道理，是一样的：

一、要质胜于文。质就是内容和思想。譬如木材，如本质佳，油漆固可助其光泽；如质本不佳，则油漆无助于其坚实，即华丽，亦粉饰耳。

二、要有真情，要写真相。

三、文字、文章要自然。

三者之反面，则为虚伪矫饰。

以做人为譬：有的人，在那非常不光彩的年代里，他所贴的大字报，所写的大批判，所负责的刊物，所写的小说，目前仍在书店仓库里堆放着，废品站里收购着，造纸厂里还魂着，总之是还没有处理完毕，他已经忘记得干干净净了。坐而论道，大言不惭，神气十足，俨然君子。当然，以上种种，也算不得什么大事，忘记了也不影响国计民生。但对写作来说，却并不这样简单。因为，这不仅是一种文风，也是一种心术，如不痛下决心改正，要他写出有真情真相的作品，我以为十分困难。

另外，传说有一农民，在本土无以为生，乃远走他乡，在庙会集市上，操术士业以糊口。一日，他正在大庭广众之下作态说法，忽见人群中有他的一个本村老乡，他丢下摊子，就大惭逃走了。平心而论，这种人如果改行，从事写作，倒还是可以写点散文之类的东西的。因为，他虽一时失去真相，内心仍在保留着真情。

一九八二年十二月二十五日

《远道集》后记

　　远道二字，引自一句古诗，取其字面冲淡，别无深意。

　　人到晚年，前途短促，而所思忆，常常是邈远玄虚的往事。自己走过的，是一条无止无休，山山水水，乍寒乍暖，风雨无常的路。这条路非常绵长，非常曲折，但印象又已经非常模糊，回忆起来，近似进入一种梦境。

　　目前，我所住的庭院，越来越乱杂，砖头瓦块越来越多，道路越来越不平，我很少到院里去散步了。

　　今年夏天，热得奇怪。每天晚上，我不开灯，一个人坐在窗前，喝一杯凉开水，摇一把大蒲扇，用一条破毛巾擦汗。

　　我住的是间老朽的房，窗门地板都很破败了，小动物昆虫很多。今年耗子又特别嚣张，所作声响，有似黄鼠狼，也可能真的是黄鼠狼。破纱窗上有几只壁虎，每天晚上，准时出现在固定的地方，捕捉蚊蝇，并常常有小壁虎，掉在我的床铺上。有各式各样的蟋蟀在四处鸣叫，我不必再去花一角钱买叫蝈蝈了。

　　过去，我在秋季的山村，听过蟋蟀的合奏。那真是满山遍野，它们的繁响，能把村庄抬起，能把宇宙充塞。

　　夜深了，月光从窗口射进来，也有些凉意了，我钻到蚊帐里去。

记忆里的那条路，还在眼前伸展，渺渺茫茫，直到我真的进入梦境，才忘记了它的始终。

我的记忆中断

窗外明月高悬

壁虎仍在捕捉

蟋蟀仍在唱歌

一天，出版社的一位编辑，来拿这部书稿，他说：

"今年这一本，比去年那一本，还要厚一些。又没有附录旧作，证明精力是不衰的。"

我说：

"不然哪，不然。我确实有一些不大好的感觉了。写作起来，提笔忘字，总是守着一本小字典。写到疲倦时，则两眼昏花，激动时则手摇心颤。今年的文字，过错也多。有的是因为感情用事，有的是因为考虑不周，得罪了不少人。还有，过去文章，都是看两遍，现在则必须看三遍，还是出现差错。原稿上删去的地方很多，证明烦絮话、废话增加了。明年是否还能有一本书，实在难以预期。"

那位编辑安慰我说：

"不会的，绝不会的。"

当然，以往走过的道路，不管有多么远，成败如何，那只是一个人的行程，并且已经是陈迹。未来的人生道路，那才是无止境的，充满希望的。

一九八三年九月五日上午

《陋巷集》后记

以上，是我一九八四年三月至一九八六年五月，所写文章的汇集。两年的时间，仅得这样一本小书，较之前些年，确实是步履蹒跚了。

其内容，仍与前几册相同。过去的事，居十之五；眼前的事，居十之五。关于未来和明天的，几乎没有。这证明，在我的身上，浪漫主义的色彩，越来越淡了。

当然，这并不是我对将来和明天，失去了信念和希望。相反，这种信念和希望，像我前几年写过的一首诗里提到的，将牢固地伴随我的终生。

我只是觉得，我老了，应该说些切实的话，有内容的话，通俗易懂的话。在选题时，要言之有物；在行文时，要直话直说，或者简短截说。

我看到当代作家的一些文字或言论。有些人总想把话说得与众不同；把话说得充满哲理，以便别人看出：这不是一般人能够说出的，只有天才的作家，才会说出这样的语言。

我不知道别的读者怎样，每逢我看到拐弯抹角，装模作样的语言时，总感到很不舒服。这像江湖卖药的广告。明明是狐臭药水，却起了个刁钻的名儿：贵妃腋下香露。不只出售者想入非非，而且将使购用者进入魔道。

古今中外，凡是真正的哲人，凡是伟大的文学家，他们的语言，都是质朴的，简短的。道理都是日常的，浅近的。

陌巷二字，虽不雅训，却出自圣人经典，也就是那些质朴简短的文字之中。我七岁时，入乡村小学，学校门口虽然悬挂着两面虎头牌，却原是一家农舍，处在一条陌巷之底。

我在这里读书识字，受到教育。并从此有了念书人的经历，有了自己的一生。

及至老年，我相信，过去的事迹，由此而产生的回忆，自责或自负，欢乐与悲哀，是最真实的，最可靠的，最不自欺也不会欺人的。

仍然是陌巷里发出的弦歌。

孙　犁

一九八六年六月二十五日下午作

《我的金石美术图画书》附记

　　一九四八年秋季，我到深县，任宣传部副部长，算是下乡。时父亲已去世，老区土改尚未结束，一家老小的生活前途，萦系我心。在深县结识了一位中学老师，叫康迈千。他住在一座小楼上。有一天我去看他，登完楼梯，在迎面挂着的大镜子里，看到我的头部，不断颤动。这是我第一次发见自己的病症，当时并未在意，以为是上楼梯走得太急了，遂即忘去。

　　本文开头，说我进城初期，已近于身心交瘁状态，殆非夸大之辞。

　　一九五六年，大病之后，结发之妻，虽常常独自饮泣，但她终不知我何以得病。还是老母知子，她曾对妻子说："你别看他不说不道，这些年，什么事情，不打他心里过？"

　　那些年，我买了那么多破旧书，终日孜孜，又缝又补。有一天，我问妻子："你看我买的这些书好吗？"

　　她停了一下才说：

　　"喜欢什么，什么就好。"

　　她不识字，即使识字，也不会喜欢这些破旧东西的。

　　有时，她还陪我到旧书店买书。有一次，买回一本宣纸印刷的《陈老莲水浒叶子》，我翻着对她说：

"这就是我们老家,玩的纸牌上的老千、老万。不过,画法有些不一样。"

她笑着,站在我身边,看了一会儿。这是她第一次,也是仅有的一次,同我一起,欣赏书籍。平时,她知道我的毛病,从来也不动我的书。

我买旧书,多系照书店寄给我的目录邮购,所谓布袋里买猫,难得善本。版本知识又差,遇见好书,也难免失之交臂。人弃我取,为书店清理货底,是我买书的一个特色。

但这些书,在这些年,确给了我难以言传的精神慰藉。母亲、妻子的亲情,也难以代替。因此,我曾想把我的室名,改称娱老书屋。

看过了不少人的传记材料,使我感到,中国人的行为和心理,也只能借助中国的书来解释和解决。至于作家,一般的规律为:青年时期是浪漫主义;老年时期是现实主义。中年时期,是浪漫和现实的矛盾冲突阶段,弄不好就会出事,或者得病。书无论如何,是一种医治心灵的方剂。

一九八七年九月十七日

《曲终集》后记

钱起诗:"曲终人不见,江上数峰青。"本集之命名,其由来在此。友人有谓为不祥者,我也曾想改一下,终以实事求是为好,故未动。

自一九八二年《晚华集》出版,朋友们以"每年一本"相期许,当时亦自知奋发,预定生前再写"十本小书"。最初数年,尚能如期完成。后来身体逐渐病弱,力已不能从心。以本集稿件而论,其最初剪存者,为一九九二年一月,目前截止,则已是一九九五年一月了。粗略计算,十本小书,虽已完成,然用的时间,不是十年,而是十三年。

集内文章,不再评论。读者都是故人,自去理会好了。惟当说明者,书中有十六篇文章,于编辑"珍藏本"时,出版社已提前收入。今天编印此书,照顾过去体例,仍按编年辑存。出版社是一家,自无异议,对于已购"珍藏本"的朋友,则应交代如上。

人生舞台,曲不终,而人已不见;或曲已终,而仍见人。此非人事所能,乃天命也。孔子曰:天厌之。天如不厌,虽千人所指,万人诅咒,其曲终能再奏,其人则仍能舞文弄墨,指点江山。细菌之传染,虮虱之痒痛,固无碍于战士之生存也。

一九九五年一月三十日上午

韩映山《紫苇集》小引

最近，因为学习李贺的诗，也读了杜牧写的序言。我的古文底子很差，反复诵习这篇序，才好像有所领会：古人对于为别人写序，是看得很重的，是非常负责的。杜牧谦让再三，但还是写了。他的序文，对李贺来说，我以为是最确切不过的评价。他用了很长的排偶句子，歌颂了李诗的优长之处，但也指出了他的缺点不足，这篇序文写得极有情致，极有分寸。

我正俯在桌子上读着杜牧的序文，就收到了映山寄来的一包稿子。附着一封信说：他要把自己过去写的短篇，编选成一个集子出版，要我写一篇序。这真是我意想不到也愧不敢当的事。

但因为这是映山的作品，我终于答应试一试。

我和映山，是一九五二年冬季，在保定远千里同志处认识的。那时他是一个农村青年，在保定一中读书。后来，他经常在《天津日报》的《文艺周刊》上投稿。一直到现在，我们之间的文字交往并没有断绝。

这些年，在我交往的人们中间，有的是生死异途，有的是变幻百端的。在林彪和"四人帮"等政治骗子影响下，即使文艺界，也不断出现以文艺为趋附的手段，有势则附而为友，无势则去而为敌的现象。实际上，这已经远劣于市道之交。映山很看不惯这种现象，他热爱农民的质朴，又回到他的家乡——白洋淀附近去了。我是非常赞赏他这种决断的做法的。

映山是很诚实和正直的。一次，我对他说："我有很多缺点，其中主要的是闇于知人，临事寡断。"映山坦直地说："是这样，你有这种缺点。"如果我对别人也说这种话，所得的回答可能相反，但一遇风吹草动，后者的情况，就往往大不相同。

艺术与道德并存。任何时候，正直与诚实都是从事文学工作必须具备的素质。如果谎言能代替艺术，人类就真的不需要艺术了。

映山无疑具备这种素质，应该发扬这种素质。他热爱农村和农民，这是可供文学才力驰骋的广阔天地。映山的作品，有他的特长，这是读过他的作品的人，都会感觉到的。广大的读者，是艺术质量最公平可靠的裁判者，他们不以势利衡文，也不以风向转舵。

凡是为广大群众承认的作家，都是因为他们真实地反映了群众的生活，与群众思想感情之间，建立了牢固、宽广而通畅的桥梁。作家的任务是经常地毫不懈怠地通向群众的心灵深处，长期地无条件地生活在群众中间。

作家不能满足于取得的成绩，不能满足于自己的长处。应该时时刻刻向远大的目标看，艰苦卓绝地沿着伟大的征途前进。不然，他们取得的长处，就会变为短处，而为从四面八方飞来的灰尘所蒙蔽，或为各种可能遇到的风浪所淹没。

映山是很勤奋的。他不断有新的成就，他的视野越来越广大，他的驾驭题材的手段，也越来越加强。近几年来，他除去在农村生活，还在大工厂生活，这对于他的创作前景，都会增加绚丽而有力的色彩。

一九七八年一月二十三日

《方纪散文集》序

　　轻易不得见面的曾秀苍同志，今天早晨带了一包东西，到我这里来，说：

　　"方纪同志委托我，把他的一部散文集的清样送给你，请你给他写篇序。"

　　我当即回答：

　　"请你回去告诉方纪同志，我很愿意做这件工作，并且很快就可以写出来，请他放心。"

　　我这种义不容辞的慷慨态度，对熟悉我的疏懒性格的人来说，简直有些突如其来，一反常态了。

　　我要说明其中原委，共有三点。

　　一、我和方纪同志，是"同时代的人"。他曾经计划写一部长篇小说，题目就是这几个字。每一个时代，都有它特殊的风貌，以区别于历史长河的其他时期。每一个时代的人，也有他们特殊的经历，知识分子的特色，尤其显著。我们所经历的时代，并非自诩，我以为是很不平凡的。我们经历了中国革命进展的重大阶段。我们把青春献给了祖国和人民的解放事业。我们的共同之点还有，我们都是爱好文学艺术，从而走进革命的队伍，这可以说是为革命而文学，也可以说是为文学而革命。

二、我和方纪同志，可以说是老朋友了。一九四五年，我在延安，并不认识他。一九四六年冬天，他从热河到冀中，在河间的一个小村庄，我见到了他。他是从热河赶着一匹小毛驴来的，风尘仆仆，在一家农舍，他的多情的爱人黄人晓同志，正烧水为他洗脚。此后，我们在《冀中导报》，土改运动中，以及进城后在《天津日报》，都生活工作在一起。

三、现在我们都老了，他的健康情况，尤其不好。一九六六年以来，我一直没有见到他，最近在两次集会上，我见到了他，搀扶了他，看到他那样吃力地走路、签名，我都忍不住流下眼泪。

我心里想，方是多么精明强干的人，多么热情奔放的人，他有很大的抱负，他为党和人民，做了很多很重要的工作，现在竟被摧残成了这个状态！当然，我的状态，也不会在他心灵中，引起完全是欣慰的感觉。

我和方在青年时期，即解放战争时期，经常一同骑着自行车，在冀中平原，即我们的故乡，红高粱夹峙的大道上，竞相驰骋。在他的老家，吃过他母亲为我们做的束鹿县特有的豆豉捞面。在驻地农村的黄昏，豆棚瓜架下，他操胡琴，我唱京戏。同到刚刚解放的石家庄开会，夜晚，冒着敌机轰炸的危险，迷恋地去听一位唐姓女演员的地方戏曲。天津解放之前，我同方先到美丽的小镇胜芳，在一家临河小院，一条炕上，抵足而眠，将近一个月。进城时，因为我们的自由主义，离开了大队，几乎遭到国民党散兵的冷枪。

这些情景，都一去不返了，难得一再遇。就是那些因为工作或因为生活而发生的争吵，恐怕也难得再有，值得怀念。即使还有机会争吵，我身旁也没有了兼顾情义的老伴，听不到她的劝诫了。

我和方，性格方面，有很大的差异，我看到了他的优点，也看到了他的一些缺点。他对我也是这样。在我们共事期间，常常有争吵，甚至面红耳赤，口出不逊，拍案而起。但事过以后，还是朋友。我死去的爱人，当时曾对他和我说："你们就像兄弟一样。"她是农民，她的见解是质朴可信的。

方的才气很大，也外露。他的文章，不拘一格，文无定法，有时甚至文无定见。他常常是党之所需，时之所尚，意之所适，情之所钟，就执笔为文，洋洋洒洒。

他的胆量也大，别人不敢说的，他有时冲口而出，别人不敢表现的，他有时抢先写成作品。这样，就有几次站在危险深渊的边缘，幸而没有跌下去。

他的兴趣，方面很广，他好做事，不甘寂寞。大量的行政交际工作，帮助他了解人生现实，在某些方面，也影响了他的艺术进展和锤炼。

文如其人，对方来说，尤其明显。他的散文，视野很广阔，充满真实和热烈的情感。他的文字流畅而美丽，给人以淙淙流水的音响。

时至今日，对于我们这一代老同志，一切客套，我想都不必说了。我珍惜我们之间的友情，也珍惜方的文字。一九六六年以前，我曾把司马光的两句格言：顿足而后起，杖地而后行，告诉了方。他反其意，吟成四句诗，第三句是"为了革命故"，第四句是什么也可以不管。原话我忘记了。他从南方旅行回来，送给我一个竹笔筒，就把他这四句诗，刻在上面，算是对我的激励。这个笔筒，后来被抄走，诗当然成为一条罪状。他寄怀我的其他诗文，也被家人送进了火炉，笔筒不知流落在何家的案头。

党和人民，都在认真总结我们时代的惨痛的经验教训。我们也在总结自己的成败得失。我们的作品，自有当代和后世的读者，做出实事求是的评价。方的文章，是可以传世的。

方很顽强，也很乐观，他一定能战胜疾病，很快恢复健康。

一九七九年二月九日

克明《荷灯记》序

克明同志很谦虚，最近给我来信，要我为他的短篇小说集写篇序。这是不好推托的。

因为也是老朋友了。我现在年老力衰，很愿意为故交们做些引导、打杂、清扫道路的工作，使热心的游览者，得以顺利地畅快地进入他们精心创造的园林之中。

我和克明认识，是在抗日战争结束，我在河间一带工作的时候。真正熟起来，是在土地改革期间，我在饶阳大官亭工作的时候。

大官亭有个规模不小的完全小学。我每天晚上，都要在那间大课室里，召集贫农团开会。散会的时候，常常是满天星斗，有时是鸡叫头遍了。

学校的老师们，和我关系都很好。每逢集日，他们是要改善生活的，校长总是邀请我去参加，并请一位青年女老师端给我一碗非常丰盛的菜肴。我那些年的衣食，老实讲有些近于乞讨，所以每请必到。

吃饱了，就和老师们文化娱乐一番，我那时很好唱京戏。

在这种场合，常常遇到克明。他那时穿着军装，脸上总是充满笑容，很容易使人亲近。那时他已经常常在《冀中导报》的文艺副刊上发表作品了。

进城以后，克明常来看望我。我病了，他从北京给我买了一大瓶中药丸。三年困难期间，他同小秀（就是上面提到的青年女老师）给我送来一包点心，这包点心也不过一斤重，不知为什么，竟触动我心底的情感，写了一首旧诗。这首旧诗，几年后，我把它投入了火炉，内容也完全忘记了。

克明的文章，很多是写儿童生活的，明快流利，主题鲜明乐观，和他那总是笑眯眯的模样相仿。他在政治和生活的道路上，是屡屡跌跤。土改期间，以莫须有的问题受到审查；事情过后，又被错划为"右派"。背着这个黑锅，经过一九六六年以来的运动，其遭遇的艰辛，是可以想象的。他被下放到郊区，自己筑土、伐木，打坯盖房，携家带口，在那里生活了好几年。

克明有股牛劲，在这种情况下，他仍然坚持写作，计划还满不小。他和村中青年合写的小说初稿，我是看到过的。

现在，他也接近老年了，就是那位小秀，她的最小的女儿，也比她在大官亭教书时大多了。时光的流逝，确实是很快的。

受到克明的委托，我就开始考虑怎样来写这篇所谓序。半夜醒来，反复措辞，难得要领。我实在是没有什么新意的。而克明要求我，写一篇"教训的序言"。什么是我们的教训呢，我想到两点：

一、对于现实、对于生活，我们的态度，应该是看得真切一些，行得深入一些。没有看到的，我们不要去写，还没有看真看透的东西，暂时也不要去写，而先去深入生活。我们表现生活，反映现实，要衡之以天理，平之以天良。就是说要合乎客观的实际，而出之以艺术家的真诚。这样，我们写成作品以后，除去艺术加工，就不要去轻易作内容方面的改动了。遇到不正确的批评时，我们就可以有信心，不畏一人之言，甚至可以不畏由一人之言引起的"群言"。现在，有的作品印成出书，还不断随时改易，随势改易，甚至随事随人改易，像修订政策法令一样，这是不足为训的。

二、我们要对文学艺术的基础理论，进行必要的补课。缺多少补多少。在战争环境里成长起来的一些作者，我同克明都在内，得生活的教育多，受书本的教育少。遇到那些文痞们的棍棒主义文艺学说，不一定是慑于他们的权势，倒常常是为他们那些似是而非的、"左"得出奇的理论所迷惑，失去了自己的主张，有时会迁就那些明明是错误的论点，损害了自己的良知良能。甚至有时产生悲观绝望的心情，厌世轻生。这都是因为我们平素没有充足的武器以自卫的缘故。

克明的阅历，比我广泛得多，积累的经验，也自然比我多，而且深刻。回顾过去，当然是为了前进。我想，克明目前虽然也显得有些衰老，又多病，但是他的一贯乐观主义的精神，丰富的生活体验，会支持与鼓励他进行新的创作，新的长征。

青春燃起的革命火焰，是不会熄灭的。对于生活，仍然是要充满信心的。长江大河，依然滔滔向东。现在正是春天，依然是桃红陌上，燕筑堂东，孕育着新生。

我十分高兴，把克明盛年开放的这一束花朵，介绍给亲爱的读者，请你们批评。

一九七九年四月十一日晨

万国儒《欢乐的离别》小引

万国儒同志原是工人，他的创作生活，开始于五十年代后期。短短数年间，他出版了三个短篇小说集，可见他的生产力是很高的。一九六六年以后，他也被迫搁笔，一直十几年。不然，正当青春旺盛之年，他在创作上的收获，原是不可估量的。

茅盾同志，对万国儒的创作，精辟地评价为：

"给了我们很多风趣盎然，而又意义很深的仅二三千字或者竟有千余字的短篇，这在短篇小说不能短的今天时尚中，不能不引人注意。"

这可以说是不刊之论，我有同感。万国儒的小说，较之其他一些工人作者的作品，是多情趣的，涉及的生活，也比较广泛。他的思路比较广，也比较活泼。本来我可以不再说什么了。

但放眼未来，为了发扬前辈赞许我们的那些长处，克服我们已经觉察到的那些短处，在总结经验的意义上，我又想到：

一、要扩大生活的视野。

本来，生活就像太空的星云一样，它是浑然一体，千变万化，互相涉及，互为因果的。但在过去，也有一些似是而非的理论，好像工人作家就应该只写工人。当然，作家原是工人，他对工人比较熟悉，可能反映工人生活多一些。假如定为一条理论，那就非常荒谬了。凡是一种人为的框子，总是像古语说的"城里高一尺，城外高一丈"，越来越加码的。工人作家既是只能写工人，势必就只写一家工厂，或一个车间。连写到家属宿舍，都要考虑考虑，就更不必说去写广大的社会了。

清规戒律一旦在头脑中生根，就会产生种种奇怪的现象。比如说：工人作家，属于工人阶级，工人阶级，是我们国家的领导阶级，他的一言一行，影响至巨。工人作家头脑中一旦有了这些概念，他既要选择正面，又要选择先进，在对这些高大者进行艺术处理时，又必定叫他们"非礼勿言，非礼勿视"。人物一举手一投足都要照顾影响，其作品之干燥无味，就定而不可移了。

如果我们的创作，划界分片，只能是工写工，农写农，兵写兵，其他领域情况之糟糕，定与上述相同。

因为这样主张，无形是限制了作家们的视野，限制了他们的生活之路和创作之路。使一些初学者，略有成就，就满足现状，或者长期打不开圈子，打不开境界，致使作品停滞不前。

二、扩大借鉴的范围。

我们都知道仰慕那些老一辈的革命作家。研究他们的创作道路的同时，须知他们都是学贯中西的饱学之士。他们一生，特别是在青少年时代，读了汗牛充栋的书。他们不只读中国书，还都注意到读外国书，他们都精通一种或几种外文，可以直接阅读。我幼年读过郁达夫的一篇自述，他在日本读的外国小说，那数量是使人吃惊的。我们读的书很少，这是我们创作上不去的一个重要原因。"四人帮"的禁锢一切，是造成这种现状的主因。

林彪虽然不学，但有时还假惺惺地提提托尔斯泰，到了江青，就什么也不许借鉴了。

我们的文学，也要现代化。这个现代化，正是我国向四个现代化进军，在意识形态方面的必然反映。不是叫我们去学习什么外国的现代主义。但是，我们要知道外国文学的现状，作为借鉴，要从人家那里吸取有益的营养。

我们要摆脱愚昧或半愚昧的状态。

万国儒同志，富于春秋，他今后的成就，还是不可限量的。以上云云，是我写出来，同他，同所有文艺伙伴们共勉的。

一九七九年五月二十九日上午

《刘绍棠小说选》序

今天中午，收到绍棠同志从北京来信：

"现将出版社给我的公函随信附上，请您在百忙中为我写一篇序，然后将序和公函寄给我。

"由于发稿时间紧迫，不得不请您赶作，很是不安。"

于是，我匆匆吃过午饭，就俯在桌子上来了。

绍棠同志和我的文字之交，见于他在黑龙江一次会议上热情洋溢的发言，还见于他的自传，我这里就从略了。

去年冬初，在北京虎坊桥一家旅社，夜晚，他同从维熙同志来看我。我不能见到他们，已经有二十多年了。见到他们，我很激动，同他们说了很多话。其中对绍棠说了：一、不要再骄傲；二、不要赶浪头；三、要保持自己的风格——等等率直的话。

他们走后，我是很难入睡的。我反复地想念：这二十年，对他们来说，可以说是天寒地冻，风雨飘摇的二十年。是无情的风雨，袭击着多情善感的青年作家。承受风雨的结果，在他们身上和在我身上，或许有所不同吧？现在，他们站在我的面前，挺拔而俊秀，沉着而深思，似乎并不带有风雨袭击的痕迹。风雨对于他们，只能成为磨砺、锤炼、助长和完成，促使他们成为一代有用之才。

对于我来说，因为我已近衰残，风雨之后，其形态，是不能和他们青年人相比的。

这一个夜晚，我是非常高兴的，很多年没有如此高兴过了。

前些日子，我写信给绍棠同志，说：

"我并不希望你们（指从维熙和其他同志），老是在这个地方刊物（指《天津日报》文艺周刊）上发表作品。它只是一个苗圃。当它见到你们成为参天成材的大树，在全国各地矗立出现时，它应该是高兴的。我的心情，也是如此。"

文坛正如舞台，老一辈到时必然要退下去，新的一代要及时上演，要各扮角色，载歌载舞。

看来，绍棠同志没有忘记我，也还没有厌弃我的因循守旧。当他的自选集出版的时候，我还有什么话，要同他商讨呢？

我想到：中国的现实主义文学传统，是来之不易的。是应该一代代传下去，并加以发扬的。"五四"前后，中国的现实主义，由鲁迅先生和其他文学先驱奠定了基础。这基础是很巩固、很深厚的。现实主义的旗帜，是与中国革命的旗帜同时并举的，它有无比宏大的感召力量。中国的现实主义，伴随中国革命而胜利前进，历经了几次国内革命战争和八年抗日战争。这一旗帜，因为无数先烈的肝脑涂地，它的色彩和战斗力量，越来越加强了。

中国的现实主义，首先是与中国革命相结合的。同时，它也结合了中国文学的历史，和世界文学的历史。毫无疑义，十八、十九世纪的西欧文学和俄国文学，东北欧弱小民族的文学，十月革命的苏联文学，日本和美国的文学，对我国的现实主义，也起了丰富和借鉴的作用。介绍这些文学作品的翻译家，我们应当给予高度评价。

我们的现实主义，是同形形色色的文学上的反动潮流、颓废现象不断斗争，才得以壮大和巩固的。它战胜民族主义文学，第三种人文学，以及影响很大的鸳鸯蝴蝶派。历次战斗，都不是轻而易举，也绝不是侥幸成功的。现实主义将是永生的。就是像林彪、"四人帮"这些手执屠刀的魔鬼，也不能把它毁灭。

但是，需要我们来维护。我们珍视现实主义文学的战斗传统，绍棠同志的作品，具备这一传统。

一九七九年十二月十九日下午二时

《从维熙小说选》序

如果我的记忆力还可靠，就是一九六四年的秋天，我收到一封没有发信地址的长信，是从维熙同志写给我的。

信的开头说，在一九五七年，当我患了重病，在北京住院时，他和刘绍棠、房树民，买了一束鲜花，要到医院去看望我，结果没得进去。

不久，他便被错划为"右派"，在劳改农场、矿山做过各种苦工，终日与流氓、小偷，甚至杀人犯在一起。

信的最后说，只有组织才能改变他的处境，写信只是愿意叫我知道一下，也不必回信了。

那时我正在家里养病，看过信后，我心里很乱。夜晚，我对也已经患了重病的老伴说：

"你还记得从维熙这个名字吗？"

"记得，不是一个青年作家吗？"老伴回答。

我把信念了一遍，说：

"他人很老实，我看还有点腼腆。现在竟落到了这步田地！"

"你们这一行，怎么这样不成全人？"老伴叹息地说，"和你年纪相当的，东一个西一个倒了，从维熙不是一个小孩子吗？"

老伴是一个文盲，她之所以能"青年作家"云云，不过是因为与我朝夕相处，耳闻目染的结果。

二年之后，她就更为迷惑：她的童年结发、饱经忧患、手无缚鸡之力、终年闭门思过、与世从来无争的丈夫，也终于逃不过文人的浩劫。

作家的生活，受到残酷的干预。我也没法向老伴解释。如果我对她说，这是特殊历史条件下的特殊国情，她能够理解吗？

她不能理解。不久，她带着一连串问号，安息了。

我也不知道，为什么我没有安息，这一点颇使远近了解我性格的人们，出乎意外。既然没有安息，就又要有人事来往，就又要有喜怒哀乐，就不得不回忆过去，展望前景。前几年，又接到了维熙的信，说他已经从那个环境里调出来，现在山西临汾搞创作。我复信说：

"过去十余年，有失也有得。如果能单纯从文学事业来说，所得是很大的。"

同信，我劝他不要搞电影，集中精力写小说。

不久，他在《人民文学》上发表了短篇小说《洁白的睡莲花》，来信叫我看，并说他想从中尝试一下浪漫主义。

我看过小说，给他写信，说小说写得很好，还是现实主义的。

并劝他先不要追求什么浪漫主义，只有把现实主义的基础打好了，才能产生真正的浪漫主义。

再以后，就是我和他关于《大墙下的红玉兰》的通信。

写到这里，本来可以结束了，但因为前些日子，为刘绍棠同志写序文时，过于紧迫，意犹未尽，颇觉遗憾。现在就把那未了的文字，移在这里，转赠维熙，并补绍棠。

在为绍棠写的序文中，我喊叫：要维护现实主义传统。究竟什么是现实主义传统呢？一个现实主义作家，需要何种努力？一部现实主义的作品，要具备什么样的条件呢？我曾写了一个简单的提纲，在绍棠的来信之上：

我以为，现实主义的任务，首先是反映现实生活。在深刻卓异的反映中，创造出典型。不可能凭作家主观愿望，妄想去解决当前生活中的什么具体问题，使他的人物成为时代生活的主宰。现实主义的作品，对于生活，对于人物，不能是浮光掠影的。作家在创作这样一部作品时，其动机也绝不是为了新鲜应时，投其所好，以希取宠的。

现实主义的作家，要有多方面的修养准备，其中包括在艺术方面的各种探求。经过长时期的认真不懈的努力，才能换来发掘和表现现实生活的能力。因此，凡是现实主义的作家或作品，都不会是循迹准声之作，都是有独创性的。

另外，现实主义的作家或作品，都具备一种艺术效果上的高尚情操，表现了作为人的可宝贵的良知良能，表现了对现实生活和历史事实的严肃态度。

写到这里，真的完了。但还有一点尾声。直至今日，我和维熙，见面也不过两三次。最初，他给《天津日报》文艺周刊投稿，有一次到报社来了，我和他们在报社的会议室见了一面。我编刊物，从来不喜欢把作者叫到自己家里来。我以为我们这一行，只应该有文字之交。现在，我已届风烛残年，却对维熙他们这一代正在意气风发的作家，怀有一种热烈的感情和希望。希望他们不断写出好作品。有一次，我写信对他说：

"我成就很小，悔之不及。我是低栏，我高兴地告诉你：我清楚地看到，你从我这里跳过去了。"

我有时还想到一些往事。我想，一九五七年春天，他们几位，怎么没有能进到我的病房呢？如果我能见到他们那一束花，我不是会很高兴吗？一生寂寞，我从来也没有得到过别人送给我的一束花。

现在可以得到了。这就是经过他们的努力，不断出现在我面前的，视野广阔，富有活力，独具风格，如花似锦的作品。

一九八〇年一月二十七日上午，

收见维熙来信，下午二时写成

吴泰昌《艺文轶话》序

　　我和泰昌同志，认识的时间，不算太长；接触的也不是太多。在一些文字工作的交往中，我发现他是一位很干练的编辑，很合格的编辑。他在工作上，非常谦虚。当今之世，不合格的编辑并不少，有的人甚至不辨之无，而这些人，架子却很大，很不谦虚。

　　今年春天，泰昌同志对我进行了一次采访，就是登在本年六、七月份《文艺报》上的那次谈话。我是很不善谈的，特别不习惯于录音。泰昌同志带来一台录音机，放在我们对面坐的方桌上。我对他说：

　　"不要录音。你记录吧，要不然，你们两位记。"

　　当时在座的还有百花文艺出版社的一位同志。

　　泰昌同志不说话微笑着，把录音机往后拉了拉。等我一开讲，他就慢慢往前推一推。这样反复几次，我也就习惯了，他也终于完成了任务。当然，他能够完成任务，还因为在同我接触中，他表现出来的真诚和虚心的工作态度。

　　编辑必须有学问，有阅历，有见解，有独到之处。观我国文化史，有许多例子证明，编辑工作和学术之间，有一条互通之路。有许多作家学者，在撰述之暇，从事书刊编纂；也有因编辑工作之年积月累，终于成为学者或作家。凡是严肃从事一种工作的人，他的收获总不会是单一的，而是多种的。

泰昌同志在繁重的编辑工作之外，还不断写些文章，其中有不少部分是带有学术性和研究性的文章。我是很喜欢读这类文章的。我觉得，我们很多年，太缺乏治学的空气了。

治学之道，当然不外学识与方法。然学与识实系两种功夫。不博学当然无识力，而无识力，则常常能废博学之功。识力与博学，是互相促进，相辅相成的。认真求实的精神，是提高识力的重要因素。

现在，国内的学术空气，渐渐浓厚。但是脱离实际，空大之风，似尚未完全刹住。有些大块文章，人们看到，它摆开的架子那么大，里面有那么多经典，有那么多议论，便称之为学院派。贬抑之中，有尊畏之意。其实学院派的文章，总得有些新的研究成果，如果并没有什么新的成果，而只是引经据典，人云亦云，读者就不如去自翻经典。或作者虽系一人，而论点时常随形势变化，那么，缺乏自信的文章，于他人能有何益呢？所以说，这种文章，是连学院派也够不上的。

这就涉及到治学方法的问题。现在，各个学术领域，都标榜用的是唯物辩证的方法。但如果牵强附会，或只是一种皮毛，甚至皮毛之内，反其道而行之，其收效就可想而知了。

学术不能用政治或立场观点来代替。学术研究的是客观存在。学术是朴素的，过去叫作朴学。

用新的方法，不得其要领，只是赶时髦，求得通过，对于学术，实际是没有什么好处的。因为学术，是要积蓄材料，记述史实，一砖一瓦，成为著作。是靠作者的真才实学，真知灼见，并不单纯是方法问题。

过去我国的学术，用的都是旧方法，而其成果赫然自在。正像刀耕火种，我们的祖先也能生产食粮一样。

泰昌同志的文章，短小精悍，文字流畅，考订详明，耐人寻味。

读者用很少时间，能得到很大收益。写文章，不尚高远，选择一些小题目。这种办法很可取。小题目认真去做，做到能以自信，并能取信于人，取信于后世，取信于科学，题目再小，也是有价值的。

当他的《艺文轶话》就要付印的时候，泰昌愿意我在书前写几句话。我把平日的一点感想写出，与泰昌同志共勉。

一九八〇年九月二十四日

《柳溪短篇小说选集》序

一九四六年春天，我到了河间。《冀中导报》给我登了像一张麻将牌那么大的一条"消息"，这则消息，使我几乎得福，旋而得祸。

区党委听说来了一个作家（那时还很少这样称呼），就想叫我去担任"重要职务"。这在别人看来，显达的通途，已经展现在我的面前。可是一问熟悉我的人，都说："他干不了。"因此就没有做官，一直潦倒至于今日。至于那祸，因为这则有人认为是"骇人听闻"的消息，它的副作用也相当大，第二年土地改革，就给我引来了本可避免或从轻的批判。虚名能招实祸，这是我第一次的体验。

没有担任"重要职务"，区党委还是很关心我，叫我主编了《平原杂志》，确实是"主编"，因为并没有一个同事。编辑部就设在冀中导报社的梢门洞里，靠西墙放一扇门板，是我的床铺兼座位，床前放了一张小破桌。

不久，传说新从北京来了一位女学生，很洋气。又不久，传说区党委觉得我一个人办刊物太烦劳，要把这位女学生分配到这里来。这并非讹传，一天上午，女学生姗姗而来，坐在了我的门板上，这就是柳溪同志。

我和她作了简短的谈话。送走她以后，我想：从在山里时，我就是一个人编刊物，已经成了习惯。添一个人，反倒多一个人的麻烦。又是个女的，诸多不方便。我随即这样回复了上级。

我那些年，并不像现在深居简出，蛰伏一处。时常出去云游，芒鞋破钵，云踪无定，一出去就是十天半月。回来编刊物、写稿子的时间，也不过是半月。

有一年的初冬，我正在饶阳、博野之间的田野里云游，忽见一个农村少妇，两手把一个肥胖的婴儿托在胸前，在荒野小道上，大踏步迎面而来，走在跟前，我才认出是柳溪。她已经结婚生子，并且完全农民化了。

我同她站在大道上，寒暄几句，又各奔东西。

那一天的明丽的阳光，带有霜雪的田野，沉睡的婴儿和风吹日晒的母亲，给我留下很深的印象。

我不记得柳溪在老区的写作情况，进城以后，她很快就成为有名的作家了。

在老区，也没有"女作家"这个称号，就是荷枪的女战士，也并不享受什么特殊的荣誉和待遇。

在大都会，则是另一回事。女作家一旦成名，便有很多身外之物包围她。柳溪好像并没有这种经历，未享捧场之乐，已遭坠渊之苦，她的命运可以说是很坎坷了。

去年我才知道她是纪昀的后代。君子之泽，五世而斩，柳溪幼时，恐怕她的家庭，已经没落了。然而，正像荣华是没落之基一样，没落是奋起之基，柳溪幼年的学习，以及后来的写作，都是很刻苦的。我相信遗传学，她的文字，她的为人，据我看来，都有她远祖的遗风。她为人开朗，好言笑。文思敏捷，其才足以副之；刻画深到，其学足以成之。时有嘲讽，发人深省；亦富娓娓，听者不倦。她的作品，在她给《天津日报》文艺周刊投稿时，我已经拜读不少，常常为她那种女同志不易有的豪放，击节叫好。

柳溪同志经历了漫长的艰难之途，积累了丰富的人生经验。现在重登文坛，才力不衰，新作甚富，她的文学事业的前途，是不可限量的。我在衰老之年，忆些青春旧事，作为她的小说集的发端吧！

一九八〇十一月五日下午三时

《曼晴诗选》序

　　在五十年代之初，即我们经历了抗日战争和解放战争，取得胜利，进入城市之时，我曾写了一篇很短的文章，介绍曼晴同志的诗。我说他的诗热情、朴素、自然。这篇文章以后一直存在于我那本《文学短论》之中，没有听到过不同的意见，我也没有作过修改。就是说，对于他的诗，我今天的看法，仍然如此。

　　但是，我们现在都老了，我不见曼晴，已有二十年。新近收到在《河北日报》工作的赵成章同志的信，他说："已经替你问候过曼晴同志了，他满头白发，忙着编《滹沱河畔》，叫人有望而生怜之感！"

　　这完全在我意料之中。曼晴就是这么一种干劲，一种精神。在三十年代之初，他已经是中国新诗歌运动的积极分子。抗日期间，他是晋察冀边区著名的《诗建设》的主要撰稿人和编者。他对于诗，简直可以说生死与共的，诗就是他的第二生命。我可以放肆地说，只要一息尚存，他就不能不写诗，不关心诗！前些日子，我见到他寄来的两本诗专号（《邢台文艺》和《滹沱河畔》），我翻着想着：不是曼晴，不会编出这样的刊物。

　　当然，他所主持的《滹沱河畔》，并不是什么显赫的文学期刊，只是一个地区的文艺刊物，而且从今年起才得公开发行。他担任的职务，也只是一个地区的文联负责人。他的名字，也很少在高级的诗歌刊物上见到。他写得并不少，《天津日报》的《文艺周刊》，倒经常发表他的诗，这个周刊也只是一个地方刊物。

因此，有很多读者，对于这样一位老诗人，一位曾经在中国新诗歌运动中，出过大汗大力的人，一位孜孜不倦、壮心不已的文艺战士，恐怕有些陌生了吧。我们的诗坛，有时也是喜欢看花红热闹的，有时也是看广告招牌的。但是，我敢断言，我们经历的时代，不会忘记他，中国新诗歌的历史，不会忘记他的。

几年来，我常常想：曼晴为什么还不出一本诗选？难道他写的比别人少吗？写的不如别人好吗？有人告诉我说，诗的行市不太好。文学艺术一旦和生财之道联系起来，我真的也觉得没有办法好想了。而曼晴也真的写不出那种"突破"式的或"探索"式的，能使评论家刮目相待的冒尖作品。

今天收到了曼晴的信，说他的诗选可以出版了。这就好了，我为他高兴。他又要我写一篇序，我觉得这是义不容辞的事，没等他把稿子寄来，就下笔了。

曼晴和我，可以说是老战友了吧。我是一直这样想，并且这样看待他，怀念他的。前些日子，为了给他助兴，我寄给他一首不像样的诗，他马上回信，大加赞赏。我想，他是真诚的。因为，在晋察冀边区，当他读过我的第一首诗的时候，就是这样热情、真诚地鼓励我的。虽然我们处在万事多变的年代，他的这种诗人的天真之心，是不会改变的。

一九八一年一月十九日晚

读作品记（四）

——《宗璞小说散文选》代序

春节之前，大光陪同宗璞同志来访，我因为事先没有拜读过她的作品，言不及义，惭愧不安者久之。后收到《小说选刊》八一年二月号，上载宗璞小说《鲁鲁》一篇，遂放置案头。昨日上午大光又携宗璞嘱交我看的诗作来，午饭后读过诗作，并将《鲁鲁》读毕。

这篇小说，给我留下三方面的印象，都很深刻：一、作者的深厚的文学素养；二、严紧沉潜的创作风度；三、优美的无懈可击的文学语言。

仔细想来，在文学创作上，对于每个作家来说，这三者都是统一不可分割的，是一个艺术整体。

作为文学作品的第一要素的语言，美与不美，绝不是一个技巧问题，也不是积累词汇的问题。语言，在文学创作上，明显地与作家的品格气质有关，与作家的思想、情操有关。而作家对文学事业采取的态度，严肃与否，直接影响作品语言的质量。语言是发自作家内心的东西，有真情才能有真话。虚妄狂诞之言，出自辩者之口，不一定能感人；而发自肺腑之言，讷讷言之，常常能使听者动容落泪。这是衡量语言的天平标准。

历史证明，凡是在文学语言上，有重大建树的作家，都是沉潜在艺术创造事业之中，经年累月，全神贯注，才得有成。这些作家，在别的方面，好像已经无所作为，因此在文学语言上，才能大有作为。如果名利熏心，终日营营，每日每时，所说和所听到的，都是言不由衷，尔虞我诈之词，叫这些人写出真诚而善美的文学语言，那简直是不可能的事。

宗璞的文字，明朗而有含蓄，流畅而有余韵，于细腻之中，注意调节。每一句的组织，无文法的疏略，每段的组织，无浪费或蔓枝。可以说字字锤炼，句句经营。那天谈话，我对她谈了文学语言的旁敲侧击和弦外之音的问题。当我读过她这篇作品之后，我发现宗璞在这方面，早已做过努力，并有显著的成绩。这样美的文字，对我来说，真是恨相见之晚了。

当然，这也和她的文学修养有关。宗璞从事外语工作多年，阅读外国作品很多，家学又有渊源，中国古典文学的修养也很好。"五四"以来，外国文学语言，一直影响我们的文学作品。但文学的外来影响，究竟不同衣食用品，文学是以民族的现实生活为主体的，生活内容对文学形式起着决定性的作用。以昆虫为比，蝉之鸣于夏树，吸风饮露，其声无比清越，是经过几次蜕变的。这种蜕变，起决定作用的，绝不是它蜕下的皮，而是它内在的生命。用外来的形式，套民族生活的内容，会是一种非常可笑的做法，不会成功的。

宗璞的语言，出自作品的内容，出自生活。她吸取了外国语言的一些长处，绝不显得生硬，而且很自然。她的语言，也不是标新立异，是在前人的基础之上，有所创造，有所进展。我们不妨把"五四"时代女作家的作品，逐篇阅读，我们会发现，宗璞的语言，较之黄（庐隐）、凌（叔华）、冯（沅君）、谢（冰心），已经有了很大的不同，也就是有了很大的发展。因此，她的语言，虽是新颖的，并不给人一种突兀的感觉，使人不习惯，不能接受。和那些生搬硬套外来语言、形式，或剪取他人的衣服，缝补成自己的装束，自鸣得意，虚张声势，以为就是创作的人，大不相同。

《鲁鲁》写的是一只小犬的故事。古今中外，以动物作为主人公的文学作品，并不少见。但一半是寓言，一半是纪事。柳宗元写动物的文章，全是寓言，寓意深远。蒲松龄常常写到动物，观察深刻，能够于形态之外，写出动物的感情。纪昀在《阅微草堂笔记》中，有一节写到犬，我读后，以为那是过激之作，是阅历者的话，非仁者之言，不应出自大儒宗师之口。

宗璞所写，不是寓言，也不是童话，而是小说。她写的是有关童年生活的一段回忆。在这段回忆里，虽然着重写的是这只小犬，但也反映了在那一段时间，在那一处地方，一个家庭经历的生活。小犬写得很深刻、很动人，文字有起伏，有变化。这当然是作者的亲身经历，并非听来的故事。小说寄托了作家的真诚细微的感情，对家庭的各个成员，都作了成功的生动描写。

把动物虚拟、人格化并不困难，作家的真情与动物的真情，交织在一起，则是宗璞作品的独特所在。

遭到两次丧家的小狗，于身心交瘁之余，居然常常单身去观瀑亭观瀑，使小说留有强大的余波，更是感人。

这只小动物，是非常可爱的。作家已届中年，经历了人世沧桑、世态炎凉之后，于摩肩擦踵的茫茫人海之中，寄深情于童年时期的这个小伙伴，使我读后，不禁唏嘘。

我以为，宗璞写动物，是用鲁迅笔意。纯用白描，一字不苟，情景交融，着意在感情的刻画抒发。动物与人物，几乎宾主不分，表面是动物的悲鸣，内含是人性的呼喊。

一九八一年二月十一日

金梅《文海求珠集》序

目前有一种流行的说法：有些文艺评论所以写不好，是因为作者没有创作实践云云。这是一种片面的理解。刘勰并不是一位作家，也没有创作实践，但是他写出了一部《文心雕龙》。古往今来无数著名作家，却谁也未能写出一部这样的书，与之抗衡。钟嵘的《诗品》也是如此。

当然，我也常劝初学写作的同志：如果愿意读一些文艺理论，最好是读那些大作家的文章。这只是说，作为文艺理论，有实践经验的作家，他们的文章，比较起一般理论家的文章，更容易符合艺术的实际和规律。这是就一般而言。有些理论家的研究成果，其全面性、规律性、科学性，远非把精力专注于创作的作家可比。作家的理论，常常是零碎的、一时的，而又常常带着个人的偏颇爱好。

作家的艺术观，是一个整体。它主要不是表现在理论方面，而是体现在他的作品之中。凡是大作家，都是无所保留地把他的艺术见解，或明或暗地表现在作品里面。曹雪芹、施耐庵、吴承恩、吴敬梓，无不如此。在每个人的小说中，几乎是和盘托出了他们的文艺理论。

评论家的职责在于：从作品中，无所孑遗地钩索这些艺术见解，然后归纳为理论，归结为规律。这要研究很多作家，探讨很多作品。

在每一个时期，发现其共同的东西，在历史长河的激荡中，记录其不同的拍节。要广读深思，要与作家的文心相通相印。

在研究作家和作品时，理论家要虚怀若谷，不存成见。要视作家如友朋，同气相求，体会其甘苦，同情其遭际，知人论世。既要看到历史背景，也要看到作家的特异的性质，特殊的创造。

"广读深思"，这四个字最重要，是刘勰成功的奥秘所在。

如果允许我谈一些过去和现在，我们的文艺理论的不足之处，我以为最主要的是：评论家的治学态度，有些浮浅，而神态高傲，对作家取居高临下之势；条文记得不少，而摸不到艺术规律；文章所引证，常常是那么几个人云亦云现成的例子，证明读书，并不是那么用功；一个劲地追赶"形势"，获得"正确"，疲于奔命，前前后后的文章，都能使人感到那种气喘吁吁的紧迫样儿。而前后矛盾，一生不能自圆其说者，也并不乏人。

这是失败了的文艺理论。对文艺理论有所误解，做起来就必有偏差。一切理论都有具体对象。系统地全面地研究了它的对象，才能正确无误地去指导它的对象。文艺理论的对象，是文学家和文学作品。要阅读大量的作品，研究大量的作家。要研究成功之作，也要研究失败之作；要研究成熟的作品，也要研究初学的作品。要研究作家依存的时代、环境，要研究作家的工作、生活，研究他们的心理、病理。掌握大量材料，然后面壁加以深思，谨慎地提出论点。要取精用宏，要才识兼备。要代作家作品立言，而不单单是代圣人立言。所为文章，所发言词，谦虚信实，若有不足，若有不胜，使人读起来，有咀嚼回味的余地。要增加学术内容，要减少文章中的烟硝火气，因为那种炮击似的文章，在某一时期，对手无寸铁的作家、作品，虽然具备很强的杀伤力，但过了那一特殊时刻，它本身也会烟消火灭，一点存在的价值也没有了。

我们应该清醒地看到：所谓"大批判"这种文章体制，其流毒的深远，是非常令人担心的。正像被"四人帮"败坏了的社会风尚、伦理道德一样。这种文体，是文艺评论的一种可悲的退化，是用封建、法西斯的政治手段代替了的文艺批评。这种文体实事求是地讲，并不是姚文元一个人的创造，就其逐步形成来说，可以推得更远一些。当然，这可以说是一种极"左"的文体，但左右难分，方位易变，究其实际，是中世纪黑暗文化统制的再现，是意识形态领域里的非常可怕的倒行逆施。

这样的文体，其特色是：写起来极为方便，骂起来极为痛快，最能蛊惑人心，易收愚民政策之效。在四十年代后期，它已经在我们的文艺评论中，显示端倪。姚文元、戚本禹之流，不过集其大成，发挥到极致罢了。这种文体，因为并不是一种文思、文才的启发与导引，而是一种八股式的程式、工架，所以学起来也是很方便、很现成的。弄到后来，可以无需学问，无需思考，就可以写成洋洋万言的、声势吓人的大文章。因此，有那么一个时期，大批判文章，充斥在报刊、杂志、街头、讲坛之上。

这种文体，学习感染容易，戒除改正则甚困难。如果你在过去，曾经写过几年这样的文章，我敢断言，它就会像恶魔缠身一样，使你长期无法摆脱。虽然你有心像戒除鸦片烟一样，想改弦更张，但一遇到机会，这种文风，就又会在新题目之下暴露出来，就像故事里说的那种厨师一样，偷肉偷惯了，就会不分场合，不分里外，见肉就往怀里揣的。

在文艺评论中，清除这种对民族国家非常不祥的文风，无疑是一件极其迫切、极其艰巨的任务。文艺评论是要促进文学艺术的繁荣发展。对花木可以进行修剪，但不能一味地诉诸砍伐。古人有言：友直、友谅、友多闻。文学艺术家，希望于文艺评论家的，大概也是这种意思吧！

金梅同志从他多年来写的近百篇文艺评论中，选择三十多篇，准备结集出版，愿意我写几句话。金梅帮我做过不少事，我应该为他写一点。但我身体不好，视力也差，不能看很多文章，只能说些题外的话，也没有什么新意。这是要请他原谅的。

一九八一年六月十日灯下

王昌定《绿叶集》序

太平天国自我毁灭，曾国藩侥幸成功，又廁身文艺，一时被阿谀权势者推为领袖，号称桐城派的复兴。他提出文章有三大领域，即义理、词章和考据。义理一类，实即指的散文。

其实，仔细读读曾氏的文章，只会感到矫揉造作，既无真情，亦无实感。在起承转合上，学习桐城派的气的运用，也不过是虚张声势。

因为所谓义理，在他那里，虽然说得冠冕堂皇，都是虚伪的，空洞的。刻之碑碣，自无不可；悬之庙堂，也是合乎体统的。如果想使读者信服感动，就很困难了。

义理依附于现实，依附于时代和社会。文章必作真实的反映，然后才有义理产生，义理才能深入人心。作者无真情，所反映者即非真相，虽然虚情假意地在那里大哭、大笑、大喊叫，只能使路人有滑稽之感，和莫名其妙的心情。

古往今来，这样的文章是很多的，并非曾国藩一个人。

桐城派古文，到了同、光时期，它原有的一点生命力，也渐渐消失了。这和当时的政治、经济很有关联。"五四"新文学运动，有人振臂一呼，这一派文章，应声土崩瓦解，是有时代的因素的。

广大读者厌弃了这种空谈义理的文章，乃去探求真情实感的文章。

这一时期，人们推崇像《浮生六记》那样的作品，有很多人去模拟学习。其实写个人私情，不过是散文的一体；散文和别的文字一样，所重仍在社会意义。同时因为翻译大兴，从国外又介绍进来很多新品种，英国的、俄国的、日本的、印度的散文，都对中国散文创作，起过很大影响。其中，有的在中国现实土壤生根，也有的只是昙花一现。

总的趋势是，避免空谈和说教，解放思想和感情，面对现实人生，抒发作者的真情实感。"五四"以来，确实出现了不少优秀的散文作品。

所谓生活的义和理，在这些散文中，都有所反映，并有所形成。

王昌定同志要出一本散文集，征序于我。年老多病，眼界不宽，只能谈些感想如上。

昌定曾以一篇谈诗歌创作的杂文，招致大祸。短短一篇与政治毫无关系的文章，当时竟引出那样的声势和局面，千百年后，是一定不能理解的。"四人帮"倒台以后，昌定在刊物上发表了一篇揭露性的文章，我当时看后，曾对他说揭露得含糊了一些。昌定笑着答：太露骨了，恐怕再惹乱子。我听了以后，一方面自悔失言，因为自身卑弱，我是从来不在处事为文上，去鼓励别人"勇敢"和"大胆"的。另一方面，我又为昌定能不忘前事，作为后事之师，十分赞赏。

我有时想：在人生漫长坎坷的旅途上，受些苦难，心有余悸，并不是坏事；而有恃无恐，则很危险。历史上一些纨袴子弟，处一帆风顺之时，罢棹傲歌，玩忽天地之覆载，自视为时代的宠儿，目空一切，得意忘形。他们的前途，就常常有可忧虑的地方了。因为，以其膏粱娇嫩之躯，稍遇颠簸，必至倾覆，泥首污身，不能自拔，尚能望其如平日放言，以名节自立耶？

昌定的文才是多方面的，评论、创作，都有自己的风格。习字贵藏锋敛锷，为文亦当如此，这应是我同昌定共勉的吧！

一九八二年三月六日下午

《贾平凹散文集》序

　　我同贾平凹同志，并不认识。我读过他写的几篇散文，因为喜爱，发表了一些意见。现在，百花文艺出版社要出版他的散文集了，贾平凹来了两封信，要我为这本集子写篇序言。我原想把我发表过的文章，作为代序的，看来出版社和他本人，都愿意我再写一篇新的。那就写一篇新的吧。

　　其实，也没有什么新鲜意思了。从文章上看（对于一个作家，主要是从文章上看），这位青年作家，是一位诚笃的人，是一位勤勤恳恳的人。他的产量很高，简直使我惊异。我认为，他是把全部精力，全部身心，都用到文学事业上来了。他已经有了成绩，有了公认的生产成果。但我在他的发言中或者通信中，并没有听到过他自我满足的话，更没有听到过他诽谤他人的话。他没有否定过前人，也没有轻视过同辈。他没有对中国文学的传统，特别是"五四"以来的现实主义传统，发表过似是而非的或不自量力的评论。他没有在放洋十天半月之后，就侈谈英国文学如何、法国文学又如何，或者东洋人怎样说、西洋人又怎样说。在他的身旁，好像也没有一帮人或一伙人，互相吹捧，轮流坐轿。他像是在一块不大的园田里，在炎炎烈日之下，或细雨蒙蒙之中，头戴斗笠，只身一人，弯腰操作，耕耘不已的青年农民。

贾平凹是有根据地，有生活基础的。是有恒产，也有恒心的。他不靠改编中国的文章，也不靠改编外国的文章。他是一边学习、借鉴，一边进行尝试创作的。他的播种，有时仅仅是一种试验，可望丰收，也可遭歉收。可以金黄一片，也可以良莠不齐。但是，他在自己的耕地上，广取博采，仍然是勤勤恳恳、毫无怨言，不失信心地耕作着。在自己开辟的道路上，稳步前进。

我是喜欢这样的文章和这样的作家的。所谓文坛，是建筑在社会之上的，社会有多么复杂，文坛也会有多么复杂。有各色人等，有各种文章。作家被人称做才子并不难，难的是在才子之后，不要附加任何听起来使人不快的名词。

中国的散文作家，我所喜欢的，先秦有庄子、韩非子，汉有司马迁，晋有嵇康，唐有柳宗元，宋有欧阳修。这些作家，文章所以好，我以为不只在文字上，而且在情操上。对于文章，作家的情操，决定其高下。悲愤的也好，抑郁的也好，超脱的也好，闲适的也好。凡是好的散文，都会给人以高尚情操的陶冶。王羲之的《兰亭集序》，表面看来是超脱的，但细读起来，是深沉的，博大的，可以开扩，也可以感奋的。

闲适的散文，也有真假高下之分。"五四"以后，周作人的散文，号称闲适，其实是不尽然的。他这种闲适，已经与魏晋南北朝的闲适不同。很难想象，一个能写闲适文章的人，在实际行动上，又能一心情愿地去和入侵的敌人合作，甚至与敌人的特务们周旋。他的闲适超脱，是虚伪的。因此，在他晚期的散文里，就出现了那些无聊的、烦絮的，甚至猥亵抄袭的东西。他的这些散文，就情操来说，既不能追踪张岱，也不能望背沈复。甚至比袁枚、李渔还要差一些吧。

情操就是对时代献身的感情，是对个人意识的克制，是对国家民族的责任感，是一种净化的向上的力量。它不是天生的心理状态，是人生实践、道德修养的结果。

浅薄轻佻，见利而动，见势而趋的人，是谈不上什么情操的。他们写的散文，无论怎样修饰，如何装点，也终归是没有价值的。

我不敢说阅人多矣，更不敢说阅文多矣。就仅有的一点经验来说，文艺之途正如人生之途，过早的金榜、骏马、高官、高楼，过多的花红热闹，鼓噪喧腾，并不一定是好事。人之一生，或是作家一生，要能经受得清苦和寂寞，经受得污蔑和凌辱。要之，在这条道路上，冷也能安得，热也能处得，风里也来得，雨里也去得。在历史上，到头来退却的，或者说是销声敛迹的，常常不是坚定的战士，而是那些跳梁的小丑。

一九八二年六月五日晨起改讫

关于《铁木前传》的通信

阎纲同志：

　　昨天收到《鸭绿江》评论组转来的你写给我的关于《铁木前传》的信。说是等我的复信写好了，一同在刊物上发表。

　　这当然是叫我做文章。但是，我首先问候你的病体，祝你早日康复！

　　近两三年来，在我写的短小文章里，谈到我自己的地方太多了。我自己已觉得可笑，这样急迫地表现自我，是一种行将就木的征象吧！

　　其实，作家表现自己，这是不足为奇的，贤者也不免的。真诚的作者，并不讳言这一点。而作品之能具有一些生命力，恐怕还离不开这一点。

　　你以为小说里就没有作家自己吗？那是古今中外，都无例外，有。

　　《铁木前传》里，也有我自己，以下详谈。这几年我谈了自己的不少作品，但就是没有谈这本书，在写给一个地方的自传里，我几乎把这本书遗漏了。因为，这本书对我说来，似乎是不祥之物。其详情，请你参看拙著《耕堂书衣文录》此书条下。

　　初看到你的来信，我还是无意及此。但是我很为你的热心和盛情所感动。今天早晨起来，才有了一些想法。

　　这本书，从表面看，是我一九五三年下乡的产物。其实不然，它是我有关童年的回忆，也是我当时思想感情的体现。

我下乡的地方，村庄叫作长仕。这个村庄属安国县，距离我的家乡有五十里路。这个村庄有一座有名的庙宇，在旧社会香火很盛。在我童年时，我的母亲，还有其他信佛的妇女，每逢这个庙会，头一天晚上，煮好一包鸡蛋，徒步走到那里，在寺院听一整夜佛号，她们也跟着念。

但我一直没有到过这个村庄。这次我选择了这个村庄，其实不只没有了庙会，寺院也拆除了，尼姑们早已相继还俗；其中最漂亮最年轻的一个，成了村支部书记的媳妇。

在这个村庄，我住了半年之久，写了几篇散文，那你是可以在《白洋淀纪事》中找到的。

其中有两篇，和《铁木前传》有关。但是，我应该声明，小说里所写的，绝不是真人真事，所以无论褒贬，都希望那里的老乡们，不要认真见怪。

创作是作家体验过的生活的综合再现。即使一个短篇，也很难说就是写的一时一地。这里面也不会有个人的恩怨的，它是通过创作，表现了对作为社会现象的人与事的爱憎。

读者可以看到，《铁木前传》所写的，绝不局限在这个村庄。许多人物，许多场景，是在我的家乡那里。在这个村庄，我也没有遇到木匠和铁匠，当我来到这个村庄之前，我还在安国城北的一个村庄住过一个时期，在那里，我住在一位木匠家里。

我的写作习惯，写作之前，常常是只有一个朦胧的念头。这个念头，可能是人物，也可能是故事，有时也可能是思想。写短篇是如此，写长篇也是如此。事先是没有什么计划和安排的。

《铁木前传》的写作也是如此。它的起因，好像是由于一种思想。这种思想，是我进城以后产生的，过去是从来没有的。这就是：进城以后，人和人的关系，因为地位，或因为别的，发生了在艰难环境中意想不到的变化。我很为这种变化所苦恼。

确实是这样，因为这种思想，使我想到了朋友，因为朋友，使我想到了铁匠和木匠，因为二匠使我回忆了童年，这就是《铁木前传》的开始。

阎纲同志：在我这里，确实没有"情节结构的特点，以及这种形式独特奥妙之处"。你把这本小书估价太高。

需要申述的是，所谓朦胧的念头，就是创作的萌芽状态，它必须一步步成长、成熟，也像黎明，它必然逐步走到天亮。

小说进一步明确了主题，它要接触并着重表现的，是当前的合作化运动。

一种思想，特别是经过亲身体验，有内心感受的思想，可以引起创作的冲动。但是必须有丰富的现实生活，作为它的血肉。

如果这种思想只是抽象的概念，没有足够的生活基础，只能放弃这个思想。为了表达这种思想，我选择了我最熟悉的生活，选择了最了解的人物，并赋予全部感情。如此，在故事发展中，它具备了真实的场景和真诚的激情。

我国文学艺术的现实主义传统，是非常丰富，非常值得学习、值得珍贵的。这个传统的特点之一，就是真诚，就是文格与人格的统一和相互提高。

投机取巧，虚伪造作，是现实主义之大敌。不幸的是，这样的作品，常常能以其哗众取宠之卑态，轰动一时。但文学艺术的规律无情，其结果，当然是昙花一现。

我们目前应该特别强调真正的现实主义，至于技法云云，是其次的。批评家们应该着重分析作品的现实意义及其力量，教给初学者为文之法的同时，教给他们为文之道。

所答恐非所问。

祝

好

孙　犁

一九七九年十月一日

再 论 流 派
——给冯健男的信

冯健男同志:

大作《荷派作品集》序文,今天下午收到,当即开封拜读。序文于历史背景叙述,言简意赅,具笔削之工,于作品选择,取精用宏,得剪裁之当。第一部分,尤其精彩。第二部分,举例虽稍多,然并不泛泛,且涉及序文体例,亦不可少。第三部分,总揽全程,加以申述,识见醇正,掩卷仍有余味。兄之评论文章,弟向所钦仰,此作印象尤佳。

关于流派气之说,弟去岁曾有专题论及。荷派云云,社会虽有此议论,弟实愧不敢当。自顾不暇,何言领带?回顾则成就甚微,瞻前则补救无力。名不副实,必增罪行。每念及此,未尝不惭怍交加,徒叹奈何也。

鲁迅所言,文学团体非豆荚之说,乃至理名言。即使为豆荚,能总体一时,豆熟则荚裂,命运亦各不同。本身充实,得天独厚者,坠入土壤,则生发无穷,另生新荚。其不得水土者,或至腐朽湮灭。况于荚内之时,即志趣不同,有所变异,甚或其豆相煎者乎。

此因流派一词,即含有不固定及易变化之义。有为之士,所关心者,为本身之利益及创作之前程,非必关心流派之发展与前途也。于己有利时,则同派而同流,于己无益时,则异派而自流矣。

故流派之说，虽为近人所乐于称道，然甚难言矣。固执者视而有之，达观者疏而略之。必拘泥之，而定形命名，甚无谓也。

弟亦俗人，未敢多违众议。故于兄之编选劳作，虽疑信参半，然于兄之文章及好心，仍感激而击节称善也。

即请

大安

孙 犁

一九八二年一月十二日

编　后　记

　　我们早已熟悉了过往时代被称做"大批判"的所谓文艺评论，它有一种既定模式，充满八股腔、官僚气，架势很大，令人生畏，强词夺理，使人厌恶。这种文风后继有人，传承不绝，至今时有所闻。

　　孙犁是传统意义上的中国文人，是学者型作家。他的文学评论，别开生面，跟他的创作一样，贴近现实，十分生活化，没有丝毫八股腔、官僚气，从不板着面孔教训人，发号施令，哪怕对方是业余作者，也是平等相待，决不以老作家自居，盛气凌人。

　　孙犁饱览群书，博古通今，知识渊博，包括文学、文化艺术的诸多方面。他写下的题跋、按语、书衣文录等，成为引导读者正确阅读的方式；孙犁默默地、不遗余力地普及和推广文学知识，实际上是在做十年浩劫后的文学启蒙工作，甚至连文坛领袖周扬都惊异于他居然写了那么多辅导文章；他自觉而广泛地阅读文学新人的新作，通过发表书信和文章，不失时机地将他们推向文坛。所有这些，在中国当代作家中，孙犁均堪称第一人而无愧。这在中外文学史上，都是罕见的。

　　本书所选，主要是孙犁的当代文学评论，侧重于改革开放新时期以后，包括他的谈话、文章、序跋和书信，为避免与丛书其他选本重复，我们不得不割舍某些篇章，这是尚需读者诸君谅解的。同好、方家，幸垂教焉！

编选者

2016 年 5 月